U0091670

舉案齊眉 3

蘇月影 著

風文創 146

目錄

第四十章

小輩們都回了花廳，阮老太爺的生辰辦得不算太氣派，如今京城裡多動盪，若是動靜太大，免不了被人說鋪張浪費的話。

宴席裡的菜色依舊是花了一番心思，阮家掌家的人是阮大夫人，和陶大太太一樣，掌家的本事都極好，即使沒有做大場面的宴席，可無論大小的地方都是安排得井井有條，齊眉瞧了眼捏在手裡的銀筷，上頭還精心雕刻著「福如東海」的小字。

席間，齊眉的目光偶爾瞟到別處，卻不是落在居玄奕的身上，齊英見齊眉沈默得很，順著她的視線看過去。

阮成淵正打翻了一碗湯，不幸的是還灑了全身，阮大夫人忙叫了易媽媽過來帶他去換衣裳。「千萬要檢查下，這湯還挺燙人的，別燙到了淵哥兒哪裡。」

「大太太放心。」易媽媽說著要扶起阮成淵。

阮成淵卻蹬著腿，一下就哭了起來。

齊眉收回了探究的目光，齊英在她耳邊小聲地道：「這個阮家大公子還真是和小孩子一模一樣，比小孩還要……」齊英不說那個傻字，也一時之間想不到別的詞來代替，頓了一下，見齊眉沒反應也索性不再說這個。

「這是做什麼？」阮成淵哭得十分厲害，阮大夫人看得心疼，阮老太爺卻只覺得面上無光。

當著這麼多的賓客，都知道阮家大公子是個傻子，也沒必要還在人面前這樣強調出來。

「把淵哥兒帶回去換了衣裳後就讓他睡下吧，晚些時候再送飯過去給他。」阮老太爺淡淡地道。

各家就拿出了送給阮老太爺的禮，陶家送的是名家的一幅畫，阮老太爺命人掛到了花廳裡。

盛開的牡丹花開富貴，陶家卻選了蘭花作畫，就如阮家一樣，幽香平淡，寓意阮家以後的日子也能平平安安的度過，阮老太爺看著只覺得意思到了心坎裡。

一頓飯吃下來，氣氛極好，漸漸地天色有些暗下來，除了阮家和居家，其餘的人也都告辭。

幾家的老爺又坐在一塊兒說起話來。

阮大老爺皺起眉頭。

阮家皆出文官，可若是世道亂起來，管你文官武將都不會安全，在宮中本是細小的變化也開始慢慢地被擴大，尤其是二皇子奉了皇命，繼續留在賑災的地方巡視察看。皇上的意思雖沒有明說，但始終透了點兒端倪出來。

等到二皇子回來，若是還有別的風吹草動，那他們無論是文官還是武將，都得要想清楚了。

老爺們在書房裡的時候亦說起了這個，居家向來中立，太子那兒不曾去過多奉承，二皇子那兒也不接觸。

阮大老爺頗為激動。「太子那樣的舉動，只為了立太子妃就不去賑災的地方，皇上那樣費心給他鋪好的路子他也不走，還生生地把皇上氣出了病，若是我家也能……」說到這裡又停了下來，阮大老爺忽而微微心酸。阮家到成字輩，女兒們倒個個都是閨秀，可兒子卻……

剛剛席間的那一幕，實在無法說他也覺得不丟人的話，可更多的是後悔。

都說阮家長子傻，可阮大老爺一直覺得，若是淵哥兒沒有在半歲時出那樣的事，定會是一個前程錦繡的孩子。

無論怎麼說，他這個做父親的有很大的責任，那時候只顧著朝堂裡的事，沒有多關心淵哥兒。每一次淵哥兒在眾人面前失態，他的悔意都會加深一分，阮大夫人只當他兩眼不看家內日，一心只聽朝堂事，其實他心裡的觸動不比妻子要少一分。

阮老太爺一直聽著幾家人的對話，心中多少不安定起來。

阮、陶兩家若是能像居家那樣站在中間多好，無論要出什麼亂子，都能高高掛起。陶家是沒得法子，欠了二皇子的禮，只能硬著頭皮還，阮老太爺就不明白為何自己的大兒子要蹚這趟渾水，若是讓淵哥兒娶了陶家的姑娘，怕也是攪在一起了……

「二皇子看似守得雲開見月明，我倒覺得並非如此。」阮大老爺緩緩地道。

「大少爺，這才剛換上乾爽的衣裳，又汗濕了一身……大少爺您能不能慢點兒跑?!老奴年紀大了追不上……」

書房外頭易媽媽的聲音顯得特別大聲，阮大老爺的話被打斷，又幾不可聞地嘆了口氣。

花廳裡，女眷們也在說著話。

「你們家送的畫帖是老太爺最喜愛的。」阮大夫人笑著道。

陶老太太跟著笑了起來。「那就好，那就好。」

順手把坐到不遠處的陶蕊拉過來。「那畫帖裡的蘭花，還是我家八姑娘提議的呢，我原先還覺得要牡丹才合適。」

阮大夫人眼睛一亮。

齊眉也抬起頭看過去，陶蕊正微微扭著身子要爭辯，被老太太掐了一把，幾不可聞的不知道說了句什麼，陶蕊又沒了動作，垂著頭任由老太太拉著她說。

在阮大夫人眼裡，低垂著頭的陶蕊只不過是羞澀的意思。

看著陶老太太魚尾紋都笑出來，阮大夫人也是笑咪咪的。「我原先就覺得八姑娘年紀小小卻是尤為聰慧，瞧這一晃幾年過去，現下更是顯得亭亭玉立。」

陶老太太這時嘆了口氣。

阮大夫人忙問：「陶老太太這是怎麼了？」

陶老太太欲言又止，似是狠狠地猶豫了一陣才下定決心要說。「如今家裡的小姐們還沒有人訂親，我家二姑娘的在張羅著，原本我家八姑娘年紀最小的不著急，可她娘……大夫人也應是知道，我最疼蕊兒，總是放不下心。」

這樣的舉動已經算不上暗示了。

齊眉輕輕地吸口氣，居然把二姨太的事情搬到這裡來說！雖然花廳裡現下只有阮、陶兩家人，可陶蕊那樣在乎二姨太，也不知受不受得了，好在祖母沒有細說，只是一句帶過，但看阮大夫人絲毫不帶探究的神情，也不知是不關心還是已經知悉。

這樣直接說出陶蕊的名字，意思再明顯不過了。

阮大夫人一下子笑得合不攏嘴，她還想著要阮老太爺來提，誰知道居然是陶老太太親自開口，這對她來說真是太驚喜的事了。

聯想起陶二姨太的事，陶老太太是疼八姑娘不假，可怎麼也只是庶女，陶二姨太又做了那樣的事，原先最反對八姑娘和淵哥兒成親的就是陶二姨太，至於陶老太太明著暗著都一直沒有太過反對的意思。

若不是陶家人還坐在這兒，阮大夫人樂得都要拍手了，只能努力地平復心情。

又笑著說了一陣子，陶家起身告辭。離開的時候，阮大夫人餘光滑過靜靜站起來第一時間去扶著陶老太太的五姑娘。

阮大夫人送完客，總算舒了口氣，剛坐穩就聽得阮成淵屋裡的丫鬟在外頭邊收拾東西邊說著話，說大少爺剛在屋裡睡著，夢裡竟是叫了陶五姑娘的名字。

阮大夫人心裡大驚，反覆思量後把阮成淵叫過來，隨意地問道：「淵哥兒覺得陶家的五姑娘如何？」

阮成淵一臉迷茫地看著她。

阮大夫人比劃起齊眉的樣子，半天後，阮成淵歪著腦袋似是想起來了。「淵哥兒不喜歡。」

「怎麼就不喜歡？」阮大夫人好奇起來，而後面色又凝重幾分。「不是在夢裡叫過她的名字？母親倒是要問問，你怎麼就知道她的閨名？這樣的話傳出去可是說不清的。」

若是換了別家的公子，那就是大事，可阮成淵腦子不清楚，這知道閨名的事可大可小，只要他們不說，別人便不會知道。

記得有一次在陶府，淵哥兒差點出醜，是陶五姑娘幫著解了圍才沒丟了面子。陶五姑娘的容貌是生得愈來愈秀麗，身上那份溫婉沈靜也很討人喜歡，還是陶家最聰慧的小姐。無論誰娶了她都能是個好幫手，可惜淵哥兒無福消受。

阮大夫人心中不自覺的可惜起來，但人不能得隴望蜀，淵哥兒這樣的情況若是真能娶到大將軍府的八小姐，已經是求不來的大好事。

阮成淵專心致志地玩著手裡的七彩石子。「就是不喜歡，她不好，淵哥兒一點都不喜歡。淵哥兒也不知道她叫什麼，從來都不知道，不過若是母親要淵哥兒和她玩，淵哥兒就不吃飯了。」

阮大夫人鮮少見阮成淵這樣的認真勁兒，竟是一口氣不停地說了這麼多話，意思還尤為清楚明白，忙哄道：「好好好，不和她玩，不和她玩。」

晚些時候，阮大夫人出去了一趟，回來的第一件事就是去了阮成淵的屋子，把嘴碎的丫鬟狠狠教訓了一頓，丫鬟是從柴房裡找到的，瑟縮著身子跪下來，不停地磕頭說自個兒再也不編胡話了。

哆嗦著身子的模樣似是嚇得不輕，阮大夫人也沒發多大的火氣，倒是不知道她這份害怕從哪裡來。

好在也沒傳出去，今日又得了好事，阮大夫人擺擺手不再計較，讓她回去阮成淵身邊服侍。阮成淵依舊在玩著七彩石子，忽而掉了一顆在地上，咕嚕嚕地滾落到丫鬟身邊。

也不知為何，丫鬟立馬嚇得魂不附體，頭都要磕破。「求大夫人給一條活路，送奴婢去哪裡都好，不要再去大少爺那裡。」

易媽媽咳嗽了聲，丫鬟忙道：「奴婢做了錯事，沒有臉再面對大少爺。」

易媽媽也道：「這樣的丫鬟留在大少爺身邊不是好事，算她有分寸，知曉沒有臉面回來。若是還讓她回大少爺身邊，別的下人只怕會要亂說些什麼，可不能讓下人覺得大少爺是可以欺負的。」

阮大夫人最恨的就是別人欺負阮成淵，易媽媽這麼一說，立馬就同意了，把丫鬟安排到了別處。

那丫鬟感恩戴德地離開，似是受了多大的恩情一般。

屋裡安靜下來，看著阮成淵在一旁玩起石子來滿臉盡是純真，阮大夫人想起陶老太太的話也覺得舒心，陶八姑娘和淵哥兒看似是有戲。

陶蕊前幾日從阮家回來後就再沒有出來過，每日辰時的請安都只說是從阮家回來的時候著了涼，一直身子不適不能去請安。

齊眉幫老太太捏著肩膀，嚴媽媽進來福身。「八小姐的身子還沒有好，說今日依然不能前來。」

老太太瞇起眼睛。「哪裡能有這麼久都不見起色，請去的大夫難不成個個都是吃白飯的？把柒郎中請過去，我就不信治不好了。」

嚴媽媽得了令轉身出了屋子。

齊眉道：「八妹妹身子不好，也不定就是著涼的緣故，孫女覺得許是心病。」

老太太重重地嘆了口氣。「我又怎麼會不知，只是顏宛白對妳母親做了那樣的事情，又還把妳算計在裡頭，在這樣的時刻能把蕊兒嫁給阮家大公子，已經是我能想到最好的法子了。」

肩上的力道拿捏得十分好，不輕也不重，老太太心中的煩憂跟著被散去一些，與齊眉說起心裡話。「淵哥兒是世家嫡子，阮大夫人的模樣妳也見到，蕊兒能嫁給他們家淵哥兒，她心裡是十分感激，原先她也歡喜蕊兒，這樣嫁過去，蕊兒的日子不會多難過。

「而且妳不知道，妳二姨娘在被揪出錯事之前，自作主張地去問了平甯侯夫人，算著這麼段日子下去，要有個交代了，可總不能真把蕊兒嫁過去。」

齊眉這才明白，那要把誰嫁過去？

「蕊兒這樣不吃不喝的抵抗，也是誤會了我的意思，不過事到如今，我也沒什麼好去和她說的，嫁給阮家長子，還是平甯侯家那個心裡有隱疾的，聽上去都不是什麼好事，我只是……」老太太不知該如何說，想著陶蕊那晚從阮府裡走出來，面色蒼白如紙，心裡跟著難受，不由得就咳嗽起來。

齊眉幫老太太拍著背，讓鶯藍端了她前不久燉好的雪梨湯過來給老太太喝。

「祖母，現下天氣看著要熱起來，雪梨湯是最好的，潤肺止咳，飲下去還有一股微微清涼的感覺，正合適，也不會涼著身子裡頭。」齊眉把雪梨湯端到老太太面前。

老太太喝了半碗。「那日妳是不知道，顏宛白私自與平甯侯夫人說起訂親的事，妳年紀是小了些，但和妳說這個也無妨。」

「八妹妹自是不嫁過去，可說出去的話就是潑出去的水。」齊眉給老太太遞上乾淨的絹帕擦嘴。

老太太把絹帕捏在手裡半會兒都沒有動作，好一陣子後才緩緩地道：「家裡有一個小姐可以嫁。」

齊眉從老太太屋子出來已經是傍晚了，老太太說的小姐是三姊姊齊清，秦姨娘生的女兒，也難怪老太太會想到她，齊清平素就極少出來，嘴上也不會說什麼好聽的話。與秦姨娘的容貌極為相似，看上去少了大家閨秀的氣質，多了幾分風塵味兒。

模模糊糊的記得，前世齊清是嫁得普普通通，比今生也好不了多少。只希望那個平甯侯家長子不是真的心性有問題，這樣齊清也不至於太糟糕。

齊眉先去了陶蕊的屋子，無論怎麼樣，陶蕊鬧到這樣的地步她始終心有愧疚。二姨娘千錯萬錯，陶蕊並沒有錯。

剛邁入屋子就聞到一股藥味。吳媽媽拉開紗帳，輕聲地說了幾句，紗帳掀開，陶蕊把身子探了出來。「五姊姊。」

齊眉過去拉著她的手。「妳還是不舒服？」

「八小姐從阮府回來那晚著了涼，剛剛郎中又來瞧過也開了藥。」吳媽媽福身答道。

齊眉看了她一眼，陶蕊揮手讓她出去，屋裡只剩兩人的時候陶蕊深深地吸口氣。「五姊，妹妹沒有身子不適，是心裡不適。

「這幾日也只有五姊姊來看妹妹，其餘的人好似都當妹妹不存在了一般。」說著陶蕊眼眶紅起來。「原先都對妹妹那樣好的人，現在是想著法子的躲。」

齊眉正要出言安慰，陶蕊卻忽而緊緊地捏著她的手。「這些都無所謂，只要妹妹能不嫁給那個傻子就行，妹妹做了什麼要受這樣的罪？說是姨娘的緣故，可那些事也不定是姨娘做的，就這樣把姨娘關起來。」

「並不是這樣的。」齊眉索性把能說的都與陶蕊說了，陶蕊一時之間沈默下來。

齊眉輕聲道：「要嫁阮家大公子，還是平甯侯家的大公子，妳應是看得出祖母已經盡力選了好一點的。」

「有多好？」陶蕊面上微微地抽搐，似是隱忍著怒意。「把我嫁給傻子居然還說是為我好？說侯爺家的大公子有隱疾就有隱疾了？祖母總是這樣專斷獨行，她說什麼就是什麼，那時候把五姊姊送去莊子也是這樣！」

齊眉愣了會兒，屋裡的窗子緊閉著，顯得有些悶熱，齊眉走過去把窗子開了一半，坐回陶蕊身邊，看著她眼眶紅了一圈，努力地咬著唇不願意掉淚的模樣。

齊眉索性道：「嫁給阮家大公子也不定就全是不幸，他心裡乾乾淨淨的，一點別的念頭都沒有，也會對妳特別的好，縱使妳受委屈了，多不能和別人說的話都可以與他說。他只會想著法子逗妳開心，生怕妳哭。」

她話還沒說完，陶蕊就氣惱地捂住耳朵。「不要聽！五姊也是祖母派來的說客，既是說得這麼好，為何五姊不去嫁！」說完後陶蕊頓覺自己口不擇言，抬眼悄悄地看齊眉。

齊眉白皙的面上一對月牙兒眼，只盯著一處，幾分恍惚的模樣。

陶蕊以為齊眉生她的氣，這個認知到腦子裡的同時，本來要道歉的話也不願說出口了，五姊姊會為讓她去嫁傻子的話生氣，可見本就是最不幸的事。

陶蕊把手抽出來，扭身睡到床榻上，一動不動也不再願意說話。

姊妹倆鬧得不歡而散，臨走前齊眉道：「祖母會請柒郎中過來幫妳診病，妳還是快些『好起來』去請安，免得祖母擔心才好。」

紗帳捂得嚴實，送走了齊眉，吳媽媽回了屋子，說剛去老太太那兒聽得丫鬟在議論，老太太有意把三小姐嫁去平甯侯家。

陶蕊坐在床榻上越想越氣，如今誰都能比她好，姨娘不在自己身邊後，簡直天翻地覆，現下她若不為自己籌謀，那就只能任人宰割。

晚些時候，陶蕊想起五姊說的柒郎中，沈思了一陣把吳媽媽叫到面前，吩咐了她幾句。

齊眉回了東間，子秋把懷裡一直揣著的信箋拿出來。「居三小姐送了信箋過來，那邊神神秘秘的，說一定要五小姐親手拆開。」

居三小姐？

回府這幾年齊眉跟著長輩們去別家走動，兩人雖是說過些話，但也沒好到互通信件的地步。忽而憶起前世的這個時候，齊眉有一瞬的怔忡，搖了搖頭把莫名的感覺揮開。

「小姐只和阮三小姐通過信，奴婢覺得奇怪，又看這信封上寫著陶五小姐親啟，雖是不會有什麼，但……」子秋看著齊眉把信箋拆開，信紙露出來，子秋不由得擦了擦汗。

信封上的字娟秀得很，一看便是出自女子的手。

可信紙上的字卻是龍飛鳳舞，齊眉一眼就認了出來，這個字體她前世看過幾次，而前世的這個時候也看過，只一眼就深深地記住了，和居玄奕的個性很相符，他年幼的時候調皮搗蛋，成年了後就顯得張狂隨興。

他做事始終張弛有度，即使是前世，與她之間的感情也是若有似無卻又牽動人心，可要分開的時候也能揮揮手就瀟灑離去。

齊眉捏著信紙，手有些微微地哆嗦起來，重生走到現在，已經有許多事和前世不一樣，可也有不少是按著前世的路依舊執拗的前行。

如今的陶蕊和居玄奕並未有什麼交集，反倒是她和居玄奕之間有一種模模糊糊的牽引。就如前世的這個時候，一樣出現的花燈會前的邀請信一般。

六月初的花燈會，居玄奕前世今生都用信箋的方式邀她前去，前世的她並沒有去，那時候陶蕊和居玄奕的親事已經訂下了，她還記得櫻花樹下兩人郎才女貌的模樣，好像她才是多餘的。之後無法拒絕地應下和阮成淵的親事，怎麼尋居玄奕他都避而不見，再之後陶蕊滿面笑容拉著她說：「五姊姊，居家大公子送了桂花香囊給妹妹。」

那桂花香囊是她一針一線縫出來的，只看一眼就能認出來，從陶蕊和居玄奕訂親到她應下和阮成淵訂親，她和居玄奕再沒有交集，這個桂花香囊就是兩人的結局。

「小姐，去嗎？」子秋看齊眉恍神的模樣，不由得出聲道：「若是小姐不願意出去，奴婢去和居家三小姐說一聲便是。」

「去，怎麼不去？」齊眉把信箋收起來，看著窗外的樹隨風飄搖。

柒郎中正在陶蕊的屋裡，隔著厚重的簾子，雪白的手腕探出來，郎中凝神診治了片刻，肯定地起身拱手。「陶八小姐並無身體上的病症。」

柒郎中揹起藥箱要去稟報嚴媽媽，吳媽媽抓住了柒郎中的藥箱不讓他走。

「八小姐是真的身子不適，幾個月的時間都只怕難得好起來。」吳媽媽把藥箱直接拽下來，而後在藥箱裡放上一錠銀子。「這只是這一次的診金。」

柒郎中擰起眉。「八小姐的身子骨很好，一點兒問題都沒有。在下沒有診斷出什麼症狀，恕在下不才，還望八小姐另請高明。」

吳媽媽見他油鹽不進（注），一時氣結。「柒郎中您是宮裡退下的御醫，陶家一直敬重您，二姨太亦是給過您不少好處，可您到了我們陶家的藥鋪，那就要聽陶家的話，現下您只要說前幾日著涼，就這樣病了起來，幾個月的工夫都不能好。」

注：油鹽不進，形容人十分固執。

「在下行醫這麼些年，從未說過違心的話！」柒郎中義正辭嚴地拒絕。

紗帳外雪白的手一下拉住他，柒郎中嚇得差點跳起來，說話結巴起來。「陶八小姐請自重。」

「自重？分明是柒郎中您一把年紀了還心存歹念，趁著我身子虛弱妄圖……」

恰到好處的停頓，柒郎中猛地抬頭，嘴唇氣得哆嗦起來。

「柒郎中您是答應還是不答應？若您不答應，我只要扯開嗓子求救一聲，前御醫大人的一世英名就毀了，或者您覺得不打緊，可您的夫人、您家裡的女兒會不會也不打緊？我是陶家最小的小姐，您說老太太會信我，還是信您一個外人？」

清麗的嗓音、尚未及笄卻已然妖媚的容顏，柒郎中只看一眼就覺得心驚肉跳，這樣的人、這樣的心思，他真真惹不起。況且欲加之罪何患無辭，有些病態的陶八小姐無論說什麼，別人都只會信她。

「陶八小姐染上風寒，天氣反覆再加上近段時日都鮮少補身，故病情加重得厲害，沒有幾個月的調養是好不了的。」柒郎中捏著拳，一字一句的從牙縫裡迸出來。

緊緊捉著他的柔荑鬆開了。「吳媽媽。送柒郎中去老太太那兒。」

「是，八小姐。」吳媽媽福身領著柒郎中退下。

「真有這麼嚴重？」老太太本來悠閒靠著的身子一下從軟榻上坐直。

「是。」柒郎中拱手。

「都是我忽視了蕊兒，把不該帶上的情緒也發在她身上，她是府裡最小的小姐，原來那樣多的寵愛集於一身，現下這樣的巨變，即使身子骨強健的人也只怕會大病一場。」老太太心中懊悔，捶胸頓足的搖頭，頓了會兒，道：「那蕊兒的身子還勞煩柒郎中……」

「承蒙陶老太太的信任，只須在下開一副方子，按著方子每日按時服藥，幾個月的時間過去，自然會慢慢地好起來。」

老太太讓嚴媽媽去和柒郎中拿方子。

「真是委屈了蕊兒。」老太太說著眼眶紅了起來，大太太上前幫她捶著肩膀。「柒郎中的醫術可是極好的，有了他的藥方子，蕊兒也一定能好起來。」

「齊眉說的才是對的。」老太太擦了擦眼角。「蕊兒如今這樣，大半的原因是心病啊。」

「母親無須太過擔憂，在家裡，蕊兒和齊眉是最親近的，讓齊眉時不時去與她閒聊，等蕊兒能下床走動了。再帶她在園子裡走走，自然會很快好起來。現下只是要與阮家大公子訂親，嫁過去那也至少是一、兩年後的事。這麼長的時間，身子不會調養不好的。」大太太笑著道，聲音十分的溫柔。

「阮家的事，我得要再想想。」老太太深深地嘆口氣。

大太太微微點頭，又道：「母親，最近外頭對齊英的傳言多了不少。」

「什麼？」老太太抬眼看著大太太。

大太太頓了下。猶豫的繼續道：「說是仁孝皇后親口讚譽過齊英，說這樣秉性善良的女子，還至情至性，委實是不多見，真真是有儀態萬千的風範。」

儀態萬千，這樣的話從皇后嘴裡說出來，莫不是……

老太太有些慌起來。「什麼時候說的？」

「具體的時日媳婦不知，可傳言是愈演愈烈了，都說大將軍府又要出個太子妃了。」大太太說著自己的心也沈了下去。

老太太一下坐在軟榻上，半天不知要說什麼。

第四十一章

今年的花燈會熱鬧非凡，如花朝節一般，都是大戶人家小姐們的好日子，可以隨意地出行。

和花朝節不同的地方是，花朝節是求神仙眷顧，而花燈會求的就只是一個緣字。在花燈會這晚，在城中會有人發放花燈，給你什麼花燈就只能拿什麼，不能按著自己的喜好拿，無論少爺還是小姐，提著花燈走到護城河，或者坐船，或者只在河邊，若是小姐找著了與自己提著一樣花燈的男子，那便是有緣人，一起放花燈，可以許下美好的願望。而沒有找到相同花燈的也無所謂，只要獨自放花燈的時候誠心祈求，緣說不準也能降臨到身邊。對於眾人來說，花燈會的吸引和趣味絲毫不遜色於花朝節。

齊眉沐浴了一番，從木桶裡跨出來，喚了子秋過來服侍。

對著銅鏡，子秋拿起紅瑪瑙梳，握住齊眉的青絲一下下仔細地梳起來。「小姐的頭髮又順又柔，比在莊子的時候簡直是兩個模樣。

「還有小姐的臉色也好看，白皙的膚色，像染了一層潤玉的光一般，眼眸黑黑亮亮的特別溫柔。」

齊眉被說得不好意思起來，潤玉的光上又染上一抹微微的酡紅。

子秋笑了笑，幫齊眉認認真真地梳好髮髻，再仔細地把她碎花淡紗百水裙上的褶縐撫平，從妝奩裡拿起一對月鑲紫英耳墜子戴上。

「小姐。」子秋大起膽子重重地握住齊眉的手。「小姐什麼都好，平時聰明，但對待一些事情就笨。」

在齊眉說話之前，子秋語重心長地繼續道：「居大公子送信來的舉動，連奴婢都知道是什麼意思，小姐怎麼就不明白？況且小姐沒有拒絕，今日午後小憩也沒睡得著，說明小姐心裡還是有掛念的。您和居大公子門當戶對的，之間一點兒阻隔都沒有，一人跨出一步，小姐就能嫁得良人。」

齊眉拍了下子秋的腦袋。「妳一下就把我之後幾年的事兒都說全了似的，現下我上頭還有二姊和三姊，要到我訂親少說還要一、兩年。」說著又臉紅起來。「而且這樣的事情也不是我說了算的。」

「小姐可不能這麼想，您瞧瞧八小姐現在，再想想她以前的日子，世事變幻，誰都不知道萬一退縮一下，會不會就是錯過。」子秋感慨良多。

「怕了妳了。」齊眉笑著起身。「二姊那兒應是也打扮好了，我們這會兒過去，說不準是第一個拿花燈的。」

姊妹倆見了面，齊英也稍稍打扮了一下，可比之花朝節的裝扮那還是遜色了太多，再是一身紅裝，若是沒有想見的人，也沒了打扮的心思。

齊眉輕輕地握住齊英的手，兩人正要一前一後的上馬車，聽得不遠處傳來一陣哭聲。

齊眉停住了腳步，讓子秋過去看看。

一會兒的工夫，子秋便回來了，回道：「是八小姐。」

說話之間還能聽到哭聲，並不淒厲刺耳，只讓人心生憐意。

「二姊、五姊姊。」被帶到馬車面前的陶蕊讓人眼前一亮，並不是因得容貌或者氣質的緣故，而是她鮮少有的素淡裝扮，襯得妖冶的一張臉上隱隱散發出塵的氣質。

是了，不去花燈會，那也就無須打扮。

「祖母不讓妳去花燈會？」齊眉問道。

陶蕊欲言又止，微微側過身子，低聲道：「祖母說蕊兒病體未癒，不可以外出，蕊兒託人傳了幾次話，祖母是半答應了。花燈會一年才一次，錯過這一次，也不知還有沒有下一次。」

「那一起上來吧。」

陶蕊的話讓齊眉意會了一些事，吩咐吳媽媽把陶蕊扶上馬車。

老太太半答應的話那就是答應了，只不過陶蕊若是獨自前去，只怕也看不到什麼美景，而且之前柒郎中說得那樣嚇人，若果她一個人去的話出了什麼事也沒個照應。

馬車駛到了城中，齊眉、齊英和陶蕊下了車。

街上的人熙熙攘攘，耽擱了一陣，已經有小姐和少爺們領好了花燈，遠遠看去如流螢一般飛舞在街上。

歡天喜地地領了花燈，陶蕊領到的是月白的月季花燈，齊英是粉色蓮花燈，齊眉排在後頭，走過去後發花燈的婦人就大嚷了一句。「喲，這是陶家的五小姐！」

齊眉啞然地看了她一眼，婦人拍起手來。「陶五小姐的花燈是合歡花燈呢！這可是每次花燈裡最好的一種花燈，陶五小姐要留神，看是哪位良緣也提了一樣的花燈。」

這奉承的話聽得有幾分不快，陶蕊剛一抬眼，卻正好看到不遠處站著的人。

居玄奕湛藍的錦袍一晃而過的遠去，手裡提著的那盞花燈，讓陶蕊眼皮重重地跳了下。

「走嗎？」齊眉提著合歡花燈走過去，輕聲問著陶蕊。

「走，走。」陶蕊仰頭甜甜一笑。

「大少爺，您瞧這外頭這麼多人，老奴看著都頭疼。」易媽媽嘮嘮叨叨的，但步伐卻快得很，一路牽著阮成淵走到發放花燈的地方。

發放花燈的婦人抬眼一看，是阮家那個傻子長子，隨意的選了個花燈拿起，那傻子長子卻自個兒拿了個花燈，舉得和自己的視線持平，黑曜石一般的眼眸盯著看，咧嘴一笑的時候連那婦人都忽而覺得可惜起來。

多俊秀的一個男子，卻偏生腦子不靈光。

但還是不能壞了規矩，婦人說道：「阮大少爺可不能這樣，人人都不是自個兒選的花燈。」

婦人的語氣倒是客氣，易媽媽勸著要把阮成淵手裡的花燈拿下來。

阮成淵不肯，拽著花燈不鬆手。

婦人脾氣也上來了，她可是今年選出來發花燈的人，多少達官貴人家的小姐和少爺手裡的花燈可都是她發的，她拿什麼就是什麼。

「就讓他拿著這個吧，規矩是人定的，可人是活的。」不遠處的居玄奕走了過來，有禮地衝婦人一笑，易媽媽忙福禮。

居玄奕走近了些，和婦人低聲說了兩句，婦人點點頭，看著阮成淵，說起了今兒晚上說過許多次了的祝詞。「阮大少爺拿著的是月季花燈，留神著看是哪位良緣提著月季花燈。」

易媽媽再次福身謝過居玄奕，這個居家大少爺和別家少爺不同，從不曾對阮成淵有過嫌棄或者不解的意思，倒是阮成淵難得接受的友人。

「居大少爺，我家大少爺一個人這樣也不方便，我一個老奴婢人微言輕，今兒人又這樣多，怕大少爺隨著性子來，闖了什麼禍的話老奴回去搬救兵都來不及，不知居大少爺可願意帶著我家大少爺同行？」

居玄奕猶疑了一下，還是點了頭。

齊眉三人相伴往河邊走去，堤岸邊是人來人往，卻絲毫不擁擠，她們走的這條道是達官貴人的道，女子們都提著美輪美奐的花燈，三五成群的走在一起，狀似不在意的前行，一雙眸子卻都悄悄地左顧右盼，期望著緣分能來到自己身上。

男子們輕搖紙扇，大步流星的往前，沒有女子們那樣的情懷，看到相同的花燈時才會駐足。

相同的花燈不好找，何況女子們矜持，男子們豪爽，刻意而為之就不是那個「緣」字了。

不能找，就只求能相遇。

齊眉三人走得累了，陶蕊提議坐到堤岸旁的亭子裡去，剛坐穩了便揉著腳開始叫苦。

「走了這麼久都沒尋到一樣花燈的人，也不知今年是不是尋不到這個緣了。」陶蕊說著把月季花燈放到石桌上，顯得有些氣餒。

子秋把隨身帶著的嫩茶葉放到茶盞裡，亭內有供應煮開了的水，倒上後，嫩茶葉一下子在茶盞中旋開，不一會兒一陣茶特有的淡雅香氣散開。

陶家的三個小姐一個溫婉，一個清冷，一個妖冶，舉手投足透著大戶人家的風範，即使只能隔著距離看，卻也早吸引了不少目光，最耀眼的還是陶蕊。免不了有市井小民窺視，畢竟哪裡見過這樣好看的人？不過這條道是達官貴人的地盤，他們縱是豹子膽也變成了小芝麻，絲毫不敢上前，更不敢細看，只瞥一眼她們三人的花燈並不和自己相同，失落的同時也只能垂頭喪氣地離開。其實縱使相同，也沒誰有那個膽子胡亂上去邀約，嚴重的說不準第二日就看不到天上的太陽了。

齊眉笑著把月季花燈重新遞到陶蕊手裡。「妳要知道，緣不是尋來的，也不是等來的，而是兩個人的分到了，就會自然而然的水到渠成。若是這花燈會的花燈真是那樣有用，哪裡還要父母之命媒妁之言？都等著一年一度的花燈會來訂親就好。」

「話是這麼說……」陶蕊重重地嘆口氣。「可，可妹妹想試試，若是真能尋了緣，怎麼也比嫁給那個傻子要好！」

齊眉點了下陶蕊的鼻子。「妳當成親是兒戲？祖母已經那樣說了，一個花燈就能把親事給消了，怎麼都不可能的。」

陶蕊沒了話，手暗暗地捏緊。

那一抹湛藍的身影始終在她們附近，和在城中不同的是，他身邊還多了一個男子。

誰說不可能，她就要變成可能。

把月季花燈又放回石桌上，看都不想再看一眼。

一旁有別家的小姐們發現亭內坐著的是陶家三姊妹，笑著過來說起了話。

過了一陣子後，齊英實在不適應這樣的場面，提著蓮花燈起身走出了亭子。

小姐們又閒聊了幾句，都是與齊眉談笑，天色漸漸地暗了下來。陶蕊性子活潑，幾次想要說話，卻並未有人願意與她多言。

那些小姐心高氣傲，哪裡願意和個庶女閒話。陶蕊面上的氣色漸漸黯下來，緊緊地搓著絹帕。

齊眉要攬住她的手一起去河邊走走，陶蕊卻一下子起身，生氣一般地離去。

齊眉追了一陣子卻始終追不上，只好又折回亭子，走得急了怕喘不過氣，放緩腳步後才發現沿途的景致美得讓人屏住呼吸。

天上已經被一層深藍的布幕所掩住，楊柳披散地垂下纖細柔軟的枝條，河上泛舟的人開始放起了花燈，堤岸旁一些人三三兩兩的聚在一起，有尋到相同花燈的，也有尋不到索性自個兒放的，幽靜的河上一盞盞花燈隨著河水靜靜地流淌。

河與天幕一樣的深藍，飄揚在河上的花燈如璀璨的星星一樣綴在河中。

回了亭子，齊眉輕輕地嘆口氣，婦人的話還在耳邊，一個時辰過去了也沒見著拿著一樣花燈的有緣人，不如自己去誠心地放了也好。

石桌上卻只見得陶蕊兩次丟棄的月季花燈，她的合歡花燈不見了蹤影，想起陶蕊匆忙離去的樣子，只怕是拿錯了花燈。

齊眉手撫上月季花燈，月白的花瓣做得維妙維肖，內裡嫩黃的燈芯如花蕊一般，看上去柔和又恬靜。

想起了前世阮成淵做給她的月季花燈，完全就像個白麵饅頭，燈蕊活像那饅頭裡的餡料。

是她在花燈會前一晚說起，從未去過花燈會，也從來沒拿過好看的花燈，結果阮成淵聽了進去，一晚上挑燈大戰，滿頭大汗，在第二日晚上獻寶一樣的拿出來給她，期盼她能開心。

她確實是開心，看著白麵饅頭花燈就被逗樂了，阮成淵尷尬地動了動身子，十分落寞，他再傻還是能知道齊眉的笑是因為什麼。

轉身的時候齊眉拉住他的手，叫來了馬車，到了河邊阮成淵也是氣鼓鼓地繃著臉。

齊眉要放白麵饅頭花燈的時候，阮成淵忽而撒氣地把花燈扔到河裡。

那大概是他少有的發火。

齊眉不自覺的唇角帶著笑意，她本就不歡喜那個合歡花燈，更想要陶蕊拿到的月季花燈，這樣陰錯陽差的拿錯，倒是順了她的心意。

風一下子吹起來，月季花燈被吹到了地上，還好沒有熄滅。

齊眉彎身撿起來，抬頭的時候身子頓了一下。

周圍的人都去放花燈了，四周尤為安靜，對面的男子手裡正提著和她一模一樣的月季花燈。花色簡單的青黛錦服，襯得他身子越發修長，一頭烏髮被上好的象牙玉束了起來。前世今生，他不說話的時候都是這樣，給人一種沈穩又內斂的氣質，讓人油然而生好感。

或者是提著花燈的緣故，那雙清澈的眼眸裡好似多了幾分柔情，只看一眼，心裡便被微微地撥動。

「陶五小姐好。」易媽媽急匆匆地趕過來，之前居玄奕帶著兩人泛舟河上，景致美得她這個老婦人都看得心動，坐在船內的大少爺卻絲毫不關心，居大公子不知在一旁說著什麼，眉目間都是笑意，而大少爺卻只默默地捧著月季花燈，和尋常不一般的安靜。

船靠上堤岸，大少爺便一下子不見了蹤影，易媽媽一路尋著過來，這才找到了大少爺，沒有任何懸念的，又是在陶五小姐在的地方尋到。

易媽媽看得出來，大少爺喜歡陶五小姐。

可那日大夫人問起的時候，大少爺卻矢口否認，易媽媽怎麼都琢磨不透是為何。

「我拿著月季花燈，你也是。」齊眉笑著走了過去。

阮成淵的身子僵了一下，再抬眼的時候又是那純真的孩童笑容。「妹妹好。」

兩人隔著些距離，一起走到堤岸旁，齊眉先蹲下來，阮成淵也跟著蹲下來。

「會不會放這個？」齊眉笑著問他。

「不會。」阮成淵搖搖頭。

「我來幫你。」齊眉把兩個花燈的燈蕊都撥了幾下，放在河上。「你拉住你的花燈，然後我們一起許願，記得要在心裡許，不要說出來。」

易媽媽沒見過阮成淵這麼聽話的樣子，或者又可以說是聰明，以前在阮府裡做個什麼都做不好，陶五小姐說的話卻是都能聽懂。

阮成淵伸手去拿住花燈的時候，不經意碰到了齊眉的柔荑，那觸感讓他微微抖了一下。

「會冷嗎？」齊眉奇怪地問他，初夏的夜晚也是頗有涼意的。

「不冷，和妹妹一起一點兒都不冷。」阮成淵笑著道。

閉上眼虔誠的許完願，齊眉忽而笑著側頭。「為何你總叫我妹妹？」

「因為……」阮成淵想了想，道：「淵哥兒聽人說過，若是妹妹，那便是要一生保護的人。」

這時遠處傳來一陣凌亂的聲響，生生地打斷了兩人，子秋氣喘吁吁地跑過來，尋到了齊眉。「五小姐不好了！八小姐落水了！」

齊眉猛地起身，趕緊被子秋領著跑走。

身後的男子依舊站在原地，只看著兩人剛剛放的花燈，漸漸地靠在了一起，似是相互扶持一般地順著水流漂遠。

齊眉趕到的時候，視線被一群小姐和少爺們擋住，看不清前方的狀況。

「會不會有事？她本來就染了風寒一直未好徹底，這下落了水……」齊眉說著眼眶紅了起來，努力地把人群推開，總算讓她擠到了前頭。

河水上的花燈顯得七零八落，齊眉一眼就看到了合歡花燈，之前陶蕊錯拿了她的，那合歡花燈倒著浮在河面上，齊眉眼皮重重地一跳。

「剛是誰一下就跳下去救人了？」一旁的小姐絲毫都不著急，看熱鬧一般的嘀嘀咕咕。

「沒瞧清楚，不過陶八小姐手裡提著的合歡花燈可真好看，我從沒拿過的。」不在乎人的安危，反倒是惦念著連生命都沒有的物品。

「今年提著合歡花燈的是哪家的公子？」

「好像是……」

「好似救上來了！」忽而最前頭的人一聲驚呼，閒話的小姐們也都停住，眾人伸長脖子看過去。

齊眉拳頭捏得緊緊的，隨著那聲喊，心也跟著提了起來。

奮力把人群扒開，渾身濕透的男子懷裡抱著的人正是陶蕊。

齊眉完全顧不及看男子是誰，幾步衝到他面前，萬分焦灼地把陶蕊從他懷裡抱過來，正要平放在地上。

她前世的那些閒暇時間，也不是絲毫沒有作用，閱覽了許多書籍，悶得慌了的時候只要帶字的她都拿來看。

落水的人救上來一定要立馬平躺於地上，把胸裡積的那些水都擠出來，憋著的一口氣才能順過來。

那男子始終低垂著頭，抿著唇表情尤為認真，渾身濕透了也不言不語，身邊腦子靈光的侍從拿了帶著的絨披風鋪好，男子幫齊眉一起把陶蕊平放在地上。

陶蕊的髮鬢已經完全散了，一頭青絲被河水打得濕透，黏在臉上顯得可憐至極，唇色也褪盡。

齊眉努力的按著陶蕊，看似並沒有落水多久，一會兒的工夫，昏迷不醒的陶蕊就吐出了河水。

一對美目極其艱難的打開。映入眼簾的卻是齊眉，張嘴想要說些什麼，卻一點兒聲音都發不出來，只能吃力的發出啊啊的聲音。

「覺得如何了？」齊眉握住陶蕊的手，拿出絹帕擦她的額頭。

陶蕊努力地動了動唇，終是暈了過去。

「嘩，竟然是居家大公子！」身後的小姐們開始嘀咕起來。

齊眉側頭，身後站著的男子正好遮住她和陶蕊，除了齊眉，並沒有誰能見到陶蕊狼狽的模樣。

竟然是居玄奕救了陶蕊！

齊英這時候才跑了過來。「八妹妹如何了？」

「嗆進去的水已經出來了，但是手涼涼的，要趕緊帶回家裡去。」齊眉沒有多餘的心思去想別的，轉身要把陶蕊揹起來。

「算了吧，妳自個兒出氣兒都不勻。我來，妳趕緊跟著過來。」齊英撇撇嘴，面上並未有齊眉那樣焦灼的表情，皺著眉頭把濕答答的陶蕊揹在背後。

齊英身子骨健朗得很，陶蕊又輕，幾步就把齊眉甩在了後邊。

看熱鬧的人們見著熱鬧被揹走了，便也各自散開，只不過不少小姐們瞧見了，匆忙之中雖並未看清楚誰是誰，但齊眉可以肯定的是，陶蕊落水的事情第二天就會傳開。

居玄奕始終背對著她們，從頭到尾也沒有說過一句話，之前是在幫她們擋著，現在卻依舊僵著身子一動不動。

「多謝居大公子救了我家八妹妹，隔日定將登門。」齊眉在他身後福禮道謝，語氣說不出的客氣和感激。

然而卻半晌都沒有回應，齊眉心裡焦急著陶蕊那邊，只能再次福身後便匆匆要離去。轉身的時候卻被拉住了胳膊，同樣被河水打濕的他，一下就濡濕了她的衣裳，那種涼意讓齊眉心裡咯噔了一下。

側頭對上了居玄奕的眼，四周都是昏暗的，卻不比他的眼眸灰暗。

「我……」一開口的沙啞聲讓人啞然，頓了一下，居玄奕緩緩地道：「妳拿的是不是合歡花燈？」

沒頭腦的問題讓齊眉奇怪的看他一眼，但還是立馬點點頭。「是的，不過後來八妹妹拿錯，我便拿了她的月季花燈。」

握著齊眉胳膊的手一緊，她手裡並沒有花燈，說不定是自個兒放了。「找到提著一樣花燈的人了嗎？」

齊眉不想再說這些問題，居玄奕平時不是這樣不分輕重的人，也不懂他這樣執著地說著無關緊要的問題是為何。

「已經和他一起放了。」

「我，拿著的也是合歡花燈。」

凌亂的話語本該是奇怪的，齊眉卻聽得心裡一下蜷縮起來，已經來不及細想，子秋在後頭催著。「五小姐，要快些了，那頭馬車已經駕過來了。」

陶蕊昏沈沈的靠在馬車裡，意識模糊。

居玄奕看著齊眉被扶上馬車，車簾落下前，是齊眉的背影。

他一個跨步上了自己的馬，騎在馬車的前方不遠處。

齊眉耳邊都是踢踢踏踏的馬蹄聲，和車輪輾過地面的聲音。手撫上陶蕊的臉頰，有些涼涼的，而齊眉腦子裡有些亂糟糟的。

到了陶府，齊眉下了馬車，齊英攔住她。「我送八妹妹進去，妳把居大公子先領進府裡。」

齊英一直十分冷靜，陶蕊很快就被送回了園子。

齊眉轉過身去，居玄奕正下了馬，齊眉微微露出一個笑容，現在雖然情形這樣混亂，但陶家也不能失了禮數。二姊說的正是她想的，得把居玄奕帶進去，讓丫鬟帶著他沐浴換一身乾爽的衣裳。

居玄奕倒是沒有拒絕，只聽齊眉輕柔地說了一句便點頭，齊眉怕丫鬟疏忽，領著往廂房走，邊走邊吩咐道：「居大公子不是習武之人，沒有武功底子，這一番救人只怕是耗了不少體力。河水凍人，濕衣裳穿在他身上這樣久，保不定會發燒，妳一定得把水燒得熱些。」

丫鬟哪裡敢疏忽，忙應下去張羅了。

齊眉抬眼看居玄奕。「等會兒沐浴過後，我去請示祖母，讓人託信給居大公子府上，明日一早再送居大公子回去。」

「多謝五小姐。」眼睛始終看著她，毫不避諱。雖是打濕了一身，應該尤為狼狽，劍眉下的一雙眸子卻顯得特別的有神，深邃得似是要把人吸進去。

「妳是不是看了我的信箋才去的花燈會？」居玄奕直接地問道。

齊眉頓了下，還是猶疑地點頭。

居玄奕重重地舒口氣，好似什麼大石頭從心裡卸下了，忽而爽朗地笑起來，比廊上掛著的燈籠還要耀眼。

柒郎中很快被請了來，陶蕊的園子裡忙忙碌碌，下人進進出出，都只嘆八小姐這回出事，還好沒釀成大事。

把陶蕊安頓好，柒郎中開了藥，只拱手道：「還好有人把陶八小姐嗆入的大部分河水都排了出來，馬車一路顛簸回來餘下的也已經排得七七八八。只不過陶八小姐原先底氣有些不足，眼下病情只怕要好好調養了。」

大太太聽著沒事，原先緊蹙的眉頭鬆開了些，養病無妨，陶家有足夠的藥材，陶蕊只要好好的休養不再亂跑出去，幾個月後定能好起來。

一早得了消息的老太太坐立不安，直到大太太領著齊眉進去，大太太把柒郎中的話複述了一遍，老太太又心疼又鬆口氣，還好被人救起來了。

招手讓齊眉坐到身邊。

「瞧瞧妳也滿頭大汗的，也虧得妳在那麼亂的時候還記得要把水排出來。」老太太親自拿著絹帕給齊眉擦著額角。

鶯柳和鶯藍在一旁打扇，大敞著的窗和半開的門，屋裡的空氣十分順暢。

齊眉半會兒後總算緩了過來。

說了一陣子當時的情況，老太太只覺得心驚肉跳。「也不知陶家是不是觸怒了神仙，花朝節妳差點兒出事，那時候祖母嚇得都要暈過去，這會兒花燈會蕊兒又落水，真是……」

老太太搖頭嘆氣，雙手併攏在一起念念叨叨。「明日我早些起身，沐浴一番去趟廟裡。」

「拿些銀子謝謝那個救了蕊兒的人吧。」老太太說著想起了這個，側頭吩咐嚴媽媽。

「救八妹妹的人是居大公子，他也渾身都濕透了。」齊眉的話讓老太太訝異得動作都頓住了。

老太太忙坐起來。「就這麼讓人回去了？御史大人要見到了，只怕要責怪我們陶家連這點禮數都不懂。」

也不是沒有可能，剛剛那樣的混亂，饒是誰都會只先想著落水的人。

齊眉福身道：「居大公子已經安排到廂房內了，孫女吩咐丫鬟燒了熱水，準備乾爽的衣裳，孫女走的時候木桶正被小廝們扛去廂房。」

老太太這才舒了口氣。「這就好，這就好。」

齊眉這一晚都沒睡好，反覆輾轉著身子，腦子裡盡是凌亂的畫面。

第四十二章

齊眉睜眼的時候天才濛濛亮。

一整個晚上翻來覆去，睡睡醒醒，模模糊糊的夢盡是光怪陸離。

換好了衣裳，齊眉猶疑了一會兒，先往陶蕊屋子的方向行去。

吳媽媽正在照顧著陶蕊，圓胖的臉上，眼窩子陷了進去，眼裡布著不少紅紅的血絲，一看便是照顧了陶蕊整晚。

看著五小姐過來，吳媽媽把絹帕放到一邊，福身。「五小姐。」

「蕊兒怎麼樣了？是一直睡著還是中間醒過來過？」齊眉邊說邊坐到床沿，拿起絹帕沾濕了，幫陶蕊擦著額頭。

「八小姐沒有醒來過，一直睡著呢。」吳媽媽道。「老奴去給五小姐端茶來。」

齊眉頭也不回的嗯了聲，手下繼續著輕柔的動作。

陶蕊遭了這麼大的事，卻也只有吳媽媽在盡心服侍，平時來她的園子都是圍了一圈丫鬟的，二姨娘一出事，老太太稍微的疏遠都在下人間極快速地傳開，有種樹倒猢猻散的感覺。

鳳眸一下子打開，人忽而醒來的時候都有那麼一瞬的茫然，齊眉見陶蕊醒了，把絹帕浸到一旁的面盆裡，伸手撫上她的額頭探溫度。

「五姊，妹妹睡了多久？」陶蕊一出聲就沙啞得厲害。

「一晚上了，昨兒個妳回府後府裡就一直在上下忙活，柒郎中給妳開了藥，妳也服下了，從頭到尾都沒有醒過。妳啊，在外頭怎麼都要小心些……」齊眉絮絮叨叨的。

陶蕊本來要問的話又嚥了下去，眼眸微微地閃著光，一眨也不眨地看著齊眉，不知道在想些什麼。

「昨日都是居大公子救下了妳，我們也都不在邊上，不知妳是怎樣的情況。居大公子也是個英勇的人了，等妳好了要去好好謝謝他。」齊眉說著說著，語氣有點兒奇怪起來，昨日那些小姐在邊上嘰嘰喳喳，她縱使當時心急，回來一晚上的工夫，反反覆覆地輾轉，好多話也都浮在腦海裡。

那些小姐們說，居玄奕的船剛從堤岸旁要往右側行，他站在船沿，手裡提著合歡花燈，若有所思的時候好似看了岸邊一眼，船便停住了。

再接著也沒人看清楚，陶蕊就忽而掉到河裡，居玄奕竟是毫不猶豫地跳了下去。

陶蕊面上的落寞一瞬而逝，在齊眉又抬眼看她的時候已然是笑得清甜無比。

「妹妹知道了。」

「看妳精神好了些，就別說這麼多話了，再好好睡會兒吧。我要去給祖母請安，晚些時候居大公子也要走了。」齊眉幫陶蕊掖好薄薄的絲被，起身離去。

「居大公子要走？」服侍的丫鬟恭敬地問道。

一晚上的歇息，居玄奕的精神極好，點點頭，理了理衣襟就出了屋子。自然還是要先和陶家長輩請過安後再走，丫鬟帶著路往清雅園行去。

一輛馬車由遠及近行來，到了門口，一抹秀麗的身影從馬車上下來，側面看上去，小巧的鼻子、總是彎起來的溫婉眼眸，只是看一眼都覺得舒心。

居玄奕捏緊了拳頭。

誰都無法知道，當對岸的合歡花燈忽而出現在他眼前時，他那種無法言喻的喜悅，還未來得及讓船停靠回去，那人卻忽而落到河裡，他一下子肝膽俱裂。

想都不用想他便跳下河，奮力救起，碰到的觸感卻詭異的熟悉，待到他全身濕透的抱著人上岸，以為救起來的女子卻站在他對面。

丫鬟見居玄奕一直駐足不前，忙問道：「居大公子？您是忘記拿什麼了？奴婢幫您回去拿。」

居玄奕擺擺手，平復著心情，丫鬟進去通報。

被領進屋子的時候，餘光微微掃了一圈，果不其然，她已經躲進了內室，這是自然的規矩。

內室隔著的那道簾子下，有些輕微的晃動。

老太太自是對居玄奕幾番道謝，問了居家長輩好不好，又笑著與他說了幾句，說明日定是登門拜謝。

居玄奕沒有那麼多細膩的心思，只跟著應和著。

齊眉站在內室裡，靜靜地聽著外頭的響動，直到老太太讓嚴媽媽送客後，才掀開簾子出來。

老太太皺起眉，眼睛閉起靠在軟榻上，剛剛和藹的笑意都不見了蹤影。

齊眉幫老太太捏起肩膀。「祖母是在擔憂昨兒個救人的事？」

老太太眼睛一下子打開。「還是妳精靈，不光指阮家和蕊兒的親事，我剛也試探地問了幾句，沒見居家這個哥兒對蕊兒有別的意思。」這樣一來，居家來提親的可能性就……老太太眼皮抬了抬。「蕊兒本是好好的和妳還有齊英一起的，怎麼就落單了？」

齊眉細細地說了一遍，花燈的事情卻沒說。

「她被寵得多，好面子。」老太太嘆了口氣。

回了東間，齊眉坐在床榻邊，眼眸微微地閃動。

居玄奕在那樣的情況下問她花燈，回來後也張口又問信箋，從頭到尾都沒有提過陶蕊，再想起昨日那些小姐們嘰嘰咕咕的話，齊眉身子顫了顫。

她想，居玄奕是把陶蕊當成她了。

但卻並沒有想像中的心裡堵起來，齊眉起身又走到外頭，空氣十分的清新，淡淡的花香隨著風飄散過來，在她鼻間縈繞。

還有一件事情，他們陶家才剛與阮大夫人說起陶蕊和阮成淵的事，雖然八字還沒一撇，可也是老太太自個兒開口的，昨日那樣大的動靜，又有不少達官貴人家的小姐和少爺們在場，指不定阮家已經知曉了。

齊眉正想著的時候，聽得阮大夫人前來的消息。

果然，說什麼就來什麼。

齊眉正走到月園，反正離得近，讓子秋又過去打探了一番，半個時辰後得了準確的消息。

阮大夫人把親事給取消了。

話語間十分客氣，也沒有什麼責怪的意思，讓老太太大大地舒了口氣。是阮家大夫人先提出才好，不然免不得被人說陶家出爾反爾，自個兒提出來的親事，轉頭又反悔。

「這也是沒法子的事。」陶老太太的語氣不無遺憾。「淵哥兒是個至純的性子，總不能讓他被旁人胡亂就說些什麼，大夫人能不計較、不誤會是最好了。」

阮大夫人尷尬地跟著笑了下。「別人不知道就罷了，我們阮家和陶家這樣好的交情，這些事也不是能阻止的，哪能就這樣斷了聯繫。」

又坐了一會兒，鶯藍和鶯柳起身送客。

齊眉已經走到了附近。「阮大夫人好。」兩人打了照面，齊眉給阮大夫人福禮。

阮大夫人只是微微點頭。

齊眉看著阮大夫人匆匆離去，眉眼間都是愁緒。好不容易給阮成淵盼來的親事，還沒下筆，紙就被抽走了，還是原先就心心念念了這樣久的。

轉身要回東間的時候，看著遠處一個身影，幾分熟悉。

齊眉定睛看著，是吳媽媽。

這時候不照顧陶蕊，跑到這清雅園來做什麼？
齊眉跟了過去，吳媽媽這是一路回了陶蕊的屋子。
還是冷冷清清的氣氛，連守門的都在打瞌睡。
屋內吳媽媽歡欣地道：「阮大夫人親口說的要把親事取消，老太太也點頭了！」
「當真？」那欣喜的聲音可不就是陶蕊。
「老奴聽得萬分清楚，可決計不會聽錯，阮大夫人與老太太說起話也都是客客氣氣的。
「不過小姐可不能再這樣了，怎麼都是身子要緊啊！」

隔了幾日，老太太和大太太帶著禮，動身去了居家。
齊眉坐在東間裡練字，書桌上擺著的桃花含苞待放，看似嫩得嬌羞，卻矜持著始終不綻開。
今兒的天氣極好，初夏的太陽不曬人，園子裡透著春日的氣息。
每次齊眉心裡無法平靜的時候便會練字，墨香和著微風，是很好的調適。
一張紙寫滿了，最後一筆輕輕地勾上來，抬頭的時候才發現左元夏端著一盤點心站在一旁。
「是不是打擾姑子了？」左元夏見齊眉放下筆，笑著走過來。「本是做好了點心想端來和妳一起吃，看著妳在練字便也沒出聲。」
「沒有。」齊眉笑著拉起左元夏的手，兩人對著坐到軟榻上，案几上的糕點看上去不大好吃的樣子。

齊眉只看了一眼，笑著道：「大嫂又開始琢磨做這個了？」芝麻鳳凰卷和棗泥糕，至少做出來的點心模樣還可以。

挾起一塊棗泥糕放到嘴裡，乾巴巴的，若好吃的話是那種入口即化又不會膩的味道。

「大嫂做棗泥糕的時候可以多加點兒水，不然就會乾乾的，大嫂是放了冰糖吧。記得大哥這人就喜歡甜食，可偏偏不喜歡冰糖的味道，每次吃糕點最麻煩的人就是他。」齊眉笑著說道。

左元夏臉一紅，說起了別的。「也不知是怎麼了，邊關的信是還沒有送過來，瞧著都過了幾日了。」說著面上掩不住的擔憂。

在這個府裡，她沒有別的人可以說話，只有住在邊上的姑子會和她走動，聽著前幾日家裡幾個小姐去花燈會出了事，她便來看看齊眉，誠實地說，她也想問陶齊勇的消息。

本是每隔兩月的月初就會送來的信箋，這次卻遲了。打仗不是兒戲，一個不小心就要丟命的，她知道陶齊勇一身好武藝，可要她不擔心怎麼都不可能。

齊眉勸慰地說：「不用急，畢竟不是去遊玩的，信遲幾天也是正常的。」其實憶起前世，說起這樣的話，自個兒心裡也沒底。

大老爺下朝後去了阮府，今日在殿上，皇上一直龍顏大悅的模樣，二皇子那邊傳來的都是好消息。

阮府的下人很快備好茶點，陶大老爺和阮大老爺兩人坐在軟椅上，面色都有些凝重。

「我們陶家始終欠了二皇子兩個情，不得不還。」

阮大老爺擺擺手。「不盡然，二皇子選的是陶家，而不是別的人，只能說他眼光狠。」

「怎麼說？」陶伯全問道。

阮大老爺笑了笑。「要說動武還是你行，可動腦就比不過我們文官。」說著壓低些聲音。「陶家走了那麼久的下坡路，長時間被皇上視為一根刺，拔掉又不敢，不拔又疼。可血書的事情，當時兵行險招，誰也不知道後路將如何。明明看似入了絕境，下一刻二皇子卻能讓皇上態度逆轉。且先不說他的能力，朝中原先那樣一邊倒的局面，連皇上都被迷了心，而二皇子卻一雙慧眼，能看清你們陶家才是忠將，已經很難得。」

阮、陶兩家交好，兩位老爺說起話來也從不做虛偽的那一套，好便是好，差便是差，什麼話都是直接的說。

陶伯全承認地點頭。「弘朝忠義之人不少，二皇子慧眼是不假，但心也很大，並不只是因得陶家盡是忠良，也不全是因得我手中握著的那一點兒兵權，二皇子還看中了我父親麾下的死忠。」

「江山社稷，若是落在太子那樣的人手裡，不堪設想。」阮大老爺重重地吐口氣。

書房的門忽而一下打開，兩人對視一眼，警惕地站起來。

「兔兒呢，淵哥兒的兔兒呢！」

原來是阮成淵！兩人都鬆了口氣。

阮大老爺幾分無奈，看著阮成淵跑進來認真得要命，四處找著他口中的兔兒。

阮大老爺道：「易媽媽呢，把淵哥兒帶出去。」

「父親，淵哥兒的兔兒跑到書房裡來了！」阮成淵跺跺腳，滿臉氣惱。「淵哥兒看見牠進來的，一定要抓回去！」

前幾天確實有看到阮成淵抱著一隻雪白的小兔子在玩，阮大老爺見他這著急的模樣，只得擺擺手。「罷了，你找吧。」

阮成淵高興地點頭，找了一會兒到了門口，把門一下子關上。「可不能讓兔兒再跑出去了。」

阮大老爺轉頭繼續和陶伯全說著話。「可二皇子還是讓人看不透，之前御史大人拿到了秘密的消息，二皇子不日就要回來。皇上也知曉這個，不過在大殿上並未提起。你說二皇子為何這樣匆匆地趕回來？那邊的隱患並未完全消除。」阮大老爺說著重重地嘆口氣。「也不是不能再派人去，可二皇子做就要做完、做足，半途而廢和本就不做，在皇朝裡並沒有什麼區別。」

「只是一些邊邊角角的小事情未處理完罷了，我深信二皇子做什麼都是有緣由的。而且此番前去他所贏得的民心民意，已是無法預計。」陶伯全倒不這麼認為。「剛剛也說過，當初二皇子看似無害的接近我們陶家，我本以為他真的只是無聊了溜到我們府裡，可細想起之後一連串的事情，除了那絹書以外，其餘一切都是井井有條地進行著。」

「無論如何，這一番回來，平甯侯必有動作。」阮大老爺擺了擺手。

「我會讓人看著的。」陶伯全道：「御史大人那邊的消息一到我手裡，沿途我便安排了人，二皇子自身的武藝我試過，雖不至於高深莫測，但自保還是足夠。」

「我是擔心以後的路。」阮大老爺說著望向窗外，面色越發的擔憂。

「啊，兔兒找到了！」阮成淵興高采烈地指著窗外，陶伯全好奇地往外看，可也沒見什麼雪白的兔子。

「太調皮！」阮成淵也沒給阮大老爺和陶伯全福禮，和來時一樣蹦蹦跳跳的出去了。

「淵哥兒還是這般活潑的性子。」陶伯全是看著阮成淵長大的，對他這個模樣多少也有惋惜之心，但如今卻改了想法，就是這樣至純至性的人才不會捲入是非爭鬥之中，一世活得無憂無慮。

阮大老爺搖了搖頭。「若他小時候沒有那檔子事，現在也定能有所作為，說不準能和你家勇哥兒並肩同行。」

兩人都清楚，要真正的站穩腳跟，之後的路慢慢地就會換成下一輩來走，阮大老爺之所以支持二皇子，除了為國的未來，無非還是有為阮家謀個出處的私心。

阮家沒有可以指望的哥兒，也沒有出什麼妃嬪，饒是滿腹學識，若沒有人在後頭撐腰也都是空話。而阮家與陶家交好，縱使阮家不走這條路，平甯侯只怕日後也不會放過他們。

「你家若是與我家走得生疏些，也不至於跟著兵行險招。」陶伯全道。

阮大老爺擺手，聲音壓得極低。「你當我們阮家是什麼人，等到太子繼位，百姓的生活不知要苦到什麼地步。我們在朝為官，可不就是為了輔佐君王、為百姓造福?!」

窗外，阮成淵悄悄地靠在外頭，若有所思。

清雅園裡正忙亂著，老太太領著大太太在仔細挑選著東西。

「大媳婦，妳看這個如何？」老太太拿起鶴瓷九轉薰爐。「聽聞德妃娘娘平素總是誦經唸佛，她應是會喜歡。」

大太太點頭道：「再配上成對的上好檀香，應是不會有錯。」

老太太讓嚴媽媽把鶴瓷九轉薰爐拿起仔細的包起來，大太太扶著她坐上軟榻。「母親，媳婦很擔心。」

「我也擔心。」老太太揉著前額兩側，大太太忙接手幫她揉，老太太眉間的川字越來越深。「忽而就說要給德妃娘娘辦壽辰，若是別的妃嬪我都不會有什麼想法，可這麼多年了，什麼時候仁孝皇后幫德妃娘娘張羅過壽辰？而且還說要帶著齊英過去。」

「大老爺在宮裡的人說了，德妃娘娘道現在時局不穩，二皇子還在救苦救難之中，她也那麼多年沒辦過這些，不用鋪張，本是一意要婉拒。」

「德妃娘娘性情確實良善和氣。」老太太道。

「德妃和氣，可皇后……」大太太欲言又止。「不如稱病吧……」

老太太只能嘆口氣。「萬萬不可，已經是板上釘釘的事，我們也不是沒去過宮裡的慶宴，齊英性子是冷淡了些，但該有的分寸都有，只要我們小心些就好。況且原先陶家落難得以翻身，可不只是二皇子的幫助。」

消息來得太急，還好陶家拿得出手的禮物不少，翌日就要起身去皇宮，老太太、大太太和齊英都早早的打扮好，一起坐上馬車往宮門行去。

齊眉坐在家裡焦急的等著，待到入夜，老太太三人才回來。

齊眉迎了上去，老太太和大太太表情凝重，齊英只抿著唇，看不出什麼情緒。

齊眉一一的福了禮，老太太一坐下來眼眶就紅了一圈。「怎麼好事都要變壞事！」大抵是總算回來了，大太太繃緊的身子也軟了下來，齊眉眼疾手快地上前扶住她。「母親，到底何事？」

「皇后根本就是借著德妃娘娘所謂的壽辰，說齊英的親事。」老太太恨恨地道。

齊眉心裡一沈，真的被她猜中了。

今日在壽宴上，仁孝皇后拉著齊英滿意的笑道：「本宮在宮裡都聽得外頭對妳的美譽，今兒一見確是個極好的孩子。本宮見過的閨秀太多，可只有妳能有那樣的擔待和勇氣，說起來，當年皇太后也是這樣讚譽過本宮。」意思再清楚不過。

「總說要防、要防，可鳳口一開，我們能怎麼防？」老太太拉起齊英的手。「苦了妳了。」

齊英微微地搖頭，依舊沒有什麼情緒的樣子。

齊眉安慰著兩個長輩，好不容易老太太平靜了些，揮揮手。「妳們都先回去歇息吧。」

嚴媽媽把兩人送出去，老太太捏緊了帕子。「孩子們一個、兩個的親事都這樣被犧牲，我真是止不住的心疼。」

大太太狠狠地搓著拳頭。「齊眉和蕊兒的親事，絕對不能這樣。」說著頓了下，肯定地道：「至少齊眉，我絕對要讓她幸福。」

「二姊，現在妳要怎麼辦？」齊眉去了齊英的屋子，兩人坐在一塊兒。

齊英只看著窗外，半晌才緩緩地道：「無論老天怎樣安排我，我都不會認命。」清冷的眸子裡忽而一絲柔情劃過。「要嫁那個昏庸的太子，走到這一步，我無所謂，大不了破釜沈舟。」

齊眉握著齊英的手，只感覺那瞬間就傳遞過來的冰涼。

面上再清淡、嘴上再狠，心中怎麼也無法釋懷。

「二姊，妳別硬撐了。」齊眉忍不住說出來，齊英無論前世還是今生，對待愛都是這樣只認準一條路，死走到底。

「想哭的話就哭吧。」

齊眉語氣分外的輕柔，齊英對上她的眸子，只覺自己的偽裝也被看穿，眼眶漸漸紅了起來。「五妹，怎麼辦，妳說我要怎麼辦？」

「會好起來的，還未定下，說不定會有轉機。」齊眉抱住齊英，頭一次感覺到齊英的脆弱，兩人頭靠頭的睡在了一起。

翌日辰時，齊眉和齊英梳洗好，正要去給老太太請安。

齊英眼睛都是腫的，顯得十分的憔悴。

一進屋子，就聽得大太太和老太太說：「今早傳來的消息，算起來這時候二皇子應是已經到城門口了。」

一輛馬車從城門口駛進來，隨著馬夫抬手揚鞭，車簾也跟著掀起來，馬車的速度比不過毫無束縛的駿馬，車簾被風吹得掀起的時候，讓街道兩旁的人恰巧抬頭，絕美的容顏清楚地瞥見一瞬。

二皇子忽然回京的消息，讓宮內宮外都措手不及。

他此次回京，定是要有一番動作，臨回來前他已經做好了打算，這麼多年來他都隱忍，現下也該是要露出來些的時候。

能封得兵部的官是最好，只要穩步上前，一切都能慢慢展開。

百姓一早就站於街道旁，馬車在寬敞的道路上疾馳起來。

馬夫猛地見到不遠處蹲著個男子，大呼道：「讓開！讓開！」急於趕路，馬夫再次揚鞭。

男子卻絲毫不為所動，似乎聽不見一樣，側身蹲著對著馬車前來的方向，專心致志的玩著手下的七彩小球。

馬夫怒目瞪著那個男子，好大的膽子，竟這樣無視二皇子。

恨恨地舉起馬鞭，要落下的時候街道旁的人都爆發出尖叫，一個衣著樸素的婦人聞聲轉頭，看清了眼前的情形後幾乎肝膽俱裂。「大少爺！」

蹲著的男子站了起來，依舊是側著身子，笑得彎彎的眼睛盯著手中的彩球，似是渾然不覺危險的到來。

車內的人忽然衝出來，奪過韁繩，同時一腳把馬夫踹下馬車，剛剛還凶神惡煞的馬夫一下從馬車滾落到地上，因得駿馬被馬鞭揮了幾下，從這樣快的速度上跌落，馬夫當場就摔斷了手。

二皇子緊咬著牙，使盡氣力把韁繩拉緊，駿馬不停掙扎，受驚地嘶鳴。

在千鈞一髮之際，馬車終是停了下來，離那個玩著彩球的男子只剩一步之遙。

這時候男子猛地轉頭，才感覺到危險降臨一般，不知所措地看了一瞬，眼眶立馬蓄起淚水。「易媽媽！」

帶著哭腔的呼喊，那個魂都要丟沒了的婦人這才回過神，原來大少爺沒被馬車撞到。

也不知怎麼回事，大少爺這幾日都執意要上街玩耍，總在城門這塊兒玩，易媽媽一直擔心，可又勸不住他。稟了大夫人，大夫人也說她多心。瞧，她這哪是多心，這幾日眼皮都突突地跳也不是沒來由的。

易媽媽失魂落魄地去把阮成淵抱在懷裡，旁的人這時才瞧清了差點喪命於馬車下的人。雖並不知曉是誰，但看這行為舉止，再加上他一身錦衣華服，只怕是阮家那位傻子嫡長子。果然是傻得厲害，差點要死了都不知道，還只知曉玩兒。

「啊，二皇子！二皇子您別，看在我是……」被一腳踹下去的馬夫並未暈過去，疼得在地上打滾，話還未說盡。二皇子凌厲的目光射在他身上，直讓他猛打哆嗦，加上疼痛不堪，再也說不出話。

「饒了你？這樣蔑視人命，你說說本皇子有什麼理由饒了你？」二皇子俊眸微眯。「把他帶下去，按規矩處置。」

身邊的侍從小聲提醒。「這是平甯侯家遠親的長子。」

「帶下去！」二皇子揮揮袖袍，轉身穩步要上馬車。

忽而一顆朱紅的小球咕溜溜地滾過來，二皇子頓住了腳步，側眼看過去，傻傻呆呆的男子容貌卻是俊逸不凡。

他對阮家這個嫡長子有幾分印象，記得阮大學士對這個兒子算是寶貝。

二皇子跨出去的腳又收了回來，撿起朱紅的小球走到阮成淵身邊。

易媽媽忙拉著阮成淵跪地行禮，阮成淵也乖乖地跟著行禮。

「二皇子切莫怪罪，這一番……」

「不用多說，本皇子知道。」二皇子手一揮，笑著道：「把他帶上我馬車，他這個模樣，妳也不好送他回去。」

易媽媽沒想到二皇子這樣平易近人，不怪罪不說，反而還主動要送阮成淵回去。

如此她對夫人他們也能交代，不然這樣的事情，不說死，她至少也要脫層皮。

不過最感恩的還是大少爺沒有出事，不然縱使她被免了死罪也不願意活下去。

朱紅的小球放入阮成淵的掌心，二皇子對上他的視線，卻覺得那對純真清澈的眸子裡隱隱透出一絲別的東西。

阮成淵上了馬車，車簾放下，侍從坐上前邊駕著馬車。

因得剛剛的事情，馬車的速度緩慢了幾分。

馬車駛到了阮府，車簾掀開的時候易媽媽忙上前去扶阮成淵，卻見得車內的二皇子若有所思地看著阮成淵的背影。

阮家人得了消息，匆匆地趕到府門口，阮老太爺見著果真是二皇子，忙領著眾人要跪下行禮。

二皇子上前虛扶住他。

客氣了幾句，二皇子便又上了馬車，往皇宮趕去。

阮大夫人急著問：「怎麼就差點出事了？我在屋裡聽著，心肝都差點被嚇出來。」

「可不是。」易媽媽說著抹汗。「大少爺在玩著彩球，二皇子麾下的那個馬夫卻覺得大少爺目中無人，直讓馬車要撞過去，都是二皇子及時衝出來，勒住韁繩馬才停了下來。」

「你啊，好端端的怎麼就在街道上玩，若不是遇著這樣溫和的皇家人，你現在也……」說著阮大夫人心有餘悸，一下子咳嗽起來。

阮老太爺擺擺手。「罷了，沒事就罷了，把淵哥兒帶回屋裡，沒事兒也不要出去了。」

等著阮老太爺領著眾人回府，易媽媽才軟了一下身子，帶著阮成淵往裡走。

阮成淵頓了一下，深深地看了眼馬車離去的方向。

第四十三章

朝中正商議著國事，二皇子回京的消息也一瞬間就炸開。

不過災情也已經安置得差不多，二皇子這一去就是幾個月，急著回來稟報也是情理之中。

在外逗留太久，縱使有名頭也終是不好。

正寂靜下來的時候，公公尖著嗓子一道道傳進來，二皇子到了。

平甯侯微微地抿起嘴角。

二皇子風塵僕僕地進來，給龍椅上的皇上行了大禮。

皇上和顏悅色地摸著鬍鬚。「平身吧。」

二皇子起身再次拱手，稟報起了賑災巨細。

皇上越聽面色越和藹，一些大臣也露出欣慰的神情。

平甯侯抬起三角眼，看著面前的人。

「立了這樣的大功，百姓還特意贈禮予你，都道當今皇室是真正的憂國憂民，你說說，朕要賞賜給你什麼好？」皇上笑著問道。

有大臣在竊竊私語，只道這樣的功勞不封個六部內的官，怎麼都說不過去，若是能入樞密院，那也是理所當然的事。現在正缺的官位正是樞密院內的一個職位，再上一步說不準便能得了那些秘密的軍情。
平甯侯緊緊地盯著二皇子，拳頭微微捏起來。
二皇子拱手，平穩著聲音道：「兒臣此番前去，見得百姓受天災的折磨，幸得皇恩浩蕩，蒼天庇佑，災情緩和下來，短時間內卻無法根除。」說著頓了一下。
殿內一片安靜，這樣的話並不是要獎賞的意思。誰也不知二皇子接下來是要說什麼。
二皇子接著道：「兒臣幸不辱命的完成了父皇的任務，但卻依舊心繫那邊的百姓，若是父皇要賜給兒臣獎賞，那兒臣只求父皇允許兒臣再次回到西河。」
這下不只是皇上頓住了，連平甯侯也有幾分錯愕。這樣急匆匆地趕回來，卻不是要獎賞？難不成他全都想錯了，二皇子實則並非窺伺權位？
片刻之後，皇上繃著的臉緩下來，大笑了一聲。「皇兒既然開了口，那朕也自是允了。
「但無端端的去到西河不合規矩，你如今也近二十的年紀，朕就封你為西王，賜西河為你的封地，擇日啟程。」
「兒臣謝過父皇，皇上萬歲萬歲萬萬歲。」二皇子恭敬地行禮。
平甯侯眉頭蹙緊。
出了大殿，大臣們的議論開始大聲起來。
「二皇子也實在想著百姓，西河那樣遠的地方，去過一次也就罷了，竟是要一直待在那裡。」
「是啊，這樣的王爺，封了還不如不封，西河那樣的地方，怎麼會有什麼作為？」

「或者二皇子隨了德妃娘娘的性子，喜好清苦平和的生活吧。」

平甯侯仍愣在一旁，好半晌沒有回過神。

「二姊放心，二皇子這樣著急的趕回來，並不只是為了封王爺和得到封地。」齊眉邊說著邊把繡線從底部穿過去，拉長的繡針閃著微微的銀光。

「從花朝節後關於二姊的傳言就開始漸漸地傳出來，最近更是愈演愈烈，縱使二皇子在西河也一定有所耳聞。」繡針穿了回去，齊眉把線頭咬掉。

總算完成了一條繡帕，總找二姊討教繡活，她也長進了不少，拿著繡帕給齊英看。

齊英點點頭。「很不錯了，有了這樣的手藝，以後有個萬一也是用得上。」

要把繡帕收起來的時候，繡帕卻一下被風吹到地上，齊眉彎腰撿起，腰間裝著玉珮的香囊掉落下來。

齊英幫她撿起來，玉珮露出了一點兒。「居安？是誰？」齊英索性把玉珮拿出來，端詳了一陣。

玉質並不是上乘，但卻晶瑩剔透，而且明顯能看出這並不是一塊完整的玉珮。

「我見妳總是戴著這個，幾乎不離身，可沒想裡頭卻是半塊玉珮。」齊英把玉珮塞回香囊，遞還給了齊眉。

「我也不知居安是誰……」齊英和齊眉，現下已經是敞開心的姊妹，無話不談倒不至於，但也無須隱瞞太多。

「居家大公子吧，居姓並不常見，京城裡更是只他一家。」齊英竟是微微牽起唇角，有些打趣的意思。

「不是。」齊眉臉微微紅起來。「他也不是這個名字。」

「那說不準是誰的字？」齊英壓低了些聲音。「無論是什麼都好，這樣的東西千萬要仔細收著，別讓別人瞧見了，妳我之間無事。可別人不代表不會亂想。」

齊英已經斷定這個是居玄奕的東西，說起話來也頗為慎重。「妳與他本就般配。我見他對妳也是上心，不過事情定下之前，都要仔仔細細的才好。」

「居家大公子也是個才子了，性子也頗為熱忱，對於妳這樣喜靜的正好互補。」

「二姊！」齊眉臉紅得更厲害了。

怎麼也想不到，竟能和齊英有這樣的相處時光。誰對她是好的，今生才看得越發清楚。

兩人正鬧在一塊兒，迎夏掀開簾子走了進來，福了禮後神色略顯慌張。「二小姐、五小姐，大老爺剛剛被緊急召入宮去了。」

現在已經過了上朝的時間，而且父親才剛從朝上下來沒多久，官服都褪下了，收了消息只說有事要商議，又趕忙換上。

這一來一去的，陶府的人都有些摸不著邊角。

姊妹倆去了大太太那兒，大太太正派人去宮門口打聽著。

「母親。」姊妹倆一起福身。

大太太招手讓她們過來。「妳們怎麼一起來了？」

齊英從不拐彎抹角，直接地道：「剛剛聽聞父親被皇上急召入宮了。」

大太太微微頓了下，繼而點頭。「確實如此。」

「已經上完朝了，卻又不當下召妳們父親過去，非要他回來了才又再次召見，只怕是臨時發生的事情。」大太太說著嘆口氣。「我一聽緊急、立馬的詞眼就覺著心慌得厲害。」

拉住齊英的手，半晌也不再說話。

去打探的人過來，說看著平甯侯的馬車也入了宮。

大太太眼皮重重地一跳。

宮內。

大老爺被領著入了御書房，只微微掃一眼便發現除了皇上之外，皇后和平甯侯爺也在。心中雖是疑惑，卻也沒有表露出來，只是規規矩矩地福禮。

皇上微微抬手，看了眼皇后。「皇后，妳說要找陶尚書過來，也不告訴朕是什麼事，現在總可以說了吧？」

大老爺順著皇上的話看過去，目光規矩的垂下，只看著仁孝皇后那對金絲繞線的繡鞋，只覺刺眼非常。

「陶尚書是宮中的良臣，陶家更是三代忠良。」仁孝皇后的聲音微微有些上揚，那種從骨子裡透出的優越感讓人渾身都有些不舒服。「前些日子聽聞了你家二姑娘的事蹟，那般勇敢和善良，本宮聽了都覺得不錯。」

音。

大老爺心裡咯噔一聲，他再不懂女子之間那些拐彎抹角的話，這個也能聽出來弦外之音。

前幾日德妃娘娘的壽辰，老太太和大太太就帶著齊英入宮赴宴，爾容在服侍他更衣的時候滿臉愁容說起的話還在耳邊。

大老爺本還寬慰她，就算是仁孝皇后有這個打算，那也不會幾日的工夫就付諸實行。今日突然這樣尋了他過來，又在皇上面前提起，若是再說下去的話……

大老爺想起太子那不學無術、整天只知吃喝玩樂的模樣就覺得心裡一陣寒。齊英那樣清冽的性子嫁給太子，不死也得被折騰得半條命都沒了。

想著正要跪下來，外頭小公公卻忽而啟稟，德妃娘娘來了。

平甯侯眸光微微地動了動。

蘇邪這人太過出其不意，這次突然回來，他本以為蘇邪要有所動作，還事先部署了一番，可蘇邪卻出乎他的意料，並沒打算要做官，反而是一派平和，一心只想著西河百姓疾苦的模樣。

這幾日平甯侯暗自派人打探過，西河當地好似確實十分貧苦，那樣的地方，就是想翻身也很難，可他心中仍是存著一絲疑慮尚未打消。

思量之間，德妃娘娘已經進來，福禮。

這麼多年了，德妃甚少靠近皇上身邊，這樣直白在他們面前來御書房，倒也不是什麼心思縝密的樣子。

從以前德妃就是個柔和的性情，若是她厲害一些，長姊斷不能容她，還好只是個再普通不過的懦弱深宮女子。

「臣妾此次前來，是懇求皇上恩准臣妾能留在宮中。」

德妃的聲音平和得不行，就像是涓涓流淌的泉水滑過人的心田，表情卻帶著些哀切的懇求。

德妃娘娘緩了緩，看著御書房內眾人，面色有些紅起來。「臣妾在宮裡住了這麼久，身子也不好，前去西河的路途遙遠，一路又是顛簸，加上臣妾在宮裡住慣了，西河那裡的日子，臣妾的身子只怕是受不住。」

「為何？」皇上眉毛挑了挑，問道。

平甯侯扯了扯嘴角，瞧他想的什麼，果然就是這樣的女子。

西河那樣清貧的地方，德妃再是在宮中深居簡出也是過了這麼多年的好日子，這樣背著二皇子來求皇上，還不是受不了苦。有這樣的生母，孩子又能出息到哪裡去？

況且德妃娘娘能在宮中那是最好，蘇邪很是敬重德妃，如若能把德妃留在宮中，諒蘇邪也不敢在西河暗地裡做些什麼。

皇后笑著道：「皇上，臣妾也覺著留下來的好，後宮之中忽然少了德妃相伴，臣妾該有多寂寞。」說著牽起唇角，輕笑的看了眼德妃。

皇上沈吟片刻，低著頭誰也瞧不見他的神情，德妃主動提出留在這裡，也能夠繼續伺候他，他心裡居然微微地一熱。再抬頭的時候，便笑著道：「朕准了，就讓德妃留在宮中繼續調養身子。」

「可臣妾留在這兒，總歸要有個人跟過去照顧著邪兒，其實如今邪兒年紀也不小了還沒有娶妃，不如皇上作個主……」德妃娘娘再次福身。

「德妃可有合適的人選？」皇上問道。

德妃娘娘微微一笑。「全憑皇上作主。」

皇上撫了撫下巴，憶起剛剛皇后等人對齊英的誇讚，笑著道：「真是良緣到了，剛剛皇后與朕說起了陶尚書府上的二姑娘呢。朕下旨，陶府二小姐陶齊英，溫婉善良、品行端正，正值待嫁之年，特賜婚予西王，擇日完婚。」

話一出口，皇后娘娘緊緊地捏著手中的絹帕，平甯侯微微動了動眉頭，而陶大老爺則是身子不穩地歪了一下。君無戲言，皇上親口說出來，無論如何也沒有回轉的餘地了。

老太太抿了口重新端上來的熱茶，唇角卻微微地顫了顫。「還不如嫁給太子，至少能錦衣玉食，齊英這樣的性子不去爭不去搶的話，怎麼都能討得一方安寧。就像德妃那般，也是能好好的活著。」

「可若是跟著西王爺，完婚了便要去西河，那裡環境艱苦，齊英從小沒過過苦日子，哪裡能在那兒過一輩子？」人心都是肉長的，大老爺一想起之後齊英的日子，總覺得心口悶得厲害。

「吃的還是次要，最要緊的是西王爺這次立了大功回來卻不邀賞，反倒還要把自己扎根在那裡，他這樣軟懦的性子怎麼襯得了齊英？」大太太說著有些忿忿不平。

大老爺頓了下，沒有說話。

爾容說得沒錯，衣食住行都是次要，他之所以這樣心顫的理由，家人都無法知曉。

母親也沒有說錯，嫁西王爺不如嫁太子。

若是以前他定不會覺得這樣心驚，西王爺前兩日邀他飲酒，大老爺全程都心神不寧，一直有些猶豫的模樣。最後西王爺竟是莫名的問起他家中情形，今日仁孝皇后百般讚譽齊英的時候，怎麼德妃娘娘就那樣巧的進來。

之後德妃娘娘自然而然地提起要留在宮中，又請求皇上給西王爺賜婚，皇上無論如何都只會立馬想到剛剛被仁孝皇后誇讚的齊英來做良妃。

越想越覺得頭上冒汗，會不會是西王爺看得出他的猶豫，所以做了這一齣好戲，利用了身邊能利用的一切，讓齊英嫁給他做王妃，這樣的話，他便只能使出全力來幫助西王爺。

現在西王爺也未向他們直接的說過些什麼，但大老爺感覺得到，如若之後真的到了要動手的地步，他們不出手相助，西王爺沒了是一回事，齊英也不能倖免於難。

大老爺開始深深地懊悔，當時絹書的事本以為是上天眷顧，得以讓陶家重生，卻不想只是從一個坑跳到了另一個坑。

悔恨得眼角都有些酸澀起來，屋裡滿是家人，他自是不可以脆弱。

看了眼齊英，卻是意外的神色如常，隱隱透出來的那一分不同，也不是心冷或者哀傷的意思。

「齊英，是父親沒用。」大老爺把齊英叫到身邊，握著她的肩膀，出乎意料的並不削瘦。

陶家所有的小姐裡，就數齊英的性子最硬，身子也最健朗。若是別人得了這樣的消息，不哭也是會嚇得面色慘白，可湊近了一看，齊英臉頰上還浮著一層紅暈。

「這樣的事也不是父親可以作主的，君無戲言，誰能違抗皇命？」齊英的聲音也是一如既往的清冷平靜。

「妳不恨父親？」大老爺始終心裡自責。陶家的先祖最初不過是在河堤上扛大包的，誰也不想之後會平步青雲。

可人越往上走就會遇到越多困難，爬得越高就越不能下去，否則就會粉身碎骨。

「為何要恨，祖父和父親都是為國，無論做什麼樣的事、被誰算計了什麼，都是躲不掉的。」齊英的聲音打斷了大老爺的思緒。「皇上賜婚，就是還記著陶家的好，跟著西王爺去西河，不是父親所想的受苦，這是一種德。女兒是陶家人，能為陶家出力，本就是責任。」

齊英的話讓大老爺忍了半天的淚一下潤濕眼眶，他忙起身走到窗邊，不想讓人瞧見濡濕的眼角。

齊英先退了下去，大老爺心情仍是無法平復。這樣懂事的女兒，讓他越發的不願送她去虎口。

過不了幾日，宮裡人動作極快，齊英的八字已經被送進宮裡，和西王爺的十分相襯，估算著會很快訂下婚期，畢竟西王爺要前去封地，不可能再在京城久待。

大老爺從宮裡回來，換下官服後丫鬟過來稟報。「大老爺，西王爺來訪。」

「快請進來。」大老爺道。

「西王爺已經在正廳飲茶了，來了有一刻的時辰。」丫鬟道。

大老爺進正廳之前，重重地嘆口氣。

「陶尚書。」西王爺起身，笑著拱手。

「西王爺不必行這樣的禮，臣受不起。」大老爺語氣不善，原先也讚嘆過西王爺這一張勝過女子的容顏，只是站在面前，那雙幽靜的眸子就能把人吸走似的，先前也與阮大老爺說起過，西王爺在皇室裡是最為出色的，可他萬萬想不到這樣的人會打起自家女兒的主意，他無法原諒。

陶伯全轉身坐下的時候，餘光瞟見一道翠綠的身影，總覺得很是熟悉，今日齊英似是著的這樣顏色的裙衫。

西王爺說了什麼，陶伯全也聽不到耳裡去，只是有一句沒一句地應著。

「岳父大人。」西王爺這一聲著實跟炮仗一樣，啪地點響了陶伯全的神經。

「也還沒有成，西王爺這樣叫微臣，傳到別人耳裡，怕是以為陶家多麼迫不及待。」陶伯全越發的語氣不善，他心中的鬱氣隨著西王爺到來越來越深。

都已經要下聖旨，還做些什麼女婿來看老丈人的表面功夫。陶伯全鑽到了牛角尖裡。

西王爺帶來了美酒陳釀，和陶伯全坐在亭子內，倒好了酒，自個兒先端起酒杯一飲而盡。

陶伯全心中煩悶，有好酒他也無須跟西王爺客氣，端起來一口氣喝了幾杯。結果速度太猛，一下子頭昏腦脹，模糊之間聽見西王爺的話──

「本王明白陶尚書心裡的不快，二小姐是陶尚書愛護著長大……」西王爺倒是絲毫不遮掩，這樣的性子和齊英意外的相似。

西王爺輕輕舒口氣。「本王想陶尚書知曉一點，娶了齊英做王妃，本王會待她好，雖是比不過做父親的深厚，但發自內心的情感不會比陶尚書要少……我會對齊英好。」西王爺的青絲被風吹起來，溫和的飄揚，他用了我字，似承諾一樣的話讓陶伯全迷茫起來。

犯不著刻意來做這樣的偽裝，西王爺此趟過來，特意說這樣的話，更像是專程過來，鄭重的給出承諾。

回了園子，大太太讓新梅打了盆熱水來，絹帕在水裡潤濕，再幫大老爺細細的擦汗。

「本就是躲不開的事。」大太太似是想得通透了些。

「齊眉回府後和齊英走得近，那時候齊勇的親事，她們二人都跟著心中著急，但這次一反常態的平靜，齊英更是。」大太太說著把絹帕再次潤到水盆裡。「其實也說不準是緣，西王爺若真只是滿心算計，不用這樣來寬老爺您的心。」

大老爺身上帶著酒氣，腦子裡反覆想著西王爺的話和他真摯的表情。

那時候他娶爾容，謝家看不上沒落的陶家，擔心爾容跟著他會吃苦，會成日沒有好日子過，當時的他也是這樣和爾容的父親承諾，他會對爾容好。

他無法得知是不是西王爺真心，但或者真如爾容剛剛說的那般，說不準是緣。

齊英和西王爺的親事被提上了日程，並不能走尋常的禮數，下月就要完婚，太過匆忙的準備時間卻也沒讓陶家亂了陣腳。大部分的東西都由西王爺那邊來準備，陶家反倒是清閒了許多。

記得當時齊勇的親事也是這樣趕，但卻隱隱透著不同。

西王爺說了，時間再趕，所有的儀式都不可以省，該怎麼做都要做，不求做到最好，但必須最用心。

西王爺幾乎樣樣事情都親自過問，有些不合禮數，但也無人敢說他。

陶伯全心中些許寬慰起來，西王爺這樣做，別人都說是好面子，但這回他想得通了，西王爺是怕委屈了齊英。

親事和去封地的事是同時在準備，出人意料的井井有條，一切都有序的進行著。

月中的時候，阮家接到了聖旨，說阮家長子阮成淵，性格敦厚樸實，特命其與西王爺同去封地學習。

「西王到底在暗地裡計劃些什麼？」平甯侯琢磨不透，來回踱步。

仁孝皇后冷笑一聲，伸手搭著由宮女把她扶起。「本宮派人去查探了，西王回京城那日，所乘的馬車險些撞到了阮大學士家的長子，瞧德妃那模樣，有什麼樣的生母就有什麼樣的子，帶著個傻子過去能做什麼。」

「這樣膽小怕事的人，成得了什麼氣候。」仁孝皇后坐在軟榻上，目光卻寒涼。「本宮嚥不下去的一口氣是，前段時日在皇上面前說起陶家二小姐的事，卻反倒為人做了嫁衣。本宮費了那麼大的心神，卻被西王撿了個便宜。」

「陶家小姐有何好的。」平甯侯倒是不認同。「武將之家，只怕一個個都粗聲粗氣的，還不如阮家的小姐，到底是書香門第，舉止都得體大方，這樣才襯得上太子。」

「若不是太子不爭氣，我何苦千挑萬選。陸家的小姐若是再聰慧些，本宮也能看得上。」仁孝皇后說起這個就頭疼。

無奈這麼多年過去，她生不出自己的皇子，也不知是怎麼了，明明皇上先前那般寵愛她，懷上一次，卻小產，之後肚子就再無動靜。

把太子這樣養大，偏偏染上的都是惡劣的習慣與興趣。

齊英成親的前日，陶家停止了忙碌，一切都準備妥當，只差明日轎子進門來迎娶。

齊英呆呆地看著窗外，連齊眉進來都不知曉。

「二姊。」齊眉小聲地喚著她。

「以後就極少能見面了，來看看二姊。」齊眉遞上了一對鴛鴦枕的繡套，笑著坐到一旁。

「這是妳繡的？」對上齊英驚異的眼，齊眉點點頭，語氣溫柔。「這些日子來一直煩著二姊，只因想送一樣親手縫製的禮。一切都有西王張羅著，妹妹才想到做這個。」

「妹妹有心了。」齊英撫上鴛鴦枕的繡套，面上的神情柔和幾分。

「等到二姊回門，是不是隔日就要去西河？」齊眉問道。

齊英點點頭。「妳的身子如何了？」

齊眉笑著道：「已經好了大半，再調養調養便會完全好起來，這可是柒郎中的原話呢。」

「如此甚好。」齊英把鴛鴦枕的繡套收好，兩人坐得近了些。

外頭的月色尤為柔美。

齊眉知道以後和二姊能這樣相處的日子只怕是沒有了，所以格外珍惜現下的時光。

看了眼月色，齊眉輕輕地吸口氣。「二姊。剛回府那陣子，妹妹以為二姊是不喜歡妹妹的。」

「我知道。」齊英竟是笑了笑。「我性子如此，不是妳的錯。」齊英說著竟是拉過齊眉的手，握入自己的手心。「我與大哥對妳的心都是一樣的，妳出生之時我也不過兩、三歲，沒有什麼記憶，只聽過妳的名字，之後極少見到。原先妳覺得我對妳有敵意，那也是真的。」

齊眉訝異地看著她。

齊英舒了口氣，似是要把心裡頭的話都說盡。「其實也不是別的原因，妳一直在府外的莊子生養，母親卻成日裡念叨妳，就連過年都不曾陪過我和大哥，笑容也很少給我們。

「我原先也有過，妳若是一輩子能在府外就好了的念頭。可當第一次收到子秋送來的信，大概是身子裡流淌著一樣的血，姊妹連心，當時我就想妳會不會過得並不好。」齊英說著愧疚地看了眼齊眉。「去問了好多人，下人們都不敢提起妳，還是一個要走了的老媽媽臨行前告訴我，妳並不是在莊子裡好吃好住的靜養。而妳之前的信，其實是被八妹妹拿走，到了二姨娘手裡，不知為何之後卻沒有動靜。」

齊英這段沒有說下去。「之後我上了心，總是守在後門，不只是好奇信裡的內容，更好奇妳為何不自個兒前來。終是等到妳的信，我看了內容，妳竟是在求救。那時候府內正忙著，也亂得厲害，我沒了主意，正好聽到大哥回來的消息，我馬上去找他。

「我怎麼都忘不了和大哥一起趕到莊子的時候，妳拿著刀，脖頸都被自己割破了，眼睛卻滿是堅毅的模樣。而妳之後倒在大哥懷裡，又顯得那麼脆弱……」

齊英說著眼眶紅起來。「妳與我都是母親生的，我對誰都冷冷淡淡，但對妳無法冷淡起來。妳明明身子那樣差，卻能憑著毅力這樣一步步撐過來，一個人在莊子裡孤苦無依，卻又能化險為夷。妳是我的親妹妹，我不對妳好，還能對誰好？」

齊眉總算明白，為何前世今生，她都總誤以為二姊處處刻意針對。說起來，確實母親一直都把愛意灌在她身上，雖然更多的緣故是歉疚，可也忽視了大哥和二姊。

「不說這些了。」齊英似是卸下心頭的包袱，重重地舒口氣。「明日之後，府裡便只剩下妳一個人，我和大哥都不能在妳身邊。我知妳不是那種需要保護的人，但事事都要處處小心。」

說著壓低聲音。「尤其是二姨娘，她現在雖被軟禁起來，也已經和下人的待遇無異，可妳要當心她，能在府裡橫行霸道成這樣，不是沒有緣由的。」

「妹妹知道了。」齊眉點頭，反握住齊英的手。

她以前還誤以為送去的信箋之所以石沈大海是因得齊英搗鬼，卻不想從一開始二姨娘就是那樣的壞心腸。沒準兒，當時派過去要帶走她的人，都是二姨娘安排的。

二姨娘能有這樣的能耐，自然和她家裡與那些黑白兩道都接觸有關係。

翌日——

齊英已經被扶進轎子，細碎的步子，大紅蓋頭遮住她的臉，尖細的下巴都瞧不見。

隨著小太監喊著起轎，轎子穩穩當當的被轎夫們抬起，一路遠去。

大太太這時候才掉下淚來，拿起帕子剛擦了去，又不停地滾落。

頭一次嫁女兒，就要去到那麼遠的地方，讓她如何不感傷。

老太太也頗有些難受的模樣，嚴媽媽扶穩她，在一旁勸道：「西王妃隔日回門還能見到的。」

齊眉看著轎子消失成一個點，跟著眾人正要回府。

陶蕊忽而身子一軟，吳媽媽眼疾手快地扶住，前邊的長輩們已經進去，無人注意到。

齊眉微微彎身。「怎麼了？」

吳媽媽嘆口氣，還未出聲就眼角酸澀起來。「八小姐原先就受了風寒，之後落水更是雪上加霜，也是今日二小姐出嫁，八小姐心中不捨，才硬撐著要我扶她出來瞧。」

陶蕊也跟著眼淚汪汪。

齊眉站直身子。「受不住的話就不要出來，免得像現在這樣害了自己，還得不到好。」

陶蕊愣了一下，看著五姊姊的背影漸漸消失。

「這……」吳媽媽有些愕然。

陶蕊把手一揮，唇抿成了一條線。

齊眉回了東間，拿起繡線和繡針，窗外的光線照進來，卻晃了她的眼，繡線怎麼都穿不進去。索性把繡針和繡線放下，手撐著下巴看著半敞的窗外。

居玄奕救了陶蕊，陶蕊因得身子的緣故無法出門，只由老太太和大太太隔日親自去登門道謝，二人回來後卻沒提起在居家的事，齊眉便也沒問。

緊接著就是二姊的親事，大家都忙得暈暈乎乎，齊眉都要忘記了。

陶蕊今日衣裳穿得薄，弱不禁風地站在一邊，可長輩們都心中感傷二姊的遠嫁，無人注意，陶蕊這才想到了她，想借她的口去和祖母說些什麼。

無論如何，祖母心中還是極疼陶蕊，只不過因得那惡毒的二姨娘，無法釋懷，正好陶蕊生病，這麼幾個月都不多見。

居玄奕救了陶蕊是不假，但門當戶不對，有她能提的分兒就怪了。況且自古男婚女嫁都是父母之命、媒妁之言。

居家一直中立，圓滑的遊走在權貴間，地位才能一直這樣穩妥，居玄奕是居家嫡長子，縱使是大將軍府的小姐，居家也不能娶個庶女，不然未免要遭人嗤笑。可不娶的話，陶蕊被居玄奕救下的事情已經傳開。

陶蕊這一算計，把自己賣進去了，也把居家給賣進去了。

只怕居家是有心拖著，而祖母和母親也不會熱著臉去胡亂提，畢竟都是有分寸的人，事情本不用發生，卻被陶蕊弄成這樣的局面。

齊眉心情越發的沈重，她與陶蕊說了那麼多，是真心的想告訴她，嫁給阮成淵不是什麼壞到極點的事……

第四十四章

成親是人生中最大的一件事，嫁娶的過程繁瑣至極，更遑論是嫁為王妃。

齊英頭一直昏昏沈沈，直到被扶到新房都沒回過神來。記得大哥娶大嫂的時候，並沒有太過鋪張，畢竟陶家不樂意，左家也是別有用心。

可她進了新房，隔著蓋頭都能感到四周皆是一片喜慶的紅色，腳下都是大紅的毯。

性子再清淡，再是情投意合的良人，這樣的大事也免不了緊張。

齊英等得肚子餓得咕咕叫起來，想起齊眉昨晚塞給她的糖塊，悄悄拿出來就要吃，剛要送到嘴裡，門忽然打開。

齊英一下子被嗆到，眼淚都要流出來。

腳步聲急急地走到面前。

「妳怎麼了？」一熟悉的溫潤聲音，帶著些酒氣，撞上齊英身上熏的淡淡荷花香。

也不知為什麼，齊英緊張得說不出話，半天才把糖塊弄出來，肚子更餓了就算了，還弄得這樣狼狽。

忽而一陣輕輕的笑聲。「原先我倒是不知道，妳竟也有這樣有趣的一面。」

太過分了！竟然被笑話了！齊英怒氣沖沖，抬手就把紅蓋頭掀開，一對美目狠狠地瞪著他。

這樣出乎尋常的舉動，男子滿臉吃驚，當然並不是因為齊英的舉動。略施粉黛的她並不是美豔絕倫，卻讓他越發的怦然心動。

喜娘們咳嗽了聲，西王爺才回過神，把餘下的儀式都做了，齊英總算吃到了今天唯一下肚的東西，雖然是清冽的美酒，但有了酒水下肚，肚子好像被騙到了，至少沒再咕咕叫。

果然新房內是觸目可見的大紅色，餘下的便是金色，全是一片華貴氣派的模樣。

「這樣的佈置，王妃可還滿意？」西王爺唇角帶笑。

齊英輕輕地嗯了一聲。

沈默片刻，西王爺伸手緊緊地摟住齊英，力氣大得嚇人，齊英都要喘不過氣了，伸手推著他。

「還好，還好我趕得及。」

只這一句，齊英就沒有了動作，心跟著悄悄地化開。

得了她被皇后看中的消息，蘇邪竟然能放下那邊的事，不顧一切地趕回來。

「岳父大人原先十分厭惡這門親事，我知曉不會有變，但更知曉妳希望能得到岳父大人的支持，只能鄭重承諾給他，事事親力親為……只為……」

齊英把手指放在他唇上。「別說了，我都知道。」

相愛的兩人終能在一起，無論以後的路要怎樣走，至少現下是幸福的。

突如其來的沈默透著從未有過的氣氛，齊英的心撲通撲通跳起來，躡手躡腳地悄悄躺下，想要先睡過去。

西王爺看著從未見過的齊英的這一面，忽而勾起唇。「現在，本王要做另一件親力親為的事了。」

齊英還未反應過來，西王爺伸手一扯，床帳飄然落下，合歡紅燭的光映著室內。

回門那日排場不比出嫁要小，已然是西王妃的齊英被宮女精心裝扮，先與西王爺一起去了皇后、皇上那兒奉茶，再起身去了德妃娘娘的寢宮。

出乎齊英意料的質樸裝潢，德妃笑得溫婉，握著她的手，微微地點頭。

坐上回門的馬車，齊英差點扭到，一雙有力的大手扶住她，齊英回過頭，正對上西王爺關切的笑容。

越是離陶府近，心裡就越不平靜，這一次回去，不知下次是何時，西河那樣遠的地方，說不思念親人自然是假的。

陶家擺了家宴，家裡所有人都聚在花廳，西王爺和西王妃的到來讓所有人都站直了身，老太太領著眾人福禮。

西王爺忙上前把老太太扶起來。

大老爺摸著鬍鬚，大概女婿都是越看越順眼，西王爺從頭到尾都是心口如一，看齊英那樣好的氣色也能確定，會對齊英好這句承諾定不會假，心終於完全的放了下來。

女眷們到了亭內去坐著，西王妃額上貼了花鈿，梳著精巧大氣的朝月髻，如換了一個人一般，那份清冷的氣質被掩去不少，一身如意緞繡絲瑞雲雁廣袖雙絲百鳥裙，拖到了地上，身後的宮女提著，王妃的氣派盡顯。

齊春和齊露圍著西王妃打轉，陶蕊也看著西王妃身上的華貴衣裳，眼裡一閃而過的羨慕，好奇地伸手要摸。

「得虧了西王妃是自家人，不然別人還以為多沒見識。」冷淡的聲音十分陌生，齊眉抬眼看過去，是三姊姊齊清。

這樣的場面，再是不願出來的人也不能違抗，齊清雖然繼承了秦姨娘的幾分美貌，但到底不及，隨著年歲的增長容貌並沒更加秀麗，身上的那股子風塵味兒反是多了不少，而她性子本不是這般不討喜的，現下卻一出聲就衝陶蕊冷言冷語。齊眉想起先前老太太有意把齊清塞去平甯侯家，以收拾二姨娘捅出的爛攤子。

齊清對陶蕊有敵意也是自然而然的事。

陶蕊抿著唇，臉羞得通紅。

西王妃忽而微微一笑，伸手把髮鬢間的銀鍍金鑲寶石碧璽點翠花簪摘下，放到了陶蕊的手心。「八妹妹喜歡的話就拿去吧。」

齊英出嫁以前，從未對陶蕊這樣好聲好氣的說話過，陶蕊有些訝異，猶疑著不知該不該接。

西王妃以前甚少露出笑容，一笑起來顯得尤為清麗，和顏悅色地把陶蕊的手覆住簪子。「我這一趟走得急，誰的禮都沒準備，妳是府裡年紀最小的，心思也細膩，這個就是我獨獨送妳一人的禮。」

說著又把齊春和齊露也叫到身邊，囑咐著。「以後好好的在府裡，等到三妹妹嫁了，府裡就是妳們五姊姊最大，妳們幾個都要跟著妳們五姊姊，別添亂。」

齊眉眉頭微微動了下，西王妃這是話中有話。

陶蕊的面色一沈，半晌都未再出聲。

齊春和齊露甜甜地應了。

過了會兒，西王妃拉著齊眉在花園裡漫步，亭內的人看著她倆，尤為親密，是真正姊妹的模樣，不知道在說些什麼，兩人忽而一下子笑起來。

陶蕊只覺得手中的簪子燙人，一不留神把手扎出了血，吳媽媽眼尖看到，慌忙把陶蕊扶起，和西王妃請示了後，扶著陶蕊回了屋子。

愉快的時間總是過得極快，很快就到了離別的時候。

大太太說了幾句不要哭，自己卻又掉下淚。

齊眉握著西王妃的手，輕輕地說了句。「二姊注意身子，若是有空了便與我寫信。」

親人都在自己面前落淚，西王妃也忍不住又紅了眼眶。

府外，阮大老爺和阮大夫人也在囑咐著阮成淵。

阮大夫人在一旁交代著易媽媽，此次跟著阮成淵去的身邊人只有易媽媽，是西王爺的意思，昨晚才送來的消息，阮大夫人安排的那些隨行丫鬟和小廝都一下沒了用處。

易媽媽勸慰著。「大夫人請安心，再艱苦的地方，老奴也會拚了命的保大少爺周全，況且西王爺是個性情善良的，那日差點撞上大少爺，若不是西王爺及時勒馬……」

沒有說下去。

阮大夫人還是不捨，一把把阮成淵抱到懷裡。「你從未離開母親身邊，從未離開阮家，母親更是從未想過會有這一天，真不知是好事還是壞事。」

「淵哥兒能跟著西王爺遠行是好事。」阮老太爺撫著鬍鬚，心裡覺得甚是滿意。

阮大老爺也是這樣的感覺，拍著阮成淵的肩膀。「西河雖很遠，也不是富足的城鎮，但艱苦的環境更能鍛鍊人，淵哥兒一直在府裡被好吃好住的養著，雖是性子至純，但這麼下去也不是辦法。說不準去西河，能開些竅，汲取些靈性。」

阮老太爺和阮大老爺都這樣說了，阮大夫人也不好當著這麼多下人的面掉眼淚，鬆了手，又仔細地幫阮成淵理著衣裳。

一身寶藍色的對襟長袍，腰間束著白玉鑲藍腰帶，上頭掛著的香囊顯得極不相稱。

阮大夫人頓了下，伸手要把香囊取下。「這個是什麼？」

阮成淵抬手捂住了香囊，清澈的眼眸看著阮大夫人，一句話都沒有解釋，手下卻用著力，阮大夫人霎時有些錯愕。

易媽媽笑著打圓場。「大少爺打小就戴著這個了，看似有些舊了。興許是小時候誰給大少爺的，無論什麼東西，配戴在身上年代久遠些的話，那便多少能有點兒靈氣，大夫人就讓大少爺戴著吧。」

阮大夫人微微點頭，剛剛碰到香囊的時候，裡頭硬硬的觸感似是一塊玉珮，玉都是有靈性的，易媽媽說得沒錯，戴在身上也好。

算著西王爺和西王妃也快要從陶家出去，讓小廝把馬車駕過來，阮大老爺坐了上去，而後阮成淵也被扶著坐上去。

阮大夫人一下沒忍得住，看著大兒子就這樣鑽入馬車，想著之後也不知何時能再見面，眼淚撲簌簌的掉下來。

「母親，淵哥兒會好好的。」聲音不大，阮大夫人正好能聽見，語氣不似往日那孩童一般，倒是添了分成年男子的穩重氣質。

阮大夫人猛地抬頭，卻只對上阮成淵笑得純真的臉。

也不知怎地，有了這句話，心中的悲傷也減了不少。

馬車漸漸地遠去，阮大夫人拿起帕子擦眼淚，也就沒有看到車簾落下前，阮成淵認真的表情。

阮家馬車到城門口的時候，齊眉一行正跟著西王妃的馬車走。

此次遠行，西王爺和西王妃在陶府門前向長輩拜別，而同輩的齊眉幾人按著規矩可以送到城門口，齊眉與西王妃的關係不消說，自是一定要去送的。

西王爺騎著駿馬在前頭，鼻若懸樑、唇若朱丹，皮膚不比女子的要差一分。絕倫的容貌引得兩旁的人都不由得讚嘆，生得這樣的容貌，舉手投足卻是威風凜凜，周身盡是男子氣概。

齊眉姊妹倆坐在馬車裡牽著手，一直在說著話。

齊清與誰都不交好，自是不會前來，隨口稱病別人也不會多邀請，齊春和齊露也跟著來了，卻是與陶蕊一起坐在後頭的馬車。

齊露摸著馬車內壁。「六姊姊、八妹妹，王爺的馬車就是不一樣，真是貴氣。」

齊春笑了笑。「自是要比別人的好，皇族的人，再怎樣用的東西都是和別人不同。」

「二姊姊，不，西王妃真真是好福氣。」齊露繼續讚嘆著。「西王爺的親事因得要去封地的關係而趕得不行，外間原先是頗有微詞的，還有小姐等著看西王妃的笑話，可誰想西王爺竟是事事要自己過問，婚禮的場面可真是讓人開眼，直接給了那些嘴碎的人一大耳刮子。」

「還不是那些人自找的。」齊春掩著嘴笑起來。

「以後我也能有西王妃一半就好了。」齊露眼裡透出些期待。

陶蕊一直沒有出聲，沈默的樣子連齊春和齊露都忍不住問她。

陶蕊只微微搖頭。「我只是有些身子不適罷了。」

兩個丫頭對視一眼，關切的圍到她身邊，齊露道：「八妹妹若是不舒服的話就不要出來，這樣一吹風，只怕身子又要差些。」

齊露說著嘆氣。「原先身子不好的人是五姊，八妹妹總是活蹦亂跳的，如今倒似是換了一樣，五姊姊身子好起來，而二姨娘一出事，八妹妹就開始……」

「齊露。」齊春打斷她的話。

陶蕊臉色一沈，唇都白了。

齊春一把揪過齊露的耳朵。「妳真是！總是哪壺不開提哪壺！」

齊露也知曉自己說錯話，饒是被六姊揪得耳朵都紅起來也不敢叫疼，只悄悄看了眼八妹妹，見她面色蒼白，心中登時就愧疚起來。

「八妹妹，是我嘴壞，妳可別放在心上。」齊露拉著陶蕊的袖子道歉。卻發現對方半天沒有反應，只掀開簾子，看著外頭，不知在看些什麼。

齊春伸手把簾子拉下。「八妹妹本就在養病，就不要多吹風了。」

陶蕊順從地坐直，唇角露出隱隱的笑意。

西王妃也沒再多囑咐什麼，只和齊眉閒聊著。

「以後這樣的日子掰著指頭只怕都能數出來了。」齊眉說著有些遺憾，聽著馬車踢踏踢踏的速度，大概已經快到城門口了。

西王妃被扶下馬車，齊眉也跟著下來，只見城門口黑壓壓的一片人。

西王爺前去封地不是小事，皇上特命幾名朝中大臣送行，陶伯全、阮大老爺阮秦風、鎮國將軍以及其世子，御史大人以及太學品正居玄奕。

看得出西王爺在皇上心中的地位並不似傳言中那樣低，不僅來的重臣多，宮人也多，密密集集的少說有五十人。

這樣做的緣由還有一個，西王爺在西河一帶已然深得當地百姓的民心，若他從京城出行的時候能有好的待遇，皇朝的威望自然也會好上加好。

眾人都跟著陶伯全幾位大臣跪下，西王爺伸出手，讓西王妃站到自己身邊來，在傍晚的夕陽下，兩人並肩站著，西王妃雖是微微屈身，但也能瞥見其絕佳的氣質。

不遠處駐足觀看的百姓都忍不住嘆道：「好一對天造地設的才子佳人。」

西王妃看著自家的妹妹們，齊春和齊露鮮明的感覺到了離別，雖然平時與西王妃沒有過多的來往，但要去這麼遠的地方，到底心中不捨，眼淚很快就往下掉了。

齊春和齊露抱著哭，陶蕊卻只站在一旁，什麼話都不說。

西王妃看她一眼，髮鬢間已然插上自己今日在府內送她的髮簪，把她妖冶的容貌襯得越發動人。

西王妃把陶蕊拉到面前，上下看著她，而後深深地拍了拍她的肩膀，再轉向幾個妹妹。「我們是將軍府裡的小姐，但要記得，萬事都要講一個理字。」

齊眉眼眶裡打轉的淚始終不讓它落下來，西王妃一而再、再而三的囑咐，都只是為了她。

一旁阮秦風正把阮成淵拉到西王爺跟前。「西王爺願帶著犬兒前去西河，微臣不勝感激，只不過成淵畢竟……所以若是有什麼不得力的地方，還望西王爺海涵。」

這是在給西王爺事先說好，阮成淵腦子不靈光什麼都不懂，帶著他去了自是千恩萬謝，可若他因得傻的緣故做出什麼事來，西王爺一定要手下留情。

「阮大學士就安心吧。」西王爺的聲音比清泉流淌還要好聽，笑著招手要讓阮成淵到身邊來，阮成淵卻沒有動作。

這麼多人看著，若是有什麼差池的話可不只是丟人的事情了，阮秦風心中焦急，伸手推了阮成淵一把。

阮成淵差點就摔倒，虧得西王爺順手就扶住，可阮秦風那一下推得厲害了，阮成淵踉蹌了幾下才穩住，一不留神，腰間的香囊咕嚕嚕地滾落。

香囊掉到地上發出清脆的聲音，就在邊上的西王妃幾人看過去，香囊裡的東西露出了一角，阮成淵正彎身撿起。

齊眉看得心撲通一聲重跳。

猛地抬頭望向阮成淵，他已經拾好香囊，易媽媽幾步上去幫他重新掛回腰間，只看到一個挺直身軀的背影。

那香囊裡露出的一角，並不是多名貴的東西，但與她香囊裡玉珮的模樣有幾分相似。

西王爺的隊伍準時要出發，阮成淵被扶著上馬車，鑽入車簾之前頓住腳步，回身看了一眼，目光似有若無的落在遠處那抹淡粉色身影上。

齊眉也愣愣地看著前方，心跳得厲害。

坐上馬車的時候，齊眉被一個一身盔甲的巡兵所吸引，是上次花朝節酒樓下，幫年輕女子抓住小賊的人，他行走的方向與西王妃所乘坐的馬車正好擦過去，盡頭竟然就是那名年輕女子，巡兵直直地走過去，握住女子的手，兩人並肩離去，走得一點兒牽絆都沒有。

西王妃回門，緊接著就跟西王爺去封地，一天下來，齊眉幾個小輩跟著來回跑，坐在馬車的軟墊上才覺得疲累襲來。

回來的時候，齊眉與陶蕊幾人坐了一輛馬車，陶伯全和阮秦風似是有事商量，同坐上一輛馬車，與齊眉她們的並行了半路便停下了。

齊眉在半醒半睡之間察覺到馬車不動，把車簾子掀開一角，父親正在囑咐小廝，只說了幾句後便和阮秦風進了面前的酒樓。

車簾子放下的瞬間，馬車又開始踢踢踏踏的前行。

齊眉正要閉目歇息，身邊一陣輕輕的響動，眼睛微微睜開些，看到陶蕊有些不安分地動來動去，手也時不時地掀開對面的車簾。

一件朱紅的袍子下襬透過被風吹起的車簾映入眼簾，袍子的主人騎在駿馬上，骨節分明的大手握著韁繩。

齊眉不動聲色地坐直了身子。

馬車的速度緩了下來，聽得隨行的侍從福禮的聲音。「太學大人。」爽朗的笑聲傳來。「怎麼不見陶尚書？」

「回太學大人，尚書跟阮大人去了酒樓。」侍從有禮地簡單答了一句。

駿馬的馬蹄聲和齊眉她們乘坐的馬車不一樣，居玄奕以前和她說過，駿馬就像良將一樣，要握在手裡才好掌控，只有次等的馬匹才做馱著一大車人的苦工。

其實現在想想也不盡然。

陶蕊猛烈咳嗽起來，齊春和齊露靠在一起睡得香甜，並沒有被吵醒一點兒。齊眉也閉著眸子，呼吸平穩地靠在車內。

聲音很大，外頭一下就聽到了，居玄奕蹙眉看著馬車，吳媽媽第一個從邊上掀開簾子看，陶蕊面色蒼白得厲害。

吳媽媽驚慌的道：「小姐，您這怎麼又咳起來了？」接下來就去到馬車裡要扶出來，也真是巧得可以，邊上就是藥鋪。

陶蕊柔荑被吳媽媽抓得緊緊的，腳下一滑，眼看就要摔下馬車。

若是說陶家身子不好的人，無論是誰都會第一個想到陶五小姐陶齊眉。

居玄奕也不例外，想都沒有時間想，伸手就要抱住那人，街上路過的行人不無偶爾瞥一眼的。

手卻觸了個空，差點要摔倒的人被穩穩當當地扶起來，車簾快速地一起一落，連裙襬都很快收了進去。

居玄奕正要詢問，溫婉柔和的聲音從裡邊傳來。「勞煩太學大人擔心了，八妹妹不過是偶感風寒罷了，家裡還有良藥。」

居玄奕愣住了，竟然是陶蕊？

陶蕊也愣住了，竟然就這樣被拖回馬車裡了，抬頭迷茫地看著把自己抱在懷裡的五姊，對視的瞬間，只覺得不再如從前一般全都是關切愛護的神色，反而多了分銳利。

心裡咯噔一下，抿著唇也只能輕輕喘氣。

「既是如此，那在下就不擋著馬車的路了。」居玄奕說得尤為客氣，微瞇著眼看著侍從向他福禮，而後馬夫鞭子一揚，馬車便漸漸遠去。

陶蕊，無論何時都是這樣心口不一。

居玄奕狠狠地勒了下駿馬，調轉方向，塵土揚起。

回到陶府，小姐們亦各自回了園子。

吳媽媽攙扶著陶蕊離開，走幾步就咳嗽幾聲，聽起來很可憐。

等回了東間，子秋端上熱茶，又幫齊眉換著衣裳。「八小姐的病怎麼反反覆覆的，一到了外頭便咳嗽起來，奴婢都能聽到。」

齊眉坐在軟椅上，端起茶盞喝了好幾口。

剛剛若不是她把陶蕊拉回來，又要上演那樣眾人面前被救的戲碼。

若這一次再讓她成了，在街道上不比花燈會被眾小姐和少爺們瞧見要差，百姓之間傳話可是最快的。

若居玄奕真的出手扶住了陶蕊，那他們這門親事，不成也得成了。

什麼時候陶蕊開始慢慢變了她已經無從查起，她實在不願看到陶蕊與之前活潑率真的模樣越行越遠。

子秋添了一道茶，迎夏領著左元夏走了進來，齊眉起身福禮。

兩人坐到軟榻上，左元夏是來找她閒聊的，偌大的陶府裡，能與左元夏平心靜氣坐下來說話的人，就只有齊眉。

自她嫁過來到現在，兩人雖不是無話不談的地步，但也能氣氛極好的相處一整個下午都不覺得乏味。

品著貢茶，吃著子秋端來的糕點，聊的話題倒都是尋常的。

外頭忽而飛來一隻鳥，嘰嘰喳喳的叫著，有些慌亂的樣子，不一會兒工夫又飛來了一隻額上綴著湛藍色的小鳥，嘰喳的鳥立馬就不叫了，小小的爪子勾住樹枝，輕輕地和額上綴著湛藍色的小鳥靠在一起。

「牠們應該是一對兒吧。」左元夏連看小鳥兒嬉戲都勁頭十足。

齊眉卻不由得憶起了前世，齊英的性子一如既往的硬，連在親事上都是如此，多少女兒家都只羞澀的等著父母之命媒妁之言，直到嫁了才知曉良人的容貌。

前世的花朝節齊眉自然是沒有去，但齊英去了，遇上了那名巡兵，巡兵正氣的模樣吸引了齊英的注意，不知是如何走下去的，兩人的心意很快地相通。

巡兵很喜愛齊英，為了她發誓要努力，要襯得起她。

但事與願違，大太太很快就把齊英的親事訂下了，可在迎娶前日，對方忽而暴斃而亡。沒有人再敢娶齊英，大太太病逝，二姨娘一年後扶正，坐穩了位置後有模有樣的再幫齊英張羅親事，選的人家都是普普通通的，前世的陶家沒落，齊英被冠上剋夫的名號，就是低就的人家也都想著法子婉拒。

終是有一家老爺願意娶齊英，但卻是做妾。

齊英那樣性子的人怎麼會忍得下，當下就跪在老太太和二姨娘面前，坦誠了和巡兵的事情，長輩們從驚愕到震怒，理所當然的沒有絲毫理解的情緒。

齊英被關了起來，第二年開春的親事有規有矩的進行。

齊眉偷偷去看過齊英一次，不願意吃飯，也不好好休息導致瘦得臉頰上的肉都沒有了，握著她的手像直接握著骨頭似的。

與齊英的來往少，也都是偏執認為的不愉快記憶，但畢竟是親姊姊，齊眉看得眼眶紅起來。「二姊，這樣值得嗎？」

「值得。」氣若游絲卻還是堅定不移的聲音，齊眉一直記得清晰。

巡兵沒有食言，在這兩年的時光裡，齊英受著一連串打擊和變故的同時，巡兵一直咬著牙在努力，終於上天眷顧，在一次護送微服私訪的皇上的時候遇上刺客，憑著沒日沒夜練習的武藝，救下了聖駕。

皇上惜才，巡兵被封了御前侍衛。

二姨娘的態度立馬轉了個彎，齊英的親事被她退掉，巡兵那邊也捧著臉熱絡的貼上去。

官職變了，巡兵的心沒有變過，兩人的親事很快訂下，巡兵接到了跟著鎮國將軍去邊關的任務，本來要步入幸福的兩人卻又被生生地拉開，巡兵承諾一定會回來。

齊英也只安安心心地等，一年之間一直收到巡兵的信箋，巡兵不會寫字，只會畫畫，齊眉還見到過一次，畫得十分稚嫩，也看不懂是什麼意思，但齊英一眼就能明白，極少露出笑容的她笑得比池塘裡盛開的荷花都要美。

等到白雪覆蓋大地的時候，兩人的婚事一拖再拖，總算要到了，齊英沒能等來她的良人，只等來鎮國將軍世子帶回來的骨灰。

巡兵太過拚命，若是這次能獲得軍功，他便能再往高處一層，結果被敵軍從背後一刀刺穿。

齊英沒有哭，一下都沒有哭。二姨娘大失所望，又開始問先前那位要娶齊英為妾的老爺還作不作數。

當晚，齊英捧著巡兵的骨灰，跪在祠堂門前，紅紅的燭火映紅了四周，二姨娘匆匆趕來卻來不及阻止，齊英與巡兵冥婚了。

齊眉撫了撫手中的繡品，輕輕嘆口氣。

第四十五章

看著時辰差不多了，左元夏回了內室，接了消息，陶齊勇很快要回府。

噙著笑意整理床褥，被她烘得暖暖的被褥只是握在手裡也能覺得溫暖，兵家武將的事情她不懂，但她會努力將一個妻子該做的做到最好。

無論過去被怎樣對待，她相信只要誠心，對方能感覺到自己的心中也是存著善意，畢竟以後還要與他共度餘生。

還記得第一次見到他時的記憶，雖然並不愉快，但卻也是難得的回憶。

想得出神，左元夏聽到身後的腳步聲，重重的。

之前瑞媽媽出去端糕點來，算著正好在姑爺回來時能吃上最好的。

她笑著轉身，進屋的人卻不是瑞媽媽，枯槁的面容幾乎要認不出來。

在名字劃過腦海瞬間，面前的女子一下把藏在背後的刀拿出來，往左元夏的身上刺。

「好命的總是妳們這些小姐，做奴婢的就永遠是下賤的命！」女子狠狠地說著。

左元夏算是反應快，也虧得女子披頭散髮，一看就知理智全失，刀沒有刺中她後更加激怒了女子，瘋狂地撲向左元夏。

「是！我沒有懷大少爺的孩子，大少爺從頭到尾都沒有碰過我！那又如何，哈哈哈。」笑聲恐怖又尖銳。「大少爺不是也沒有碰妳？妳和我這樣的下賤人是一樣的命啊，真是可憐！」

左元夏躲到角落裡，來不及衝出門了，形容可怕如鬼怪一樣的女子，幾乎看不出是芍藥。

已經毫無退路了，芍藥仰頭大笑。「大少爺回來了，一問就能知道我是在撒謊，既然只有死路一條，那自是要拉著妳一起死才對！賤人，都是賤人！」

刀子猛地就要刺入左元夏的心窩，她緊緊閉著眼睛，眼淚滑了下來，害怕地大聲呼救，外頭的門一直在不停的響著，瑞媽媽焦灼的聲音從門外傳來，但門已被芍藥反鎖住了。

刀子落下的一瞬，心中閃過的人是再也見不到了。

幾乎是同時發生，砰地一聲巨響，一瞬之間一聲慘叫淒厲地響起，卻不是左元夏，耳邊那樣淒慘的叫聲、以及沒有落下的刀子，教左元夏猛地睜開眼，她面上還掛著淚痕。

劍眉微微鎖起，一雙星月一樣好看的眼正對上她的視線。

餘光一瞥，芍藥已經倒在地上一動不動，不知是暈過去了還是……

到底是深閨裡的小姐，哪裡見過這樣嚇人的場面，她站不穩地勉強起身。被芍藥的刺殺弄得尤為狼狽，髮鬢完全散落下來，面上也只是略施粉黛，屋裡燒著暖爐，她只穿了一件月白的裙裳，與瀑布一樣散落的青絲形成鮮明的對比。

「多謝……」這麼長久時間來所凝聚的情感，卻只能在這怎麼也預料不到的場景下化成簡短的道謝。

陶齊勇身上的戎裝還未換下，手握著剛剛把芍藥砸暈的劍柄，看上去英勇非凡。

若不是他回來後，就被在府門口的五妹妹逮到，非讓他先回一趟西間，把這身累贅的盔甲換下，只怕現在他這個容貌都記不住的妻子已經香消玉殞了。

齊眉進來，讓瑞媽媽去煮熱茶給左元夏壓驚，自己扶著她坐上軟榻，左元夏整個人都軟綿綿的，平素那種平和素淨的氣質也被剛剛那驚險的一齣給鬧得散去一些，倒是更多了幾分惹人憐愛的氣息。

左元夏驚魂未定地靠著齊眉坐下，但齊眉卻立馬起身。「大哥，大嫂你來照顧，妹妹去稟報祖母和母親。」

這樣的大事若是祖母和母親知曉，免不了都要嚇一大跳。

臨出門前看著地上的芍藥，依舊昏迷不醒。齊眉只微微嘆息一聲，提起裙襬，外頭開始飄起小雪，讓子秋拿了油紙傘過來，攏了攏斗篷去了清雅園。

西間的氣氛依舊透著驚魂後的餘韻，接著卻漸漸地摻雜了一種微妙的氣氛。

陶齊勇僵著身子站在軟榻邊，五妹剛剛就這麼自己想好自己決定的離開了，順手還把左元夏推到了他懷裡。

被嚇得不輕的女子身子柔若無骨一般，他再怎麼樣也做不出把她狠狠推開的事。

可他也無法真的坐到軟榻上，讓左元夏靠在自己懷裡，他只好這樣彆扭的站著，讓左元夏輕輕靠著他。

芍藥在齊眉出去的時候已經被抬走，老太太兩人聽齊眉說得驚心動魄，眼皮也跟著重重地跳。

「這真是太嚇人，本想著芍藥自己胡編亂造罷了，讓她好好在浣衣院裡待著，等勇哥兒回來再審問處置，她卻先鑽了牛角尖，還喪心病狂地要拖著長孫媳婦一起死。」老太太說著摸了摸心口。

「大哥把大嫂救下了。」齊眉給老太太捏起肩膀，柔聲說著。

「哦？」老太太有些訝異。「他不是最厭惡這門親事？」

「勇哥兒秉性善良，哪裡有見死不救的道理。」大太太說著福身。「媳婦去西間看看現在是個什麼情形了，晚些時候還要做家宴，可不能出岔子。」

老太太揮揮手，齊眉也跟著一起離開。

入了朱武園，下人們都慌張得厲害，見著大太太和五小姐進來，紛紛上前福禮。

齊眉攙著大太太的胳膊，走到西間門口卻停住了。

陶齊勇還維持著原先的彆扭姿勢，左元夏眼眸微微閉起，似是睡著了的模樣。

大太太站了一會兒，改了主意。「我還是回去吧，等到了家宴的時候，讓下人來叫他們便是了。」

說著母女倆往外走去。「芍藥的事情已經很明顯了，她是自作孽不可活。」大太太說著嘆口氣。

芍藥太想向上爬也算是無可厚非，可自己做錯事不悔改，說得不好聽些，知曉要東窗事發了還狗急跳牆。

這樣的事情若是傳出去了可大可小，大太太與老太太商議過後，賜了芍藥毒酒一杯。雖然在齊勇回來這日還要作這樣的決定，但發生的事情就要用最快的速度解決，好把影響減到最低。

很快就到了家宴，齊眉帶著子秋出門，人差不多都來齊了，陶齊勇和左元夏才過來。左元夏已經重新梳好了髮髻，換了一身得體大氣的衣裳，只不過面色和唇色的慘白，還是顯示她剛剛遭遇了可怕的事情。

走起路來腳下還是有些軟，左元夏差點一腳踩空的扭到腳，被一隻大手扶起來，她面色微微一紅。

齊眉抿著唇在位上笑。

人心都是肉長的，她與大嫂說過的，大哥終能感受到大嫂的好。

家宴的氣氛算是愉快，陶家三房都聚在一起，陶齊勇自是所有人的中心。

齊賢敬了他幾杯酒，話裡都透著關照的意思。

與大哥相比，齊賢的路子實在太過平庸。

上次的文武狀元分別被居玄奕和陶齊勇摘走，而明年開春的文武試，齊賢開始摩拳擦掌。

家宴過後，齊眉跟著大哥和大嫂回了朱武園。

大哥心情不錯，帶著兩人在亭內飲酒飲茶。兄妹倆自是無話不談，左元夏坐在中間卻也不顯得多餘，時不時幫齊勇斟酒，動作柔和又輕緩。

「大嫂，那糕點是不是可以拿出來了？」齊眉笑著提醒。

左元夏頓了一下，聲音輕輕的，面露難色。「過了這麼幾個時辰，糕點都涼掉了，現在又是冬季，若是吃了冷的東西，指不定會著涼。」

「什麼？」陶齊勇有些丈二金剛摸不著頭腦，問的對象卻是齊眉。

齊眉笑著道：「是大哥最愛吃的兩樣糕點，妹妹平時無事就教了大嫂做，大嫂這幾個月來都在努力學著。」

陶齊勇頓了下，沒有繼續問，左元夏覺得尷尬，正要坐下來。

陶齊勇道：「妳去端了過來吧，涼的也無所謂。」

左元夏半天才反應過來陶齊勇是在與她說話，忙起身往廚房走去。

亭內只剩下齊眉和齊勇兩人。

齊勇輕酌了口酒，看著廚房的方向。「妹妹怎麼突然這樣幫著她？」

「哪裡是幫，只不過大嫂幫了大哥，妹妹就還了一份禮給大嫂，把大哥最愛的兩樣糕點告訴了她，也沒想到大嫂就這樣記在心裡，這麼長的日子都在努力學著做，昨日還吃過的，入口的口感已經很好了。」

齊勇抓住了重點。「她幫了我？」

齊眉點頭。「大哥那日寄回來的家書，裡頭夾著給阮三小姐的信，八妹妹吃味兒，說大哥只給我一個人寫信，要我唸出來。」

齊勇差點嗆到，酒盞放下，猛地咳嗽起來。

「大嫂是個心細如塵的人，察覺到了不一般，裝著氣你沒寫書信給她的模樣匆匆走了，大家的視線就都轉到了她身上，給阮三小姐的信箋才得以保存下來，這若是真的唸出來，現在……」

齊勇後頭的話沒有聽進去，腦子裡想起阮成煙的模樣，心中不免忐忑，也不知她現在過得如何。

齊眉似是看穿了他的心思一般，直直地道：「阮三小姐已經訂親了。是晉國公家的二公子，親事訂在來年五月中。」

長輩平時與幾家走得近，小輩之間也會通書信，阮三小姐原先與齊眉口頭稱了姊妹，雖然心裡因得左元夏的事隔了一道坎，但阮三小姐也不是不明事理的人，與齊眉總有書信來往。最近的一次書信裡就說起了這個事，娟秀的字跡，字裡行間隱隱透著羞怯的幸福味道。

陶齊勇手裡的酒盞握起來又放下，反覆了一次，手竟是微微有些顫抖。

「大哥，你……」齊眉話還未說完，齊勇又再次舉起酒盞，仰脖一飲而盡。

先前已經喝了不少，早帶著微醺的醉意。「這麼久了，書信裡也未曾見妳提起過。」

齊眉吸口氣，輕輕地道：「也不好在信裡寫，免得萬一被母親他們瞧見，雖是不會傳出去，但終歸不好，何況大哥先阮三小姐一步娶了大嫂。阮家怎麼都是地位甚高的，不可能讓阮三小姐等著……」

本就不是戲曲裡唱的、演的那些煽情戲碼，每個人的日子總要往下過。

「那也不是我願意的，都是平甯侯家用那見不得人的手段！光想想都覺得不齒。」陶齊勇聲音透著散不去的恨意，齊眉肩膀微微垮下來，陶齊勇狠狠地捏著酒盞。「不是對妳發火。」

「晉國公家二公子我見過，人很正直，也是個上進的。」陶齊勇說話帶著結巴，亭內四周早點起了燈籠，映得他面上染著一層苦意。

左元夏在廚房裡擺弄著芝麻鳳凰卷和棗泥糕，雖然陶齊勇說涼了也沒關係，但現在正是深冬，再是習武之人身子骨硬朗，也不能這樣。

把芝麻鳳凰卷和棗泥糕又蒸了會兒，蒸騰的熱氣從嫩竹編織的蒸籠蓋縫隙中透出來，看來已經好了。

小心地把蒸籠蓋揭開，熱氣一下子把左元夏都掩住了，臉上被熱氣衝得發燙，左元夏急急地咳嗽起來。

迎夏得了齊眉的吩咐，一開始就跟著過來幫忙，見著大少奶奶這個樣子，掩嘴忍住笑。伸手去扶左元夏，打濕了帕子幫左元夏敷了敷臉。

左元夏臉更紅了起來。「都是我笨手笨腳，都學了這麼久，還要犯這樣的錯誤，總比不上姑子半分。」

迎夏搖搖頭。「大少奶奶的廚藝是看著飛速好起來，原先五小姐學著做糕點的時候，切到手或者被蒸氣燙一下，那都是常有的事。」

左元夏噗哧一下笑出聲。「妳把齊眉那些老底兒都給掀出來，不怕她罰妳？」

「五小姐最好了，才不會亂罰奴婢們。」迎夏說著表情有些自豪起來。

兩盤糕點在蒸籠裡放了會兒，熱氣漸漸地散開，左元夏親手伸進去端起，已經不是那種燙得手紅的程度了。她細心地擺好在兩個刻著娟細蓮花紋的盤子裡，晶瑩剔透的糕點，看上去很有食慾。

親手端起來，糕點的香味一下飄到鼻子裡。

陶齊勇主動說了要吃糕點，說不定沒有想像中那樣討厭她，畢竟是錚錚鐵骨的大男子，哪裡有女兒家那樣狠狠記恨人的時候。

現下鄰的那幾個小國與弘朝的兵隊休戰，家宴上陶齊勇也親口說了，會待到過年，雖然是用長達一年多的等待才換來這短短的幾天，但左元夏一想起剛剛那句「涼的也無所謂」，嘴角就牽了起來，總覺得有些軟化的意味。

他的性子豪爽，也許她再努力一些，很快就能釋懷。

要到亭子的時候，左元夏頓了下腳步，空出一隻手理了理衣裳，剛邁步進去，背對她坐著的陶齊勇立馬就察覺，回身的時候，左元夏笑著把糕點端上石桌。「我端來了，你和姑子都吃一吃吧，看看合不合胃口。」她小心翼翼地，眼也不敢抬。

陶齊勇一甩袖子，直接與她擦肩而過。

左元夏不明所以地回頭看過去，他的背影走得很決然。想起新婚那日，他也是走得這樣直接，不留情面。

左元夏低著頭坐到墊著絨毛軟墊的石凳上，糕點還冒著熱氣，金燦燦的芝麻鳳凰卷她今天做得還算滿意，雖然並沒有希望用兩盤糕點就能改變什麼，卻也沒料到又要見到這樣的局面。

齊眉握住左元夏的手。「大嫂，大哥喝多了酒，就先去歇息了。」一直捧著手爐，糕點又是熱騰騰的出鍋，左元夏的手卻這樣的冷。

「妳不用這樣安慰我。」左元夏搖搖頭。「我在他眼中是幾斤幾兩，應該早看得清楚。」

齊眉以為她已經失望，正要開口勸，她卻站起身，唇角露出笑意。「這兩盤糕點妳就吃了吧，他既是飲多了酒，那我也先回去歇息，一晚上過去後，太陽也總還會來，什麼都是重新開始。」

新的一天什麼都會是嶄新的。

齊眉喜歡左元夏這樣的心態，但苦的是，做錯事的明明是平甯侯和其夫人，錯責卻要左元夏來擔著，而且找不出什麼有力的話來反駁。

亭內只剩下齊眉一人，招手把一旁流口水的迎夏叫過來，拿了一塊芝麻鳳凰卷給她。迎夏也沒推卻，四下無人，只有她們主僕倆，幾口就吃完了一個，嘴裡讚嘆著。「大少奶奶的糕點已經做得不錯了，為何大少爺不吃呢？」

「不是糕點好不好，而是心好不好。」齊眉只能嘆口氣。這是大哥大嫂自己的生活，日子也是他們二人自己過，她能幫的地方並不多。

沒想到的是，大哥回來後被她截下，陰錯陽差地上演了英雄救美人的一幕，說起來也算是經歷了生死。

坐在外頭再是有手爐、有斗篷也比不得屋裡，糕點放了會兒就涼了一半，齊眉讓迎夏端進去，給子秋也嚐嚐。

齊眉在屋裡換上褻衣，手腳縮在被子裡一會兒就沈沈睡去。

左元夏坐在床榻上，怔怔地看著地面，陶齊勇果然沒有回來，丫鬟去打聽，說是在書房見著大少爺讓人在地上鋪床。

寧願在書房打地鋪睡，也不願意回西間面對她。

勉強躺下一會兒，動來動去怎麼都覺得被子暖和不起來，讓守夜的丫鬟加了一床，身上只覺得壓了兩個小孩似的，卻還是不暖和，到了天亮起來才堪堪合眼。

沒多久聽得外頭丫鬟福禮的聲音。「大少爺。」

左元夏一下子清醒過來，坐起了身子，不知道是要先換衣裳還是先梳髮髻，抑或是讓丫鬟去把洗漱的水打來。

坐立不安了一陣，外間的聲響卻沒了。

把腳伸進棉絨的鞋裡，走到西間門前悄悄地往外看，外間空無一人。

陶齊勇在外間穿上了大衣便去了清雅園。

老太太剛起身，眼睛還有點兒腫。

齊眉在一旁幫老太太按著手，說是這樣能幫著把眼睛上的浮腫消去，精神也能好起來。

「真是心細又聰慧的孩子，按捏的手藝也會。」老太太滿意的半瞇著眼，抬手讓請安的陶齊勇過來。

老太太拉住陶齊勇的手。「你和你祖父在邊關還算好吧？你祖父最是逞強，就是到了最難受的地步也才能讓人看出一點兒，在邊關不比家裡，你祖父再是身懷百戰的經驗，你們也不可太過大意和拚命。」

陶齊勇半坐在軟榻上，沈著聲音。「孫兒知道了，祖父身子健朗得很，不是裝出來的，原先在家裡祖父都按時服了藥，上戰場的時候，拿著劍一下就能解決一個的。」

老太太聽得前額兩側突突地跳起來。

陶齊勇忙閉上嘴。

齊眉伸手幫老太太按著前額兩側。「祖父半生戎馬，打打殺殺的場面不可避免，但有大哥在邊關，一個滿身經驗，一個滿身武藝，又都是一家人，心中不會有任何芥蒂，這就比什麼都強。」

齊眉說得沒錯，也不是沒有在戰場上還暗地裡算計自己人的小人，而老太爺和齊勇這樣的情形，也算是有利的一種。

老太太緩著心緒，這時左元夏過來請安，微微抬眼看著陶齊勇也站在裡頭，在對上視線之前忙福身行禮，目光也只看著地面。

老太太點著頭。「長孫媳婦與勇哥兒也是分開了一年多，弘朝這麼多年也沒有哪對是這樣苦命的，最苦的還是長孫媳婦。」說的是她苦守空房的事，外頭不是沒有人傳，左三小姐嫁的時候不風光，嫁過去還要守活寡。

嚴媽媽把原話學給老太太聽，氣得老太太臉色鐵青。

去查了源頭，就是市井裡那些刁婦閒來無事說這樣的胡話，果然不會是長孫媳婦。這麼長的時間，老太太也摸清了左元夏，平甯侯家把她嫁過來是意圖不軌，而平甯侯家送來的信箋，老太太都一一過目了，裡頭暗示的次數可不少，但長孫媳婦次次都無視，比三兒子娶的平甯侯家的媳婦還要堅決。

左元夏抿著唇，道：「是孫媳婦該做的。」

陶齊勇一直別過頭站在一旁，老太太嘆口氣，側頭讓齊眉去外頭瞧大太太來了沒。

看老太太的神情，大概是有什麼話不方便在她面前說，齊眉會意地往外走。

「祖母有話要與孫兒說。」齊勇看得出來，老太太是刻意把五妹支開。

稍稍思量一下，五妹不能聽，但又非要說的事除了他和左元夏以外只怕再無其他。

老太太撫了撫衣裳，笑得慈愛。「你回來一趟不容易，虧得兩邊休戰，若你祖父也能一起回來看看，把年給過了才是最好的。在你們祖孫二人離府的時間裡，齊英嫁了西王爺、齊清與平甯侯家長子的親事也訂下，明年二月就嫁了。」

齊勇一下站起來。「怎麼三妹要和平甯侯家長子訂親？」

拳頭緊緊地捏起來，不用說，肯定又是左家使了見不得人的招數，怒氣一下從心底裡竄上來，左家的人就是如此，再怎麼樣只怕也不會有什麼懷著好心的人。

老太太知他心中所想，嘆了口氣，讓陶齊勇坐回位上。「這回不是平甯侯家，而是你二姨娘自己把臉貼上去，爛攤子捅開了，結果還是要我來收拾。」

「二姨娘？」陶齊勇不明所以。

老太太簡單的解釋了一番，陶齊勇皺起眉頭。「二姨娘做事從來都是這樣蠢鈍，難怪祖母要將她禁足。」

二姨娘的事，老太太當時就吩咐了下去，嚴媽媽也緊緊地看著下人們，沒有誰敢去四處亂傳，連私下裡議論幾句也是心跳得厲害，生怕有人發現。

所以陶齊勇回來雖是知曉二姨娘被軟禁，已經是有名無實的姨太太，卻不知內裡的緣由，這會兒老太太這樣一說，自然而然地以為是平甯侯家的事。

老太太也由著他誤會。

依照陶齊勇的性子，若是知曉了內幕，今日就會是二姨娘的死期，再是有軍功的人，再是在情在理，也不能私自把人處死。再加上顏家的勢力一直都影響頗深，雖是不甘願，但老太太多少也只能顧著這些不可忽視的因素，留著二姨娘這一條命。

「二姨娘幾個月來都沒見過活人，說是夜夜都在屋裡鬼哭狼嚎。」陶齊勇道。

「這你就不用再去管了。」說著老太太招招手，讓嚴媽媽將耳朵附到她唇邊。「去查查是哪個嘴碎的下人說這些。」

嚴媽媽領命退下。

屋裡只剩下祖孫倆。

老太太看著陶齊勇。「每個人都有每個人的命數，你二姨娘貪心不足蛇吞象，脹破了自己的肚子，這就是她該承受的報應。」輕輕嘆口氣，話鋒一轉。「你與長孫媳婦也是如此，既是被紅繩綁住了腳，只能一直這樣綁著走下去，那不如就好好的……」

話還未說完，陶齊勇猛地站起身。「祖母也知曉是綁著，而非並肩同行。午時孫兒約了太學品正一起議事，先不能陪祖母了，告辭。」說著一拱手，轉身乾脆地要離去。

老太太搖搖頭，勇哥兒無法接受長孫媳婦她怎麼會不理解，當初長孫媳婦嫁進來，她比誰都要不待見。

「站住。」聲音帶上了嚴厲。

陶齊勇果真沒再往前邁步，帶著不甘願地回轉身子。

「當初新婚那日，你給長孫媳婦臉色看，她始終都沒記在心中，反而大事化小，對平甯侯夫人更是一句都沒提起過。」老太太語重心長。「一年多的時間裡，從沒見她有過抱怨。你也知芍藥的事，平甯侯夫人帶著人來陶府，也是她第一時間把人勸回去，事情才沒鬧大，不然受責難的不單是你、還有我們陶家。這麼長久的時光裡，長孫媳婦也是孝敬長輩，做事說話知書達禮。再大的事，她也只說知曉自己嫁來陶家就是陶家人。

「祖母不是讓你妥協，而是換一種眼光去看。」老太太抬眼看著陶齊勇。「你與你祖父在外征戰，無論戰勝還是戰敗，你以後的路子都好走。以後陶家要靠著你來撐起，執拗或者固執的方式在戰場上都不一定行得通，何況是對待家事？你在外縱橫沙場，對內卻這樣手足無措。一屋不掃何以掃天下，家裡的事情都不能妥善對待，你如何能擔得起陶家這麼多口人的責任？」

說這樣多的話，老太太只盼陶齊勇能聽進去幾分。

第四十六章

鶯藍和鶯柳一個下午的時間都在府中四處遊走，終是得到了確切的消息，兩人一起去嚴媽媽那裡稟報。「說那些話的人正是吳媽媽。」

鶯藍顯得有些猶疑。「吳媽媽是府裡的老人了，若真的……不知會不會造成不好的影響。」

嚴媽媽看著小丫鬟在跟前擦拭著精緻的白玉瓷瓶。「老太太那樣的語氣，查出來是誰都要秉公辦理。越是老資歷的人動起來才好，不然如何給其他的人警示。」

鶯藍和鶯柳應了聲便退下。

陶蕊正在屋裡一件件的挑著冬衣，姨娘被關了這麼久，聽吳媽媽說現在正值深冬，卻沒有什麼很好的禦寒物件，陶蕊聽得心疼，好不容易打通了門路，選好了禦寒的冬衣可以託人送到姨娘手裡。

「娘親平時過慣了好日子，現下卻落得這樣的結局。」陶蕊說起來心中一陣酸澀，她誰都求過了，也去父親的門前跪過，父親出來卻只留下一句狠話，都說為了她好，免得她被二姨娘帶壞，便奪去她和姨娘相見的權利，絲毫不念情分，絲毫不念親情，甚至連送冬衣，她這個為人女的都要假他人之手。

吳媽媽知曉內裡的緣由，只能微微嘆氣。「二姨太這般，也是為了八小姐。」

陶蕊動了動唇，半晌不知如何回話。

外頭小丫鬟掀開簾子，領著鶯藍進來，向陶蕊福了禮，鶯藍脆著聲音。「請吳媽媽過去一趟。」

「去哪兒？」吳媽媽不解地問道。

鶯藍笑了笑，挽著吳媽媽的胳膊。「自是有事。」

一路被鶯藍領著行到了清雅園的後院，廊上隔著紗簾，後頭依稀看得見老太太的身影。吳媽媽躬身福禮，心中止不住忐忑起來。

迎夏匆匆忙忙地端著糕點進東間，身上還帶著被寒風吹過的涼涼氣息，把糕點放下就衝著手裡頭不停的呵氣。

齊眉把手裡的手爐給她，四下無人，迎夏忙快速地握了握，感激地衝齊眉笑笑。

「今年的冬日比往常可是要厲害些。」子秋說著把窗戶關緊，讓外頭的冷風無法鑽進來。

迎夏點著頭。「可不是，若不是外頭這樣冷，熱鬧我還想多看看呢。」

「又有什麼熱鬧？」齊眉忍著笑問道。

迎夏壓低聲音，神神秘秘的道：「奴婢路過清雅園，聽得門口的人議論，說內院在打人呢，打的可是吳媽媽，下手十分的狠，幾板子下去就見了血！丫鬟都驚驚顫顫地站在外頭，要說不敢說的模樣，套了好一陣話才問出來是為何呢。」

「這樣的熱鬧有什麼好看的，既然罰就定是做錯了事。」齊眉說著拈了塊糕點放入嘴中，細細地吃了後，見迎夏還是蠢蠢欲動，才道：「若真是要神神秘秘做什麼，哪裡能被妳打聽出來，也不會在清雅園裡打人。要知道，能傳得出來的議論就不是秘密。」

迎夏頓了下，轉眼兒想起自己剛剛打探到的消息，還是要說出來。「奴婢聽說是吳媽媽與別的人胡亂散播二姨太被府裡整得要虐瘋了的謠言，都傳到大少爺耳朵裡去了，老太太氣不過，才用了家法。」

「看到了沒，她還在這裡傳胡話。」齊眉說著望向子秋，子秋會意的拉了一把迎夏。「妳啊，吳媽媽為什麼被動了家法，還不是滿口胡言四處亂傳，這些話妳在小姐面前說說就好知不知道。」

迎夏想起園子門口的丫鬟說得嚇人，又是見血又是鬼哭狼嚎的，哆嗦著吐吐舌頭，也不敢再提。

陶蕊在屋裡等得天都黑了也沒見吳媽媽回來，自從姨娘被關起來，她身邊就更是只有吳媽媽一人，丫鬟們怠慢是家常便飯，吳媽媽不回來，她餓得前胸貼後背也沒法子。

不是沒有想過五姊姊，可想起那些謠言，陶蕊也拉不下這個臉再去求。

等到實在受不住了，陶蕊穿好斗篷，捧著手爐，把自己包成一個包子才敢出門，還未下雪就已經冷成這樣。

剛要邁出屋子，小丫鬟來稟報說吳媽媽被人抬了回來。

陶蕊驚得眼眸都瞪大，急急地去了吳媽媽的屋子，看到她的模樣幾乎都要站不穩。

吳媽媽從小就帶著她長大，從未見過這樣身上染血的模樣，帶著皺紋的臉上一雙眼睛閉得緊緊的，竟似是沒了生氣一般。

「這是怎麼回事？」陶蕊一下撲了過去，緊緊握著吳媽媽的手，蒼老的手上滿是歲月的痕跡，平素總是和聲和氣與她說話的人，卻怎麼都睜不開眼。

檢查著吳媽媽身上，才發現是被打了板子，只穿了中衣，中衣與肉都黏在了一起。下手這樣狠！陶蕊眼眶一下紅了起來。

吳媽媽勉強清醒過來，看到眼眶紅紅的八小姐，顫著聲音安慰。「都是老奴胡亂說話，才有這樣的結果，這都是按著府裡的規矩來，不過百來板子，小姐……小姐……」努力撐著說了這些，吳媽媽再次暈了過去。

陶蕊猛地站起來，打了這麼多板子別說是吳媽媽，就是壯年男子也受不住。

吳媽媽發起了高燒，陶蕊親自去打了涼水，路過廚房的時候聽小丫鬟們湊在一塊兒嘰嘰喳喳。

「真是嚇人，吳媽媽被打得這樣慘，怎麼說都是府裡的老資歷。」

「聽說還是老太太親自在一旁看著打的，知不知道她是犯了什麼事？」

「我知道，吳媽媽她胡亂傳了二姨太的閒話！」

「不過吳媽媽也是好命了，八小姐竟然親自來照顧。」

「好命又如何，也只享得這一瞬了，吳媽媽被抬回來的時候我就在旁邊，只有出的氣沒有進的氣了！」

事情從來都是越傳越誇張，吳媽媽並沒有到那樣的地步，但若是這一晚上熬不過去，也只怕……

陶蕊想得心裡發慌，快速去了屋裡，把絹帕覆到吳媽媽額上，這是平時她生病了，吳媽媽照料她的法子。

再喝下熱湯，就能好起來。

讓丫鬟去熬的熱湯也已經差不多可以喝了，陶蕊讓丫鬟端來，順道吩咐她現在馬上出去把柒郎中請過來。

怎麼也得把額上的燒退了才是最緊要的，只要燒退了，身上的傷口沒有裂開得太厲害，好好休息一段時日應該是能好起來。

陶蕊再亂心裡也還是有法子，一步步地吩咐下去，還好平日吳媽媽待人不錯，吩咐的丫鬟知曉是她有事，也十分上心。

湯碗裡散著濃濃的香氣，陶蕊捧著湯碗放到案几上，銀勺舀起餵起吳媽媽，吳媽媽意識模模糊糊的，感覺到八小姐這樣照顧她，眼眶迅速紅起來，眼淚也啪嗒啪嗒地掉。

「八小姐……老奴……受不起……」吳媽媽費力的要睜開眼，身上的疼痛像撕裂了一般。

陶蕊連連搖頭，眼眶也紅了一圈。

熱湯怎麼都餵不進去，明明喝下去了，一會兒又吐出來。陶蕊到底是小姐，一下子手足無措，慌亂間把湯碗也打翻了。

這時候去請柒郎中的丫鬟回來，面露難色地站在門口。

「怎麼樣？柒郎中可來了？」陶蕊忙拉著她的胳膊問道，也不顧手上被熱湯灑的汁還未擦去。

丫鬟搖搖頭，如實地道：「柒郎中說，他才疏學淺，只怕醫不好吳媽媽的病。」

陶蕊恨恨地甩手。什麼治不好？分明柒郎中還記著當時她和吳媽媽威脅他的事。人命關天卻不理會，柒郎中也不是什麼好人！

想得再恨，面對這樣的場面力氣也像是被抽乾了似的。她是府裡的八小姐，卻連自己身邊最親近的老媽媽都保不住。剛剛吳媽媽勉強撐著起身，精神似是好起來一般，但陶蕊和吳媽媽都心知肚明，這叫迴光返照。

如若柒郎中肯來一趟，吳媽媽一定不會沒得救。

陶蕊無力地倒在床榻邊，完全沒了主意，髮鬟也散亂了。想去找二姨娘、又再次燃起去找五姊姊的念頭，想起西王妃遠行那日馬車上的眼神，她一下子無力挪動腳步。

陶蕊記起了先前柒郎中留下的風寒藥方，急忙讓丫鬟去熬好了端過來，自己也跟著跑來跑去，外頭的風特別大，已經完全入夜，身邊一個人都沒有，除了自己。

床榻上的老婦人動了動身子，接過藥碗卻放到一邊。「八小姐，老奴有話想和八小姐說……」

比先前說話的時候又清醒了不少，陶蕊慌亂起來，伏在床榻邊嗚嗚地哭著，說到底也只是個未及笄的小姑娘，再好的法子沒人願意幫她，也只能眼睜睜地看著吳媽媽如此。

「我去求祖母！」陶蕊猛地起身，卻被吳媽媽狠狠地拉住了。

「八小姐……您聽老奴說，可能只有這麼一小會兒的時間了，小姐若是轉身走了，只怕老奴就……」

「不會的！」陶蕊無力的坐在床榻邊。

吳媽媽嘆口氣。「二姨太的事情，小姐不可再多去鬧些什麼，不然吃苦吃虧的只會是小姐。以後小姐在府裡，無論他人如何，小姐的心始終要是直的，這話老奴以前也說過，現在再說一次。」

吳媽媽劇烈地咳嗽起來，吐出幾口猩紅的血，知曉自己馬上就要去了，吳媽媽緊緊握住陶蕊的手。「若是小姐以後有什麼事，二姨太和老奴都不能在小姐身邊。小姐可以去找五小姐，她待小姐您是真心好的。」

「直？」陶蕊聽不進去其他，只看著眼皮下虛弱無力的吳媽媽。午後時分她還是好好的，現下卻變成這樣，陶蕊眼裡迸發出恨意。「說得沒錯，就是要心直。娘親為何會變成這樣的局面，只因得她不是正室。」

吳媽媽手垂了下去，再也聽不到陶蕊後頭的話。

「為何我連妳也保不住，只因得我的地位身分。我是看清楚了，若想好好活命，就先得保命。」

連著幾天都要下不下的雪終是下了起來，丫鬟按著規矩把吳媽媽抬走，嚴媽媽得了消息，拿了些銀子給丫鬟，把吳媽媽連同一些銀子都送出府去給她的家人。

陶蕊呆呆地看著雪花旋轉落下，記得五姊姊和她說過，雪是最乾淨的，能洗去一切不美好的東西。

伸手接住一片雪花，白玉一樣美好的顏色十分純淨。重要的人都不在她身邊了，她卻只能眼睜睜地看著。

陶蕊狠狠地把雪花捏碎，手中的涼意侵入骨髓。

床邊忽然有了響動，左元夏神經繃了起來，猛地睜眼，正對上芍藥猩紅的眸子，呼救的聲音還未能溜出口，一陣椎心的疼痛一瞬間在胸膛上炸開，顫抖地把手摸上去，冰涼的刀柄上染著她的血跡。

左元夏驚叫地坐起來，才發現是個夢。

滿頭大汗，背上也盡是涼涼的汗珠。

「怎麼了？」

床榻邊忽然響起男子的聲音，一隻大手覆上她的額頭，似是幫她試著溫度，左元夏寒毛都豎了起來，黑黑的屋內看不清人，陶家這樣的大戶裡能有闖進來的毛賊雖然很奇怪，但還是立馬抬起腳狠狠地踢過去，男子大概也沒有料到她會有這樣的舉動，一點防備都沒有地被踢一腳，再是沒有力氣的柔弱女子，這樣陰錯陽差地踢中了位置也是相當具有威力的。

左元夏聽到那聲悶哼，忽然坐起來，急急忙忙去把油燈點上，回身過去看到伏在床榻邊的人。

「你、你、你……夫君怎麼會在這裡？」

兩人只是有名無實，左元夏想叫他齊勇都叫不出口。看到他面上有些痛苦的神色，忙過去扶起他。「沒想過夫君會在屋裡，還以為是進了小賊……」

陶齊勇劍眉微微皺起，又好氣又好笑地看著她。

左元夏不知道要怎麼辦才好，問他傷了哪裡卻得不到回覆，看著他額上冒出冷汗，一下焦急了起來。「我去請示大太太，看看要不要叫郎中來，都是我不小心。」

剛起身就被一下拉回來，不經意落入一個懷抱裡，出乎意料的溫暖和寬大，無奈的聲音從頭頂響起。

「別……這，傷的地方很快就會好。」

也難怪她不懂，新房當晚被自己拋下，到現在還是如嫁進來之前一樣。

耳邊迴響起祖母白日的話，一點不動容是不可能的，就是聽進去了祖母的話，入夜後才沒去睡書房，猶豫地回屋，左元夏卻已經睡著，能看到她的呼吸並不平穩，柔美溫婉的輪廓隱隱約約的撞入視線，想要上前看得仔細些，她卻忽然被噩夢嚇醒。

懷裡的人很快就睡著了，本來就是被噩夢嚇醒的，而噩夢的源頭也有他的原因存在。

陶齊勇想著她剛剛訝異的神情和話語，心中生出了些歉意。

新的媽媽很快就由嚴媽媽選好送到陶蕊屋裡，接下來就是新年，幾天的工夫陶府上下都忙得不行，齊眉也跟著幫忙，這次陶齊勇在府裡過新年，大太太唇角始終帶著笑意。

除夕夜，府裡在前日就掛好了大紅燈籠，四處都是喜氣洋洋的景象，過年的氣氛在府裡迴蕩。

白日下人們都領到了本月的月錢，下半年的賞錢也一併發下，個個臉上都揚著喜悅的神情。

新來的陶媽媽正在服侍陶蕊更衣，是從族裡調回來的人，原先就是最能幹麻利的，心思也細膩，賜了家姓可見地位不一般。

嚴媽媽沒想到這一下會把人給打成這樣，本以為柒郎中會前去治療，卻不知為何請不動，怕八小姐胡思亂想，嚴媽媽請示了老太太後，作了把陶媽媽調過來的決定。

幾天的工夫，八小姐都按時來請安，未見情緒有什麼波動，與先前屋裡丫鬟所說的激動模樣並不相同。

陶媽媽梳著陶蕊的青絲，讚嘆道：「八小姐的這一頭烏髮真真是好，等到嫁為人妻的時候，一梳梳到頭，以後的日子都能順順當當。」

陶蕊微微彎起眼角，笑得有幾分溫柔。

打理好了後，隨著陶蕊去到正廳，傍晚時分的冬日總不如夏日，夕陽哧溜一下就過去了，只見得被潑了墨一般的夜幕，綴著滿滿的星星。

「八小姐還好吧？」老太太伸出手，讓嚴媽媽把寬大的絨袖套進去，眼皮抬了下。

陶媽媽忙福身。「八小姐一直都特別安靜。」

老太太微微點頭，讓陶媽媽下去了。

「老太太，五小姐送的藥膏拿來了，是現在用嗎？」鶯柳福身呈上藥膏，每年的冬日，她的腿病總要犯幾次，齊眉總是記得清楚，次次都準時送藥膏讓她塗抹，有時候時間若是充裕，便會親手幫她塗抹。

想起原先那般厭嫌這個孫女，老太太微微嘆氣。

齊眉出生那年，陶家走得太艱難，一切對陶家不利的事物她都要盡力除去，想起那時候她纏綿病榻，二姨太一天到晚在她耳邊說著不吉利、不吉利這樣的胡話。再加上請來的算命先生說得頭頭是道，也說中了陶府一些外人不會知曉的事，她才這樣相信。

現在想起來，只怕都是顏宛白這死不清淨的東西搞的鬼。

老太太氣憤起來，想她年輕的時候怎麼會容得下這樣的人在身邊，也只怪歲數上來，她才老眼昏花，識不清人、看不準寶。

鶯柳扶著她起身，嚴媽媽拿來斗篷給她穿上，行到正廳裡，家裡的人都來齊了。

齊眉迎上去，接過嚴媽媽的手扶著老太太到位上坐下。「藥膏可送到祖母那兒去了？」側頭問著嚴媽媽。

嚴媽媽點點頭，福身正要答，老太太先一步笑著道：「已經塗上了，妳這孩子就是心細得很，以後誰娶了妳，可是整家的福氣。」

在家人面前這樣誇讚她，二房和三房的臉色都不大好。

「也不知是使了多少計，才變成這個樣子。」本來被看成是府裡最不吉祥的人，現在卻變成了老太太的貼心小棉襖，齊清撇撇嘴，不滿地嘀咕。

齊春和齊露卻是不同意。「五姊姊素來就待人好，祖母說的本就是實話，不是五姊姊刻意的。」

齊清扭過頭，懶得與她們爭辯。

秦姨娘把陶周氏扶著坐下，陶周氏顯得心情不大好。隨意把斗篷取下往秦姨娘身上一塞。

齊清微微抬眼看著，手裡的銀筷捏得緊緊的。

「也不知是倒了哪門子的楣！」陶周氏把茶碗往桌上一放，老太太抬眼看過去。陶仲全拉了她一把。「母親在看著呢，妳別不懂規矩。」

「我不懂規矩？」陶周氏一副不怕的模樣。「母親，您瞧瞧，二老爺他在這麼多人面前都要訓斥我！」

老太太不耐地拍桌子。「好了，仲全這就是訓斥妳了？若是不樂意坐在這兒，回妳房裡便是。」

陶周氏立馬不敢出聲。

齊眉撇撇嘴，陶周氏是典型的好了傷疤忘了疼的那一類人，囂張跋扈，身上也沒有可取的地方，當初二叔娶她進門，也是祖母看中了她家底殷實，卻不想是個生不出的，沒為陶家傳宗接代，也絲毫不大度，秦姨娘被娶進來時竟是鬧成那個樣子。

老太太絲毫不想理會，陶家三房，過得最差的就是二房，只怪仲全性子懦弱，一點老太爺的氣質都沒有繼承，也不知是像了誰。由著陶周氏踩在頭上也不吭氣。秦姨娘也是，生下一個三姊就再沒生，原先因得陶家走得艱難，日日要算著如何度日，無暇顧及這些。

現在看起來，是得想想法子，仲全是她生的，怎麼都是身上掉下來的一塊肉，怎麼能比叔全要過得差這麼多？

齊眉安頓好老太太，見她皺眉一直沈默著，也沒在邊上待著，走到小輩一桌坐下。

席間的氣氛算是不錯，陶周氏被老太太呵斥一句，再不敢出聲，只苦了秦姨娘，陶周氏暗暗地把氣都撒在她身上。

齊眉順著方向抬眼看過去，大哥和大嫂坐在一起，大哥回來這麼幾日的工夫，與大嫂之間的氣氛和睦了許多，偶爾在朱武園裡能見到兩人並肩同行，看著不過幾日的工夫，大嫂的面色比在府裡一年多裡都要好，齊眉也為她感到高興。

化解誤會並不容易，但若是能一步步往好的方向走，遲早冰山也能有被融化的一日。

老太太心情緩和了下來，看到勇哥兒和長孫媳婦坐在一起，勇哥兒面上也不全是冷峻的神色，隱隱帶著淺淺的柔和。

平甯侯家千算萬算，以為給陶家使了絆子，結果卻送了塊寶來，平甯侯只怕怎麼都想不到，自家的三女兒心中所想的和他並不相同。

嫁出去的女兒潑出去的水，老太太抿了口茶。

長孫媳婦是個平和、素淨的人，勇哥兒雖是滿腔熱血，性子卻是急躁魯莽，如若有長孫媳婦在旁扶持，剛好能與勇哥兒的性子互補。

不過日子還長，長孫媳婦要學習的東西還很多。

宴席過後，長輩們移步到前廳，小輩們互相拉著手去放炮仗，到底年歲都漸漸地長了，不似齊眉剛回府那一、兩年的興奮，連齊春和齊露都沒有往常那股瘋癲勁兒。

都知曉齊眉怕炮仗的響聲，齊露笑嘻嘻的拿著小炮竹在齊眉面前晃來晃去，調皮和黏她的勁兒不比當初陶蕊要少。

齊眉被齊露嚇得左躲右閃，歡笑聲從花園裡傳出來，齊勇正帶著左元夏站到花園口，冷不丁差點被躲閃可怕炮仗的齊眉撞上。

「怎麼了，我看看誰這麼調皮，滿花園的追著五妹欺負。」陶齊勇手背在後頭，刻意板著臉，俊朗的臉上看不出一絲笑意，與大老爺嚴肅的時候相差無幾。

齊露嚇得一下就沒了鬧騰的勁兒，垂著脖子站到面前，認罪一般的低頭。「是，是露兒。」緊接著忙著急解釋。「妹妹不是真的要欺負五姊姊，是想與五姊姊玩兒。」

齊勇冷哼一聲，齊露脖子又縮了回去，也看不出齊勇是在逗弄她，腦子裡不停地想著該怎麼辦才好。

齊露這抓耳撓腮的模樣，把齊眉逗得差點要笑出聲。

齊露總算想到了法子，幾步走到左元夏面前，攬住她的胳膊。「大嫂，妳幫我和大哥說說好話吧，不然要告訴了祖母，挨了罰，這幾日我都別想出屋子了。」

左元夏愣了會兒，有些侷促的動了動身子。「我……我說的話妳大哥也……」

齊眉跟著道：「大嫂就說一句吧，瞧七妹妹這害怕的樣子，哪裡還有剛剛追著我跑的瘋勁兒。」

左元夏硬著頭皮，輕輕扯了扯陶齊勇的袖子。「不如就算了吧……都是小姐們自己鬧著玩，你這樣生氣也……」

陶齊勇本就沒生氣，卻不想左元夏真的會聽了他這皮妹妹的話來說好話，被輕扯著的衣袖，兩人的距離靠近了幾分，能聞到她身上的淡淡香氣，陶齊勇把臉別過去，微微點頭。

齊露這才舒口氣，齊眉笑著道：「都來齊了，等我回去把桂花糖蒸栗粉糕做好端過來，桂花糖我那裡就有，剛剛讓子秋回去磨好了栗粉，不用多長時間就能做好。」

小輩們繼續玩兒，齊露圍在左元夏身邊，非要拉著她一起玩炮仗，左元夏不知道這樣合不合規矩，看一眼齊勇，他點了頭，便欣然起身同齊露走出亭子。

陶蕊從頭到尾都安靜地坐在亭內，沒有人找她玩，也沒有人與她說話，只在齊勇他們來的時候起身福禮，之後就再沒有出過聲。

齊眉做好了糕點，還好子秋磨了足夠的栗粉，算一算，差不多十來人也是足夠的，再配些現炒的小菜和貢茶，十分足夠了。

子秋和迎夏端著糕點跟在齊眉身邊，還未入花園就聽到噼噼啪啪的聲音，正好是最後的時候，炮仗零星的響了幾聲就安靜了。

花園裡只剩下歡笑的聲音，糕點、小菜和貢茶端上了石桌，大家都自覺的圍了過來。

陶蕊卻站起來坐到一旁，齊眉端起一盤桂花糖蒸栗粉糕走了過去。「吃一塊吧。」

陶蕊猶豫了會兒，伸手從碟子裡拿了一塊，看著石桌旁的人們都說說笑笑，唯獨她一個人孤零零的坐在一旁，就是和兄長姊妹還有嫂子，這麼多人都在一起，也覺得孤單。

原先在她這個處境的人是五姊姊才對。

陶蕊瞇起眼，齊眉正笑得眼角彎起來，好脾氣地哄著齊露。原先在齊露這個位置的人，應該是她陶蕊才是。

亂了，亂了，全都亂了。

陶蕊想不明白是哪裡出了錯，但她可以肯定，如若她這樣坐以待斃，只怕連姨娘的下場都混不到。

起身走到眾人面前，也笑著攬起齊眉的胳膊。「五姊姊，蕊兒還想吃一塊。」

齊眉沒料到陶蕊又忽而主動起來，笑著把準備放入自己嘴裡的遞到她嘴裡，陶蕊張口就接著吃下去，比剛剛自己拿的那塊還要甜，別人手裡的東西總是最好的。

齊露又鬧起來。「露兒也要。」

「妳們啊，都這麼大的小姐了，一個個還跟沒斷奶的小娃娃似的。」左元夏邊笑著說邊走進來，一左一右的丫鬟也端上了糕點，依舊是陶齊勇最愛的那兩樣。

剛剛見齊眉去忙活，左元夏是做大嫂的怎麼能閒著，便也回了屋子去做糕點，是不可能像齊眉那般準備所有人的，所以刻意做得慢些。算好了大家吃得半飽，再端了她做的過來。

齊露好奇地探頭，丫鬟把芝麻鳳凰卷和棗泥糕端上來，摸著圓滾滾的肚子，實在是吃不下了。

左元夏拿起筷子挾了一塊給齊勇，又分別給其餘的小姐們挾了。

齊眉細細地品嚐著，大嫂做糕點的功夫長進了太多，等大哥回到邊關，大嫂得再多學幾樣，不然總不能一輩子都只會做這兩種糕點，大哥怎麼都會吃膩。

陶齊勇也拿起筷子，把挾到自己碟裡的送到嘴邊，嚐了一口後便放下了。

「怎麼？不好吃？」本來見齊眉幾個小姐都給面子的吃光，左元夏心裡剛剛安心，結果陶齊勇卻只吃了一口。

「挺好。」陶齊勇簡簡單單兩個字，目光挪向別的地方，似是想起了什麼。

齊眉暗暗地拉住左元夏。衝她搖搖頭。

花園裡吃吃笑笑，氣氛算是和睦。

前廳裡，長輩們坐在月色下，頗有閒情的品茶賞月。

大太太說起這一年陶家所有的收入和支出，帳冊在屋裡就讓老太太親自瞧過了。

老太太皺起眉頭。「怎麼比之前要少些？鋪子的生意應是蒸蒸日上才對，反倒是田莊的收成好了不少。」

大太太道：「媳婦去鋪子瞧了瞧，確實鋪子的生意還可以再更好些的，可三弟家也就三弟和三弟媳，可以僱傭手下，但總不能僱傭外人來做主事。」

陶周氏眼睛一亮，忙拉著陶仲全上前一步。「母親，二老爺可以試試，大嫂說得對，不能僱外人做主事，二老爺就不是外人了，是親得不能再親的！」這樣說，意思無非就是陶仲全是老太太親生的，比三老爺陶叔全可親多了。

老太太略微不滿地看陶周氏一眼，倒是順著她的話把陶仲全拉到身邊來。「你啊，也是這麼大的人了，天天無所事事怎麼行？原先也是我慣著你，怕你累著，可現在清兒眼看要嫁人，你這個做爹的好歹也得有點兒頭面才行。」

陶仲全忙站直了身子。

陶叔全和陶左氏交換了眼神，陶左氏忙笑著道：「若是二哥能來幫忙的話，老爺也是能輕鬆些，不過管著鋪子也不比平時逗鳥兒玩，事事都有規矩講究方法的，老爺是巴不得，就怕二哥會覺得苦。」

陶周氏立馬趁熱打鐵。「二老爺尋常在屋裡就總看些經商的書，還與我說，只嘆沒有能用到的時候呢。」笑著揮了揮帕子，又道：「與家裡分憂的事怎麼能覺得苦，這鋪子本就是家裡共有的，嘿，二老爺就是去了也不是幫忙。」

兩房你來我往的打著舌戰，老太太只覺得前額疼了起來，大太太忙去幫她按著。

兩人又暗地裡爭了幾句，也沒有誰占了頭彩，反倒都面色不好起來。

陶周氏平時就是靠著一張嘴，雖有些話不中聽，但遇上同輩的總是吃不了半分虧。

老太太擺了擺手，看著陶仲全。「你三弟媳也說得沒錯，事事都不是說會就會的，等這個年過了，鋪子一開，你就跟著你三弟去學學，等上手了再看看鋪子怎麼分。」

「分」這個字比炮仗還要厲害，一下就在眾人耳裡炸響。

二房、三房沒有人在朝中任職，平素都是靠著府裡每月發給各房的東西過日子，現下高堂都在，自然是不會分家，但只要遇上分的事情，就一定要爭取，以後分家了，按著慣例，原本就握在手裡的也不會被奪去。

一股暗暗的氣息在兩房之間流動，還未開始就有了較勁的意思。

老太太卻是話鋒一轉，問起了陶伯全。「這次勇哥兒回來，說是明日就要走，能不能再拖延幾日？我瞧也不是多緊急的樣子。」

陶伯全搖搖頭。「前日上朝的時候兒子被皇上叫到御書房，特意說了這個事，必須按著時間回去，邊關遞來了軍情，鄰國又開始蠢蠢欲動。」

「這可真是。」老太太嘆了口氣，哪個朝代都總是不太平，都是人不知足，恨不得把天下都納到自己名下。

「這也算是好事。」陶伯全道：「勇哥兒本來就是破例進了樞密院，多少人不服，盼著他出個什麼差錯好參他一本。勇哥兒與父親一起去邊關，能暫時堵住他們的嘴，讓他們那些小動作無法得逞。而若是邊關打了勝仗回來，誰也不敢再說二話。」

老太太點頭。「那些個人，都是貪生怕死，只會嘴上說說，有本事他們自己穿著盔甲上陣，看他們會不會嚇得站都站不穩。」

老太太跟著老太爺這麼多年，並不是沒有見過戰場上的廝殺，女扮男裝，偷偷跟著老太爺紮營，被老太爺發現也只能無奈地讓她留下。

在當年她也是數一數二的勇敢女子，第一次親眼看到廝殺的場面著實被嚇得不輕，而之後親手手刃一個敵人，血一下流出來的記憶還特別的鮮明。

也是因為曾跟著老太爺一起出生入死過，兩人才能這樣情比金堅。

那個妾室，根本就是個擺設，還好她有自知之明，回來後老老實實，這樣的喜慶日子也稱病不出來。

原先寵著慣著陶仲全，現在想來也不是明智的，漸漸地鋪子就都到了陶叔全一房手裡，正好趁著這個機會，把鋪子慢慢地挪回親兒子手上才是正道。

老太太想著冷哼一聲，廳裡的人都各自懷著心思，無人注意。

夜深後，眾人紛紛回屋，小輩們再次來了正廳，與長輩福過禮後也坐上馬車各自回園子。

齊眉與大哥大嫂坐了一輛馬車，車裡的氣氛顯得尤為沈悶。也不知大哥是不是又想起了阮成煙，怎麼都是情竇初開的對象，難以放下也是自然。

齊眉看著左元夏小心翼翼地坐在一旁，手放在雙腿上規規矩矩，時不時悄悄看一眼陶齊勇，只能微微地嘆口氣。

兩人的路還長，等到阮成煙和晉國公家二公子成親，大哥的念頭就能完全斷了。

回去後，齊眉梳洗一番，換了褻衣就躺下了，鬧騰了一天實在是有些累。

左元夏跟著陶齊勇進西間，默默地把床鋪好，油燈撥了撥，屋裡更加亮堂起來。

想著花園裡陶齊勇又模糊又帶些冷淡的態度，大概是不會在屋裡睡了，或者會像新婚那晚，直接去書房，收拾好東西就走。

左元夏拿了正好繡完的荷包。「夫君帶著這個吧，繡了一段時日才繡好，不知道你喜歡什麼花式，想著你總是要在邊關天天風吹雨打的，就繡了平安在上頭，別在腰間的話，就能一直平平安安。」

看陶齊勇接了過去，左元夏又把被褥理出來，伸手捧到他面前。

「妳來幫我換衣裳。」陶齊勇說完就抿著嘴。

左元夏啊了一聲，沒有明白過來，手裡的被子不知道是放下，還是繼續舉著。

「難道我得穿這麼厚的被褥？」陶齊勇笑著道。

左元夏這才明白過來，把被褥放下，紅著臉站到他面前，手特別笨拙的伸到他衣襟，汗都要出來了才解開。

都怪她為何要把油燈撥亮，若是黑黑的也不至於這樣不敢抬頭。

下一刻油燈就滅了，屋裡卻並沒陷入漆黑，反倒月色透著窗外照進來，堪堪能看清楚眼前。

「你……」左元夏訝異地抬頭。

「知道妳在想什麼。」陶齊勇接了她的話，乾脆地拿起褻衣，自己換上了。「等到妳幫我換好，只怕都要明天了。」

左元夏想要辯解，卻又想不出來話，只由著陶齊勇把她拉到床榻邊，心臟撲通撲通地跳起來，雖然沒有做什麼多餘的動作，但和他這樣靠著睡在一張床上、蓋著一張被子的感覺讓左元夏怎麼都合不上眼。

第四十七章

翌日的請安比平時要早些，齊眉早早地到了清雅園，老太太正被嚴媽媽扶著出來，走路的姿態比平時要困難幾分。

「祖母怎麼了？」齊眉忙上前幫著把老太太扶到軟榻上，嚴媽媽端了熱茶上來，老太太接過去抿了一小口，熱氣氤氳著升上來，老太太嘆口氣。「年紀大了，起身的時候手沒撐住，差點摔下床，所幸沒摔到什麼，只不過腳絆了一下。」

到了祖母這個年紀，再是簡單的磕磕碰碰都不可以小視。

相比老太太的悠閒，齊眉蹲下來仔細查看老太太的腳，沒有學過醫術，但加上上輩子看的那些多得書名都要記不清的書，她始終吸納了不少這方面的知識。治病是很困難，但望聞問切的方面還是能略懂一二。

老太太低頭看齊眉那嚴肅的表情，忍不住笑起來。「妳呀，比祖母都要緊張。」

「祖母本來就要仔細些腿腳，剛起身的時候整個人會有片刻的朦朧，突然的下床自是撐不住身子。」腳腫了一點兒，雖然不明顯，但怎麼都是要塗藥膏才好。

齊眉讓鶯藍去拿藥膏來，在鶯藍把老太太扶回內室塗藥膏的時候，又在外頭囑咐著嚴媽媽。「嚴媽媽還是在祖母起身的時候看著些，過新年怎麼都會比平時要高興，祖母也就沒那麼小心。」

鶯藍掀開簾子，外頭的囑咐聲音落在老太太耳裡。

先前坐到軟榻上，腳是有些疼了起來，現下覺得一點兒都不疼了。

老太太嘴角噙著笑意，拉過齊眉坐在身邊。

三房的人很快地都來齊了，聚在一起說說笑笑。

小輩們一個個的上前給長輩拜年，說著祝賀的詩詞，或者是背的，或者是自己寫的。按照陶家的規矩，詩詞說得不好的小輩是沒有大紅荷包拿的，若果是自己寫出來的賀詞，又寫得好的話，就能收到最大的大紅荷包。

無論如何，心意收到了就是最開心的。老太太心情特別好，即使齊露抓耳撓腮忘了祝賀的詞兒也沒有催促，反而慈愛的摸摸她的腦袋，讓嚴媽媽也把大紅荷包給她，齊露欣喜地接過去。福身謝過老太太，坐回位上悄悄地把大紅荷包打開一點兒，偷偷往裡頭瞟一眼。

今年拿最大荷包的小輩是齊賢，自己寫出來的賀詞，下了很大的功夫。

父親不是祖母親生，而是季祖母所生，昨日各回各房後，娘顯得十分憂慮。齊賢坐在一旁聽得仔細，若果鋪子真的給出幾間讓二伯那房來管，以後的路都不好說。

二房、三房只他一個少爺，今年開春的應試，不用拔得頭籌，就算只是入了圍，三房的地位都能上漲些。

吃著早宴，本是安靜平和的氣氛下，陶周氏忽然捂住胸口，難受的作嘔。

嚴媽媽面色一滯，叫了廚娘來訓斥。

老太太看了她半天，把柒郎中叫過來，和之前陶蕊叫柒郎中進府不同，柒郎中很快就到了。

女眷都在裡頭，三位老爺和齊賢則是在前廳喝著茶。半晌之後，丫鬟急急地出來，向陶仲全拱手。「恭喜二老爺、賀喜二老爺，夫人有喜了！」

陶仲全一下站起來，因為欣喜而哆嗦著手，怎麼都不敢確定。反覆問了丫鬟幾遍，直到老太太被扶著出來，柒郎中親口說了，懷了差不多半月的樣子，陶仲全才一下笑得眼角都皺起來。

「真是喜上加喜的好事。」大太太笑著道。

陶仲全急急地要進去看陶周氏，老太太也攔不住，索性讓女眷都出來，由著陶仲全衝進去。

就像是頭一次聞訊要做爹一樣的感覺，握著臉色有幾分蒼白的陶周氏不鬆手。「真的、真的有了？」

大概是有了孩子的緣故，連陶周氏這樣的人面上都透著溫和的神色，羞怯的點頭，陶仲全高興得幾乎要轉圈起來。

陶周氏勉強撐起身子。「老爺別鬧了，被人瞧見還不得笑話。」

陶仲全一擺寬袖。「我就高興了，指不定啊這次是個大胖小子。可見郎中的話也不都是可信的，原先那樣信誓旦旦地說妳生不出，到底還是柒郎中厲害，從宮裡退下的御醫就是不一樣。」

柒郎中只不過是診出了喜脈，又不是他把孩子塞到陶周氏肚裡的。

陶周氏沒有去計較陶仲全的失言，不光是他高興，她自己也高興得厲害，難怪她這半個月來都心浮氣躁的，沒想到真的還能懷上，花了大錢不斷地滋補調理還好是有用的。

昨天老太太的意圖她瞧得出來，怎麼都是親生兒子才會用心去疼愛，陶仲全再是懦弱無能，老太太的心也是向著他們二房。

三房那兩人再厲害再能幹又有何用，敵不過嫡親二字。

陶周氏嘴角噙著笑意，撫上還是平坦的小腹，何況她如今有了一個。原先老太太不大把事情交給他們二房來做，還不是因得二房無子，若這次真如老爺那般說的是個大胖小子，那可是天賜的喜事，就算這次是小姐也不怕，還可以再努力。

陶叔全坐在前廳，看著亭內各人都笑著說話，與陶左氏對視一眼，先告辭回了房裡。

齊賢跟著兩人回去，聽著二人議論的話，心裡也在暗暗的算著，他現在才不過十幾歲的年紀，縱使今年失利了還有機會，二房只有齊清一個小輩，還是女流，縱使現在又懷了個，是男是女還不知道。是小弟弟也不怕，等小傢伙長大，他齊賢肯定功名在身了。想到這裡，齊賢把大紅荷包交給陶左氏，自個兒回屋繼續勤奮的唸書。

他聽母親說過，無論哪家，都是要先看重在朝為官的人，父親母親還有季祖母都被壓制了這麼多年，他身為庶長子，責任漸漸地就會全部扛在他身上。

老太太很高興，午後就坐著馬車去到寺裡，虔誠地雙手合十。

齊眉和大太太也跟著跪在兩邊的團墊上。

這次給的香油錢比往年都要多，投進去的時候，坐在桌後的和尚咚地敲了兩下木魚。簾子掀開，住持走出來迎接陶家幾人，微微躬身雙手合十。「陶老太太這次如此誠心敬意，陶家在未來的一年必定……」說著卻停住了，老太太疑惑的看著他，住持微微閉著眼，右手來回的在胸前掛著的佛珠上摩挲。

「陶家日後，定是能一直穩步前行。」住持說著，目光落在了齊眉身上。

老太太本是要問，但看住持的神情也就打住了，天機不可洩漏，無論如何，之後的路子能穩步前行，沒有什麼比這個還要好了。

馬車在寺廟門口候著，老太太被嚴媽媽扶著出來，齊眉也扶著大太太，正要上馬車，忽而聽得熟悉的聲音由遠及近。

老太太頓住腳步，回身一看，是御史大人一家。

笑著下了馬車，御史大人忙上前一步。「還讓陶老太太上去了又下來，晚輩沒親自去陶府拜年已經是要請罪的了。」

御史大人說話始終都十分有規有矩，與居玄奕活潑的性子完全不似。

居玄奕上前一步，拱手向老太太和大太太福身，說著拜年的賀詞，不似之前那樣逗樂，多了分穩重。

起身的時候視線往大太太身後一掃，大太太微微動了動身子，身後站的正是齊眉。

「本就是大年初二才會開始各處走動拜年，哪裡用得著請罪這樣嚇人。」話是這麼說，老太太還是笑得和氣。

居府的人都是這樣有禮，文官裡最好的兩家就是居家和阮家，可惜了阮成淵是那個樣子。反觀居玄奕，一身朱紅的錦袍穿在身上絲毫不顯老氣，反而襯得他越發的氣質逼人。

上了馬車，老太太笑著道：「文官裡頭口碑最好的就是他們家了。」

大太太點頭稱是，齊眉接過大太太遞來的手爐，捧在手心裡覺得有些燙人，也不知是剛剛那一瞥燙人，還是手心裡的平安符。

「下月就是齊清的親事了，忙完這陣，有空就多和居家走動走動。」老太太笑著道：「讓齊眉也跟著去，也沒一、兩年了，怎麼都要多走動一些。」

矛頭越發的清晰起來，老太太中意的人家是居家，中意的孫女婿是居玄奕。

可原先居玄奕在那麼多小姐和少爺們面前把陶蕊救起來，無論兩家談得如何，也不是她和居玄奕可以說親的時候。

那麼多人看到了，結果傳出她和居玄奕訂親的消息，別人會怎麼說？

明明救起來的是妹妹，嫁的卻是姊姊。

好似她是搶人的人一樣，齊眉微微瞇起眼，從前世到今生，她從來都不是搶的那一個，今生自己嘗試過努力，老實說初始與居玄奕相處會有悸動的感覺，心也跳得不受控制，可幾年的時間下來，是真心的喜歡，或只不過是前世的遺憾，兩種感覺交替在心中，她怎麼都無法釋懷。

別的事還好說，面對兒女情長的事，她卻一下沒了主意。

老太太幾人的馬車剛到府裡，左元夏正提著包袱出來，細細的收拾著。

這是陶齊勇默許的，丫鬟把要換的衣服拿起來，陶齊勇讓左元夏把昨晚送的荷包也放到包袱裡。

搬出陶齊勇的木箱，想多為他挑一件衣裳出來，冷不丁地看見一條繡著特別圖樣的帕子，拿起來細細看一眼，沈悶地放了回去。

「金縷玉衣還在不在軍營裡？」左元夏抬頭輕聲問道。

「還在。」陶齊勇微微點頭，等她收拾好包袱送到自己手裡，提著走了出去。

左元夏跟在他身後，又道：「雖不至於刀劍不入，但怎麼也是多一層保護。」

陶齊勇去拜別了長輩，齊眉和左元夏一起將他送到府門口，小廝正牽了陶齊勇的駿馬過來，候在一旁。

也沒有單獨與左元夏說話，如一年多前一樣，只把齊眉拉到身邊，囑咐了幾句。

而後一個跨步上馬，包袱斜揹在身上，幾分瀟灑。

握住韁繩，右手揚起馬鞭，嘩地一下就絕塵而去。

齊眉兩人往府裡走，左元夏顯得比往常要沈默。

齊眉笑著拉住她的手。「大嫂知不知道剛剛大哥說了什麼？」

左元夏也不是多遲鈍的人，陶齊勇不在府裡的一年多，並不是沒有聽到過風言風語，還有頭一次送信回來，陶齊勇唯獨給齊眉多寫了一封信，本來陶蕊鬧著要齊眉唸出來，齊眉的表情卻難得露出些緊張和不自然。

所以她才會站出來幫，實情是怎樣的她無法探究，可要看著夫君或者姑子有什麼事，她做不到。

而這些七零八碎的證據，放不放到心中是一回事。始終在腦中盤旋，也勉強想起來在阮三小姐身上看到過的帕子，因為那圖樣太過奇怪，所以才能記得住。

原先只想著就當是她多心也好，反正也只能埋在心頭神傷。但先前收拾包袱的時候，明明是阮三小姐的東西，卻偏巧出現在西間夫君的木箱裡。

「我哪裡會知道。」左元夏有些灰心。

剛剛陶齊勇拉住齊眉，低聲說了帕子的事，那是除夕夜的白日，阮成煙命下人送回來的。這就是徹底斷了情誼。

心中還是無法這麼快就忘懷，但見到左元夏看見帕子時愣神的樣子，陶齊勇心裡歉意竟是不自覺地加深。

末了囑咐一句。「多與妳大嫂說說話，她總不善言辭，不愛出去走動，這一去至少又是半年。」

齊眉笑著把囑咐的這句複述給左元夏聽，左元夏微微張著嘴，顯得有些驚訝。

話在腦裡轉了一圈，走起路來步伐也輕快了些。

姑嫂倆邊走邊說，齊眉拉著左元夏去清雅園，大哥這一回邊關，兩位長輩定是心中不捨，下月三姊又要嫁人。眼看著府裡小輩的親事都開始上了日程，難免會有心中空落之感。

讓左元夏多與祖母和母親閒聊，相處越融洽才能沖淡些小姐們出嫁所帶來的離別，而必須經歷的感傷。

左元夏有些忐忑，陶家人都不大歡喜她她是明白的，雖然能感覺到老太太她們態度有所緩和，但除了請安的時辰過去，也不知會不會起到反作用。

齊眉笑著讓她安心，左元夏也就聽著她的。

姑子年紀不大，但總給人一種可以信任的感覺，也難怪她初入陶家就可以對姑子傾訴心裡的苦楚。

而且齊眉這個姑子是沒得說的，一路幫她這樣多，姑嫂的情誼能走得這樣好，她是從沒奢望過的。

入了陶家就做了被嫌惡的準備，只想著做好自己的本分，卻不想能一步步地往幸福的方向前行。

婆婆果然如齊眉說的那樣在清雅園裡陪著老太太，左元夏心中帶著感恩，以前受過的不公早隨著時間流逝而沖淡。福了禮後，老太太和婆婆都是神色如常，坐在一旁陪著二人閒聊。

老太太正拿著新送來的信箋，是老太爺寫來的。

「妳祖父就是這樣的人，明明是在那樣危險的地方，卻總說得似是遠遊一般，盡說些別的，總不提自己的身子。」老太太憂心忡忡。

「父親就是這樣的脾氣，絕對不會示弱。但勇哥兒回來這麼一趟，媳婦仔細問過他，父親身子健朗得很，母親就不用擔憂了，能報喜也是好的。」大太太柔聲道。

說得也是，還能握筆洋洋灑灑寫下這麼多字，可見並沒有什麼糟心的狀況。

左元夏也笑著道：「鄰國既是與我國暫時休戰，通常都是至少休整一、兩月的，而且這次是鄰國先提出來，指不定是內患過多，不然先前那樣來勢洶洶，不是萬不得已不會如此。」

「有道理。」老太太讚許的看著她。「也沒想到妳有這樣的見地，勇哥兒前兩日陪著我在屋裡閒聊的時候，與妳所說的這一番話倒是相差無幾。」

左元夏的臉微微紅起來，齊眉掩起帕子笑著。

陶齊清與平甯侯家長子的親事如期進行，小輩們按著規矩去到齊清的閨房裡，哪家有小姐出嫁，未出閣的小姐若是於備嫁的時候待在一旁，便能討了喜氣。

陶媽媽服侍陶蕊換好衣裳，陶蕊卻並沒有要出去的意思。

陶媽媽不解的問她，陶蕊笑了笑。「我身子到現在也沒好全，去了的話怕壞了三姊姊那兒的喜氣。」

陶媽媽了然地點頭，去廚房看藥好了沒。

陶蕊手扶著門框，聽著外頭喜慶的聲音，牽起唇角，冷哼一聲。

齊清是做了她的「替罪羊」，嫁給平甯侯家長子，有沒有命好好活幾年都不一定，去齊清的閨房裡能沾喜氣？只怕惹了一身晦氣回來還樂呵呵的什麼都不知。

齊清房裡確實氣氛沈悶，除了陶蕊以外，其餘的人都來了，卻也沒人上前與她說話。只有秦姨娘親手幫她梳著髮髻，也是不發一語。

齊眉從側面看過去，正好能見得秦姨娘的側顏，美豔是有了，但是個心不大的人，一直老老實實的，生了齊清後也沒再懷上。

秦姨娘心眼實，沒去多想為何之後都不能再懷上。

正想著，陶周氏被扶著進來，懷上孩子不過一、兩月的工夫，肚子也只是稍稍突起，但一身行頭倒是裝扮得特別齊全。

秦姨娘正幫齊清梳好髮髻，要戴上耳墜，陶周氏笑著道：「我也沒什麼好給清兒的，準備了一對耳墜，就戴我送的這一對吧。」

陶周氏一開口，秦姨娘也不敢說什麼，把一早準備好的耳墜放回妝奩裡，接過丫鬟捧上來的，大紅的絨布上躺著一對囍字耳墜，喜慶有餘，卻總透著些說不出的俗氣。

但戴到齊清兩耳上，倒是也沒多不好看，大紅蓋頭一蓋上，新娘的面容只到新房裡的新郎掀起蓋頭才能瞧見。

陶周氏送了禮，小輩們準備的就也可以送了，齊眉把串了三日才串好的彩珠手鍊遞給齊清，用小錦盒裝著。

她不擅長繡工，本來打算要繡繡品，想想也作罷。

記得前世阮成淵與她說過，七彩的珠子或者小球湊在一起就能給人招來好運，阮成淵說的時候表情特別傻氣，但也格外認真。

三姊是代替陶蕊走這條未知的路，有了這串珠子，希望能給她減輕不快的事。

很快平甯侯家的轎子到了陶家，齊清蓋上了紅蓋頭，等拜堂之後，從此冠以夫姓，為左陶氏。

「阮大學士家的三小姐再過個兩、三月也要出嫁了。」左元夏和齊眉閒聊時說起了這個。

齊眉微微點頭，看著大嫂瞟她一眼，又很快把視線挪下來，裝作不經意的模樣捏了捏帕子。「阮三小姐與妳似是交好，妳可打算好了送她什麼禮？既是平時就玩在一塊兒的，這樣的大事準備得總要再仔細些。」

「還未想好。」齊眉笑著道。

「繡一方帕子如何？金線鑲邊兒的，花式就配上牡丹花和月亮一起，寓意花好月圓，與良人能和和美美的走下去。」左元夏給著建議，說著手還比劃了一下。

齊眉笑得抬起帕子掩嘴，半會兒才道：「阮三姊姊前幾日才退了『帕子』過來，她不需要別的『帕子』了。」

左元夏臉微微紅起來，同時心也跟著放鬆。

兩人這隱藏的妳一句我一句，總算是結束，之後心情輕鬆起來。品著茶，吃著糕點，時間很快地流逝。

三月中的時候，陸家二小姐嫁給了太子，做了太子妃。

宮中上下都為著這個事忙碌，仁孝皇后更是事事都要過問。

皇上下旨，全國歇假一日。

百姓感激之餘都在議論，這太子妃的人選敲定，還真不比打仗的時間短。有人接了話，太子妃若無意外的話，等太子登基便是皇后，自是要謹慎。眾人紛紛點頭，要做國母母儀天下的人，難怪要千挑萬選。

可太子迎娶太子妃的喜事也無法掩蓋時局的不穩，鎮國將軍之前重傷被送回來，如今有意把長子扶上位置。年還未好好的過完，就有文官上奏，彈劾鎮國將軍為避過戰禍而刻意重傷。

陶老太爺和陶齊勇祖孫倆一同去邊關一年半的時間，也不見如鎮國將軍這般。矛頭指來指去，落到陶府身上。

已經有人要看著陶家被牽連的好戲，可讓人失望的是，陶家反倒是優哉游哉，太子大婚的賀禮準時送到宮中。

而歇假的這日，陶老太太和大太太更是帶著陶五小姐去居家作客。

出門前，齊眉被迎夏和子秋圍著打扮了一個時辰有餘，齊眉都被整得快要睡著了，眼皮一搭一搭的時候忽然被子秋喚醒。

坐在馬車上，老太太伸手幫她整理著髮髻。「妳屋裡的子秋打扮人是有一手，等以後妳嫁人了，她是定要跟著去才好。那個迎夏，平時做事算是麻利，但看著總比子秋少些沈穩。」

連她身邊兩個丫鬟的習性都知曉得這樣清楚，只怕訂下的日子真是要近了。

齊眉乘機求情。「子秋和迎夏都是從小跟著孫女一起的，一個喜靜、一個活潑，正好互補了，在孫女身邊那樣陪著，才不至於會孤單。」

這是暗暗提起原先在莊子裡的過往，雖是一語帶過，但始終能讓他人心中微微憐憫。

大太太果然道：「就讓兩個丫頭都跟著吧，能有這樣忠心的也是不易，從小一起長大的才知根知底。」

也不是沒有丫鬟踩著主子上位的例子，但子秋和迎夏就不會。

大太太也是這個意思，大媳婦開口了，老太太微微一想，也是這個理，便也沒再說。

馬車到了居家，陶家三人被迎進了前廳。

齊眉上前向居大夫人等長輩福身行禮，聲音溫婉柔和，舉止大方得體，一旁居老太爺摸了一把鬍鬚，笑著點頭。

居大老爺今日不在府裡，與陶大老爺幾個朝中大臣去了酒樓議事，縱使是下旨歇假，也不代表真的就能四仰八叉的在府裡躺著歇息，太多事情要商議好，才能上奏給皇上。

居府裡擺好的宴席才剛結束一會兒，居老太爺連著咳嗽了許多聲，面色痛苦不堪，被下人扶著回去了。

女眷坐到了內室，居大夫人一直握著手中的茶盞，要放不放，要喝不喝。

「八姑娘近來身子可好了些？」居大夫人終是放下茶盞，帶著笑意問道。

齊眉坐在這裡，不問她反而說起陶蕊，陶蕊被居玄奕救起的事始終要解決，但若是拖著下去，對居家是最好的。居大夫人此話無疑是想讓陶家接不下去話。

「一直是家裡的五兒照顧著，她與五兒也親近。」老太太笑著看向齊眉。

齊眉自跟著進來就十分安靜，祖母和母親之所以在這個需要避諱的時候帶她出來，實為試探對方的態度。

若是要把陶家的小姐嫁過來，居家的態度是最重要的，一直這樣遊走在兩邊，誰也無法安心。

這樣堵著陶家，齊眉微微一想，索性抬頭。「八妹妹身子調理得好了些，居大夫人還如此關心，真是萬謝，原先八妹妹被居大公子救起，一些平素交好的小姐都瞧見了，到現在也一樣關心地問過呢。」

居大夫人身子一怔，怎麼都沒料到齊眉會哪壺不開提哪壺，本想著讓陶家吃癟，就不要再提下去，說說別的一會兒時辰就過去了。

這一下倒好，把話挑開了說，她若不把話接下去，反倒顯得居家小氣。

「奕哥兒性子善，遇上了這樣的事，總不會袖手旁觀，也是舉手之勞罷了。」到底是掌家的，居大夫人很快平復下心情。

老太太笑著道：「話也不是這樣說。」

對話就這樣斷了，居大夫人等著老太太接下來的話，老太太拋下一句卻又不再說話，居大夫人只得端起茶盞，抿了一口。道：「老夫人嚐嚐這茶，是上好的貢茶，放多久都不會壞，鄰國原先進貢的。」

「這樣的茶怎麼還在喝？」老太太似是驚訝。「邊關戰亂了這兩年多，鎮國將軍因他們而受了重傷，這樣的茶……」

居大夫人面色一變，揮了揮帕子。「鄰國俯首稱臣時進貢的東西，就要好好地喝著，讓人記著他們也是有過這樣的時候。」

已經是無話可說了。

陶老太太笑著道：「也叨擾了這麼長時間，我到底是老傢伙了，出來一趟就腰痠背痛的，坐著也覺得不舒服。」

齊眉抿著唇忍笑，從不知祖母的嘴這樣厲害，兩句話就把居大夫人堵得只有生氣的分兒。

居大夫人臉色青一陣白一陣，努力調整氣息，才起身送到垂花門。送完就轉身走了，一會兒工夫就走得很遠。

陶老太太抿了抿嘴，被扶著要先上馬車，忽而左方傳來聲響。眾人都循聲望過去，兩個丫鬟被架著出來，嘴裡不停地求饒，哭得十分淒慘。

既然是居家的家事，她們還是不要在邊上的好，三人都入了馬車。

一旁的丫鬟忙抓了驚慌跑出來的小丫鬟問：「這是怎麼了？」

「廚房備了給陶老太太、大太太和五小姐的茶，大夫人的意思是，準備得多些，端給在書房的大少爺也品一品，可剛剛大少爺才飲了一口，就生氣地摔了茶碗，把端茶過去的春花和秋月都攆了出去，說這樣賊人的茶怎麼能喝，大將軍和陶家大少爺都在邊關奮戰，這樣也太沒有道理。」小丫鬟也不知是嚇的還是別的，聲音很大。

馬車這時候才緩緩前行。

「有意思了，長輩和小輩並不是一個鼻孔出氣。」老太太笑著道。

齊眉放下車簾。「居大公子取了文試狀元，怎麼都想得透澈些。」齊眉直接推說居玄奕肚子裡墨水多，所以想法也會不同，不想讓祖母跟母親認為居玄奕對自己有別的意思。

「看不出他是刻意作戲還是別的，若是刻意作戲，那目的也算是明確。」如此一來，他算是跟陶家示好，看來居大公子是有意想跟陶家結親的，只是對象不是陶蕊。老太太一句話就把齊眉做的掩飾擊碎。

她怎麼會不知居玄奕是刻意做給老太太和大太太看，表明自己心之所向，不只是她，還有陶家。

可居玄奕再怎麼向著她和陶家也是枉然，居大夫人今日雖沒有咄咄相逼，之後卻被老太太批得無話，到底也還是因得長輩的緣故。

居玄奕與她始終如前世一般，縱使兩人都努力了，卻怎麼也達不到同船渡的感覺，前世她想嫁給居玄奕，居玄奕卻娶了別人，而今生嫁他的念頭到現在其實已經打消得快無痕跡了，先前她會跟居大夫人提起陶蕊，其實已經沒想要和居玄奕結親的念想了，然而居玄奕卻又開始做著要娶她的努力。

坐在馬車上，齊眉從居家一路思索著回到了陶家。

回了東間，鋪開紙，握著筆，蘸了蘸迎夏研好的墨，把女兒家的苦惱一字一句的寫了出來。

裝好信箋，收信的人是西王妃。

送去驛站，指明了是加急的信箋，收了銀錢的信使自是胸脯拍得砰砰響。

果然，信很快就到了西王府，收到齊眉的信箋，西王妃有幾分意外，西王爺正在一旁練字，看西王妃唸了信後，眉頭微微鎖起。

「怎麼了？」

「是五妹妹，好似與太學品正的親事走得並不好。」夫妻之間沒有隔著肚皮說話的，齊英窩到西王爺懷裡，略微婉轉地說了出來。

等到齊英睡著，西王爺把她輕輕的抱到床榻上，蓋好被褥，上了馬車往阮成淵住的園子行去。

第四十八章

五月中的時候，阮成煙如期出嫁，晉國公家的排場做得很足，一點兒都沒委屈新娘子。是晉國公家二公子騎著駿馬去迎的新娘，生得是氣度非凡，握著韁繩，下巴微微抬起，透著與生俱來的銳氣。大紅的喜服著於身上，倒是襯得柔和了幾分。

齊眉坐在東間裡，耳旁都是迎夏嘰嘰喳喳說今日去湊熱鬧看到的場景。

「妳可瞧得真仔細，連晉國公家二公子的表情都記得這樣清楚。」齊眉笑著把手裡的信箋放下。

阮三小姐的禮她昨日就命人送過去了，阮三小姐回了一封信，雖是寥寥數語，但也能看出一個女兒家即將出嫁的羞怯心情。

一轉眼，身邊交好的、要好的就紛紛嫁人了。

起身去拿起繡筐，裡頭整整齊齊的擺放了繡針、繡線和一些花式，都是西王妃臨去前留給她的。

前段時日寄給西王妃的信，今日也收到了回覆。

拆開信箋，熟悉的字跡展露在眼前，齊眉細細地看著。

西王妃說得很中肯。「雖是父母之命媒妁之言，但家裡人都算是疼妳，祖母和母親既是問過妳幾次，那也要想清楚才好。若妳幾番猶疑，就更要弄清楚自己心中所想。太學品正看著是個不錯的男子，可也只是從表面上來看，看一個人要用心，用心去感覺他是否真誠。」

後頭說居玄奕這兩句，不知為何字跡與西王妃的有些不同，顯得潦草些，墨跡也要深一些。

是否真誠……齊眉品著這四個字。

她自重生回來頭幾年，始終在盡力扭轉自己的命運，一切總算都漸漸地改變，不盡人意的地方，也能在一番努力下朝著好的方向走。

第一次見居玄奕是在寺廟門口，那時下起了大雪。

兩人之間無論前世還是今生，都是如白雪一樣純淨的交流。

她以前雖懦弱膽小，但也沒有過這樣優柔寡斷的時候，追根究柢，是她總不願意相信心中的猜測。

真誠與否，她或者心中早有了決斷。

原以為前世居玄奕是因為敵不過父母之命才不得不娶了陶蕊，可在二姨娘扶正後，她和陶蕊站在了同等的地位上，吸引人的程度卻一個在天一個在地。顏家人脈甚廣，家底又雄厚，對於一個剛步入官途的人來說，實在是太誘惑了。

反觀她，病殼子一個，還名聲盡失。

今世似是走得比前世要順許多，居玄奕幾乎和陶蕊沒有交流，不似前世那般有三人同遊的情形，甚至後來，如若有時她去得晚些，還能見到居玄奕更加溫柔的一面，而那並不是對她的溫柔。其實說起來，居玄奕當時究竟是真的歡喜她，還是利用她來接近陶蕊？

至於上回去了居家，居玄奕那樣處心積慮地在祖母和母親還有她面前演這一齣，讓她心裡微微顫起來。是不是現在二姨娘沒落，娶陶蕊根本是賠本的事，居玄奕才又想到她？

「小姐您在想什麼？」迎夏撐著下巴問道，正好把齊眉拉回現實。

「一些小事罷了。」語氣清清淡淡的。

迎夏把門敞開，外頭滯悶的熱氣一下湧了進來。

讓迎夏把青梅子取了來，子秋也正好回來，說老太太幾人都在正廳裡坐著。

齊眉準備了薄荷青梅茶過去的時候。大老爺正好下朝。

祖母很怕熱，薄荷涼涼的，青梅酸酸的，喝下這樣的茶會舒服許多。

大老爺剛從宮裡回來，身上帶著塵土的氣息，也是疲累的模樣。

齊眉把薄荷青梅茶捧給老太太和大老爺。

大老爺咕嚕咕嚕地喝了下去。

「你慢點兒，茶是要慢慢品的。」老太太笑著道。

大老爺喝完把茶盞往案几上一擺，才重重地舒口氣。「兒子今日在朝堂上說了不少話，這下正渴得厲害。」招手讓門口的小廝把東西抬進來。

四個小廝扛著四個大箱進來，大老爺讓他們放到地上。

「這是怎麼了？」老太太看了眼地上的箱子，讓嚴媽媽去端了新茶來，遞給大老爺。

「還不是文官彈劾鎮國將軍的事，鎮國將軍可不是吃素的，上月就把輔安伯的位置讓出來，由家裡的二公子繼承。」

「皇上如何說？」

「今日請示了皇上，皇上體恤鎮國將軍年歲已高，又因得出征而身受重傷，立刻就允了他。」

「黃二公子本就是個難得的才子棟樑，擔得上『輔安』這兩個字。」老太太道。

大老爺搖頭。「輔安伯前幾年與左家大小姐結親，兩家的關係不消說，彈劾鎮國將軍的事看上去鬧得極大，之後卻反倒是為黃家鋪路，母親，您當這是為何？」

「又是平甯侯那小人在算計！難怪最後的矛頭指向了我們陶家。」老太太狠狠地搓著帕子。

大老爺嘆口氣。「皇上允了鎮國將軍的事後，賞了黃家不少東西，之後話鋒一轉，又讚揚起陶家的忠貞，也一同賞賜了。」

「這……」

大老爺眼睛微微瞇起。「皇上此舉一箭雙雕，一來把彈劾的事情直接擊碎，二來是把我們陶家的地位又往上拔高了一層，那些看著我們家出事的，又落了場空。」

「聖上怎麼都是英明的，不然弘朝也不會這樣長久的平和。知曉陶家才是忠良，不可讓小人得志。」老太太道。

大老爺嘆口氣。「可明槍易躲，暗箭難防，如此一次又一次，也不知哪次就栽了。」

「怎麼能這麼說。」老太太斥了句。

「陸家二小姐做了太子妃，陸家和平甯侯家就聯合在了一起，以後的路會越發走得艱難，陸丞相本就是個圓滑的人，和平甯侯那樣的奸險狡詐之人合謀，後果委實……」大老爺心中帶著沈重。「無論如何，兒子定會護陶家周全。」

齊眉走在回朱武園的路上，也是心事重重。

今生不少事情都在變換，太子登基的威脅還有長遠的好幾年，但難保不會如父親所說，中間萬一哪次就無力回天。

她重生的最大意義就是要護得家人周全，不再重蹈覆轍。只陶、阮兩家的勢力，不足以與平甯侯家抗衡，他身後撐著的人是仁孝皇后，再之後甚至是新帝。要擴展勢力，目前最快只有一個法子。

齊眉微微捏起帕子，拉攏居家。可若是要把幸福賠在算計裡，她與前世的那些人又有何分別。

晚些時候，迎夏小心翼翼地抱著一隻雀鳥進來，微弱的嘰喳聲，看上去大概是跌傷了。

「小姐，要不要做個小窩窩給雀鳥養傷？」

看著小雀鳥不由得微微一愣，前世她與居玄奕也一起救過一隻小鳥兒，她也是這樣問的，但居玄奕卻說弱者沒有資格生存，齊眉自己把小鳥兒帶回閨房裡，小心翼翼地照顧著，可惜沒幾天，小鳥兒還是死了，她傷心地哭了好久。

齊眉把小雀鳥接過來，捧著放到絹帕上，撕了細細的布條，再稀釋了藥膏塗在上頭，一層層輕手輕腳地纏在小雀鳥受傷的小腳上。

「小姐，這小雀鳥只怕短時間內是飛不起來了，不如奴婢去撿些枝條來做個窩兒給牠住著？」迎夏笑著問道。

很快捧了些撿的枝條來，齊眉親手一枝枝的反覆交叉纏好，再伸手把小雀鳥放到窩裡。受了傷，那就要好好的照顧，而不是一開始就放棄，根本沒有什麼天生的弱者，小雀鳥在受傷之前，也是健康的在天空自由飛來飛去。

陶蕊總算偷偷地去看了二姨娘一次，瘦骨嶙峋的娘親與她相見，當下都立馬紅了眼眶，眼淚撲簌簌掉下的一方反倒是二姨娘，陶蕊顯得成熟了許多，拍著二姨娘的背安慰她。

陶媽媽站在外頭守著，左右的看著遠處，主子們都下了令，不可見二姨太，可她實在兜不住八小姐的哭聲。

八小姐的處境也委實淒慘，卻還端得那樣懂事。

「五……五小姐。」陶媽媽看清了來人，忙福身行禮。

「妳怎麼在這兒？」

「來給二姨太送飯吃的。」

「給二姨娘送飯的不是那四個有耳疾的丫鬟？什麼時候要勞煩陶媽媽了？」齊眉挑起眉頭。

「這……老奴不瞞五小姐，是因得八小姐太過思念二姨太的緣故，老奴實在看得不忍心這才……」

「也罷。」齊眉擺擺手。

「多謝八小姐。」陶媽媽衝著齊眉轉身的方向福身。

過不幾日，外頭漸漸地開始傳著居家大公子救過陶家八小姐的話語，也不是第一次了，但這次的勢頭卻比原先要厲害得多。

齊眉陪著老太太坐在屋裡，老太太都聽到了流言。「這可怎麼是好，居家態度一直明確著，不聞不問，那便是不願意娶，這樣的事兒傳出來，怎麼都是女孩兒這一邊受的傷害要多些。」

齊眉沈默地幫老太太捏著肩膀，也不一定就是無事之人的閒扯，陶蕊前幾日才去了二姨娘那裡，就流出勢頭這樣強的議論，能在市井之間做到這樣厲害的，顏家是一個。

不知是二姨娘不安分，還是陶蕊變得算計，或者二者都有。

齊眉眯起眼。「祖母暫時勿要管這些事，上次去居家並不愉快，現下這樣的傳言甚囂塵上，誰先站出來，事情就得誰來解決，總有忍得住的一方，都道陶家是武將之家，定是沈不住氣，卻不知武將才最講究穩，心穩住了，才得以穩住手下的將士。」

「多少還是怕蕊兒受那些話語的影響，事情無論怎麼走下去，吃虧的總都是女兒家，什麼都是小，失了名節才是大。」老太太眉眼間透著擔憂，片刻後又咳嗽了起來。

齊眉捏著肩膀的手頓了下。

「怎麼了？」老太太微微側頭問道。

她怎麼會不知什麼都比不過失了名節的傷害大？以前的記憶始終都殘留在心底，所以在傳言一次又一次散開的時候，她才越發的心中沈重。

二姨娘身為陶蕊的生母，怎麼就捨得把陶蕊推到風口浪尖？讓她獨自受著極大的風險，只為求得一樁握不緊的姻親。

居玄奕若是有意娶她，或者說端得起心中那份責任，那日也不會在老太太跟前演一齣那樣的戲。

只猶豫了片刻，齊眉便把前幾日所見盡數說給了老太太知，隱瞞這些事情，最後受害的並不會是她。若是二姨娘被軟禁在屋裡還能這樣不安分，那只能說明她手裡還捏著可以翻盤的機會。

老太太面色一沈，叫來了嚴媽媽去打探。

約莫一個時辰後，嚴媽媽掀開簾子進來，躬身福禮。

「可查清楚了？她真是這樣不安分的，還算計著要如何攪混這好不容易清澈起來的水？」老太太嘴唇微微顫抖，若顏宛白真做到這樣的地步，也太喪盡天良，總是一意孤行，用自己心中的秤去衡量每個人。

看著是為蕊兒好，稍稍一想就知曉萬一路子偏了，後果該多不堪設想，蕊兒孤獨終老都是有可能的。

嚴媽媽道：「負責送飯的四個丫鬟，老奴都把要詢問的寫在紙上，四個丫鬟也都一一的如實回答。她們被陶媽媽支開後，叫清濁的丫鬟溜了回來，伏在窗邊。」

老太太眉毛微微一挑。「不是四人都有耳疾，在窗下也不知說的什麼吧？」

當初選了這四人就是讓她們在送飯的時候聽不到二姨太的那些話，無論是求情也好，怒罵也好，都能做到耳不聽為清。

「清濁會看唇語。」嚴媽媽道：「並不是二姨太所做，而是……」頓了一下。才道：「八小姐，八小姐自己決定的。二姨太勸八小姐，八小姐絲毫不聽。」

「什麼？」老太太幾乎要跌坐下去。

站在身後的齊眉微微攏起眉頭，陶蕊終是徹底地變了。

如若是二姨娘，憤怒之餘也不會有其他的情緒，頂多是泯滅了良心，被利益糊了眼。可現在被利益糊了眼的反倒變成了陶蕊，挖了陷阱自己帶頭跳下去這樣的險招她也敢做，真是「青出於藍而勝於藍」……

「那個叫清濁的丫鬟，為何當時知曉了不來報？」老太太帶著怒意問道。

嚴媽媽福身。「清濁有耳疾，又是最低等丫鬟，縱使有心來和您稟報，也無從進得清雅園，反而可能會招來禍端。」

確實如此，老太太微微嘆口氣。吩咐道：「讓清濁好好盯著，有情況了就直接與妳說便是。」

接下來自是擢升了清濁的等級，本來要升更高一等的，但清濁自己向嚴媽媽跪求只要當三等丫鬟，因為中間的位置最是安全，請示過老太太後，老太太眼裡透出一分讚許。

翌日晚上，園內備了晚膳，老太太讓人去傳了陶蕊過來。

不似以前一般，一進來面上就帶著大大的笑容，活潑非常的黏在老太太身邊，反而舉手投足都透著畏手畏腳的意味。

「怎麼了這是？」老太太覺出不同，忍不住把陶蕊拉到身旁。

「好久不與祖母這樣一起了，有些不知要如何是好，怕哪裡壞了規矩，祖母會不高興。」陶蕊眼睛亮晶晶的，卻一下就能看出內裡的憂傷，再帶著些哭腔，讓老太太心一下疼起來。

「妳啊。」老太太握著陶蕊的手。到底蕊兒也是因得身邊巨變，她又疏於照顧，性子才開始走偏的。

席間陶蕊咳嗽了半天，老太太關切地詢問，她卻怎麼都不說。

陶媽媽跪了下來。「八小姐的身子一直斷斷續續的，病了好，好了又病，也未有全好的時候。」

「柒郎中的藥不是都按時服用了？」這個老太太還是知曉的。

「園裡的丫鬟總是怠慢，有時飯也不按時端來，最近都是老奴去廚房裡做的……」這時陶蕊又咳嗽一聲，陶媽媽抿著唇又道：「老太太要為八小姐作主才好！」

「放肆！」老太太怒意頓起。「誰給的她們膽子！還有妳也是！怎麼一個個的出事兒了都不稟報給我，妳們眼裡還有沒有我這個老太太了！」

見老太太發火，陶媽媽身子完全伏在地上。

陶蕊嚶嚶地哭起來。「不關陶媽媽的事，都是……都是那些丫鬟欺負人，蕊兒以為祖母不再歡喜蕊兒了，不敢說出來，怕再招祖母厭煩。蕊兒心裡清楚，蕊兒的位置自是比不得五姊姊和西王妃，原先下人都是看著祖母的面子才對蕊兒好，現在哪裡還……」

老太太心中酸楚得手都抖了起來。

一下把陶蕊抱到懷裡，側頭恨恨地吩咐嚴媽媽。「把八小姐屋裡那些下人都杖責二十，每人都扣下半年的月錢，其間若還有犯錯的，立馬攆出府！」

陶蕊的園子裡片刻後就鬼哭狼嚎，兩個丫鬟都年紀不大，被打得自己的名字都要記不清了。兩粗使婆子皮糙，但到底也受不住。

丫鬟婆子都趴在耳房裡，一整晚動彈不得。

「八……八小姐。」一小丫鬟看著來人，哆嗦了起來，昨晚邊被杖責邊被訓斥的話還在耳旁。

「妳們非要敬酒不吃吃罰酒，自討苦吃。」陶蕊看著四個下人血肉模糊的粗布裙裳。

四人都連連求饒。

「陶媽媽。」陶蕊視而不見，轉頭道：「今兒起身也無人服侍，祖母昨天才說過的話，看來她們縱使挨了打也記不住，那就讓她們滾出去吧。」

陶媽媽看著四個下人這般淒慘，升起了不忍的心緒。「八小姐，她們才剛被杖責了二十，一晚上的時間也好不了，不如……」

「不過才二十罷了。」陶蕊冷哼一聲。「手下留情有何用，能當飯吃？把她們攆出去，這是祖母說的。」

陶媽媽嘆口氣，只能稟了嚴媽媽。

四個下人還處在疼痛難當的時候，就這樣被人往外抬。

齊眉見嚴媽媽神色匆匆，跟了過去，正好見到這樣一番場景。

「這是怎麼了？」齊眉皺起眉頭，裡頭有個小丫鬟她見過，是陶蕊屋裡的，想起昨晚祖母與陶蕊一起用了晚膳，轉眼她屋裡的下人就都成了這般模樣。

站在一旁的迎夏看得身子微微發抖，這也太可怕了。

嚴媽媽大致說了一遍事情，齊眉皺著眉頭。「這不是不講理？怎麼說攆出去就攆出去？祖母的話是那個意思沒錯，但這四人難道還能做事？」

「送回去吧，現下府裡沒進新的下人，一下都送光了，難不成只有一個陶媽媽在身邊？」

五小姐開口，嚴媽媽也不會不聽，況且她也覺得五小姐說的是對的。

八小姐這樣也太大驚小怪了，在她看來，說得直了就是典型的恃寵而驕。

老太太若不是一直從小疼著她，怎麼會容得八小姐這樣胡來？

於是硬是把四個下人又抬了回去。

「妳們是不是瘋了？我說的話聽不懂？」本是好心情在園內撫琴的陶蕊，一見著四人又被抬回來，一下站起來，琴也被她踢到一邊。

「把她們給我攆出去！要不要去祖母那兒多說一次？」

「八妹妹好大的火氣。」溫婉柔和的聲音傳來，繡著月季花樣式的鞋面從園外邁入。

陶蕊怔忡了一瞬，福身。「五姊姊。」聲音比剛剛輕了不知多少。

「這四個下人，平素就欺負妹妹！昨晚才教訓過的，今日又衝撞我，要妹妹怎麼嚥得下這口氣。」陶蕊擦著眼角。

「把她們抬進去，從藥房裡拿了金創藥，等晚些時候再去和李管事說一聲。」齊眉笑著衝嚴媽媽道。

陶蕊瞪大眼，肩膀卻被狠狠按住。

「蕊兒，莫要這樣逼人。」齊眉比陶蕊要高一些，微微低頭看著她。「她們四人現在這般，就是妳把她們抬到祖母面前，也是妳的不是。」說著在她耳旁。「昨晚妳才讓祖母回了心，難不成今日又立馬想讓她灰心？妳的苦楚都知曉，但世上並不只有妳一人受過不公的待遇，也不是每個人都會像妳這般，連自己都要捨了。」

「五姊姊……」陶蕊的唇微微動了動。

等齊眉和嚴媽媽都離去後，陶蕊舉起琴就砸了下去。

聽著身後園內的聲響，嚴媽媽搖了搖頭。「五小姐……」

「隨她去吧。」齊眉微微地嘆口氣。

連著兩個月，陶家再沒有收到從邊關送來的信箋。

原本只是大老爺知曉內情的擔憂，隨著時間的推移，縱使軍情再是秘密，消息也終是漏了些出來。

鄰的幾個小國，最大的為梁國，其餘幾國都是依附著梁國，幾國聯合起來挖密道，不知道挖了多少，大將軍帶兵親自上陣全部剿殺，雖是阻止了往後可能發生的更壞的事，但弘朝的軍隊卻因得傷亡和查探耗費了大量人力物力，現下處在了劣勢。

如今陶家上下都蒙上了一層灰色一般。

戰場本就是生死門，一個不注意就將墜入死路。

朝野上下更是暗暗地傳著流言，究竟是真打不過，還是刻意而為之。

大老爺的眼窩都深陷了進去，大殿上，皇上沈默不語，一眾大臣也只能乾站著，誰也不敢站出來說什麼，消息再怎麼嚴密，這樣大的事也是掩不住的。

「啟奏皇上，陶大將軍和其長孫陶齊勇在外征戰長達近兩年之久，為何偏生在這時候才發現密道，臣以為，說不準是叛變，原先剿滅挖掘密道的事，讓我軍耗損不少，而之後連連傳來的都是一步壞過一步的消息，之前那樣長的時間都是捷報，為何現下卻出了如此的狀況？」平甯侯拱手道。

平甯侯話中所含的意思，可不就是暗示陶家兩位大將叛變。

殿中的大臣都聽到了平甯侯的話，不少跟著附和。「微臣也以為，陶家二位『良將』說不定變成了『梁將』。」

這樣大的罪名扣下去，大老爺氣得嘴唇都哆嗦起來，幸好皇上早不似以前那般聽信讒言，而是出言制止。

皇上緊鎖眉頭。「陶大將軍半生戎馬，現下還在為弘朝在邊關抗戰，斷不可這樣胡說，長他人士氣。」頓了半瞬，沈下聲道：「待到他們二人榮歸之時，造謠者均以謀反論處。」

行。

「皇上聖明。」大老爺先一步拱手俯身行了禮，餘下的大臣也只能跟著行禮。

下了朝，大老爺約了居大老爺來府上坐會兒，居大老爺爽快地應下，居玄奕亦一併同行。

「原先都是我家夫人胡言亂語衝撞了陶老太太，陶兄大度不計較，反倒還邀在下來府上。」居大老爺說著坐下來。丫鬟端上了茶水與糕點。

「都是小事。」大老爺擺擺手。

陶家被鎮國將軍遭人彈劾的事情所累及，居大夫人一介女流，自是護居家周全為重，在那樣風口浪尖的時刻，居大夫人自是要選了與陶家越行越遠的路。

「你我共事有些年頭了，陶兄的為人我是明白得很，陶老太爺與勇哥兒更不會做出辱沒家門的事。」大老爺沒想到居大老爺到了這個地步竟是爽快萬分，直接地說出了他心中所選站的位置。

「但平甯侯所言也不無道理，不定是指陶老太爺和勇哥兒，軍中精銳的將士不少，在他們二人身邊也不定都是弘朝的人。」下一句又顯示了圓滑的立場。

離府的時候，居玄奕一直以餘光稍稍瞥著四周，卻總見不到齊眉的身影。

陶府雖是大，可他分明就能感覺到齊眉對他也是有情。若不是有意避之，怎麼也不會到見不著的地步。

正想著，一抹熟悉的身影落入眼中，雖隔得遠，但居玄奕一眼就認了出來。始終縈繞在心頭那般長久的人，終是讓他明白自己再次存在的意義。

走過的彎路能扶正，錯過的人能再挽回。

「轉眼，奕哥兒就長得這樣高了，做了太學品正。老老實實的再過個一、兩年，就能走得更高些，從小就是汲取了天地靈氣一般的孩子，長大後越發的英姿颯爽。」大老爺笑著道，伸手拍拍他的肩，他目光所及之處的身影，作為父親的自己亦是一眼認出。

「陶伯伯過譽了。」居玄奕拱手笑道。

齊眉轉身的時候被枝條鈎住了裙襬，迎夏蹲下來幫著扯了好一陣才完好的扯開，沒有撕破，鬧出的窸窣聲響讓不遠處的幾人看了過來。

本是刻意要回避，卻還是這樣不期而遇。

齊眉上前福禮，到居玄奕的時候，聲音微微低些。「太學大人。」

這樣客氣疏離，讓居玄奕有片刻的怔忡。

居大老爺笑著問大老爺。「你家五姑娘生得確是清秀溫婉，身子骨也似是健康，可是有什麼調養身子的良方？」馬車被馬夫駕過來，大老爺領著居家二人過去。

忽而這樣問，讓齊眉微微頓了一下。

「以前勇哥兒在府中的時候，會帶著她……」聲音越來越遠。

上馬車前，居玄奕回頭，幾乎是不避諱地深深看她一眼。

齊眉跟著眼皮也跳了一下，總覺得他眼神裡透著平時沒見過的光彩。

上了馬車，居大老爺微微舒口氣。「你為何就看上了她？」

還未等到回答，居大老爺又道：「也罷，娶個自己心裡歡喜的妻子，怎麼都比娶他們家八姑娘要好，反正八姑娘和你的事鬧得這樣厲害，如若我們再不出面，倒是我們居家小氣，陶府是大將軍府，八姑娘身分低，可陶府的身分不低。倒不如娶了五姑娘，今日特意來瞧瞧她，算是賢良淑德，容貌也襯得上你。」

「多謝父親成全。」居玄奕抿唇微微笑了起來。

翌日居大夫人帶著禮來陶家，倒把老太太嚇了一跳，居大夫人賠著笑與老太太說話，為先前的無禮道歉。

齊眉在東間剛要端起茶盞來喝，茶盞卻打碎了。

晚些時候，老太太派人來叫齊眉過去，一進去就招手讓她坐在身旁。「妳覺得居家大公子如何？」

齊眉隱隱覺得不對，看了眼老太太，斟酌著道：「太學大人品行端正，一身正氣，是個棟樑之才。」

一本正經的模樣讓老太太差點兒笑出來，拉住齊眉的手，道：「祖母是說，若是作為良人的話，他當如何？」

老太太直接點破了，齊眉登時愣住。

「果然是個聰慧的，祖母一說妳就明白。」老太太理了理衣裳。「今日居大夫人來過，賠禮道歉一番好大的排場，之後又問起妳，原先我就有意讓妳與居家大公子訂親。原以為居家態度模糊，倒是那些傳言助長了事情。

「與妳結親的話，就直接斷了外頭再傳蕊兒的事。」老太太說著舒口氣。「蕊兒一時糊塗，這樣的結局也是最好的收場。」

齊眉始終心神不寧。居家和陶家口頭上說了幾句，並未完全訂下，可她之所以心神不寧並非因為尚未訂下親事。

自老太太與她說了後，她的眼皮總是跳得厲害。

九月，初秋放榜，齊賢運氣委實不佳，沒有他的名，老太太託了人去查看，齊賢竟是榜單上末尾之後的第一名。

真真的是與仕途擦肩而過。

齊賢在屋裡捧著酒碗，陶左氏過去安慰。「賢哥兒莫要這樣動氣，中間若是有人出什麼岔子，你便能補上。」

「我並不比別人差，那些在榜上的人，有幾個有真才實學？」齊賢氣得厲害，那些人平素也不是沒有過交集，飲酒吟詩的時候，幾斤幾兩一看便知，連話都說不清楚的人都在上頭，他偏偏被壓了下來。

這次主試的人不是大伯，但他好歹是侄親，只需說一聲就能照顧的事，大伯竟是偏生不做。想著齊賢更是牙癢癢，不單單是祖母、二叔一家，連素來處事分明的大伯也要攔他的路，莫不是怕他會搶了大哥的風頭去？

齊賢眼睛微微瞇起，總會有什麼法子。

二叔跟著他父親母親學了這麼幾月鋪子的管理，還未到得心應手的地步，但也不會出什麼岔子。

二嬸娘產期很快就要到，請了婆子來看過，說一準是男胎，府中都為這事而高興，總算給蒙著鬱氣的陶家帶來了喜氣。

「二少爺最近幾日都大動肝火。」子秋幫齊眉梳著髮髻。

「為了榜上無名，而且還是末尾後第一的事。」

「是。」子秋點點頭。「為何大老爺不幫一把？二少爺是個有才之人，比榜上幾人都沒差。」

「朝堂的渾水，父親不想再讓自家人去蹚罷了。」齊眉嘆口氣。「二哥怕是不理解才那樣氣急，血氣方剛的年紀，只想著一展雄風。想大哥拔了頭籌走得都這般辛苦，以命來取得信任與功績……縱使祖父豐功偉績，不也是勞苦卻不敢言功高。」

「小姐似是感觸頗深。」子秋道，幫齊眉插好髮簪，櫻色花簪似是在髮髻間綻放般。

「能平平安安的過一生，才是最難求的。」

「居家大公子，對小姐多番在意，小姐也就不要想得過多，說不準就是純粹的喜歡。」跟著齊眉越久，子秋就越敢說出心中之話。

「嫁給他……」齊眉輕輕地嘆口氣，疙瘩總是越來越大，原以為的郎情妾意，現在卻怎麼都看不透，她以後還要想盡方法護得陶家周全，與不能知根知底更無法信任的人共度餘生，她並沒有幾分把握。

走到園子裡，看著外頭大片的烏雲，似乎要下大雨了。

第四十九章

悶了許多日的天氣，總算迎來了一場大雨，老太太昨日還抱怨，這天氣怎麼過了初秋卻還酷暑難當。

齊眉笑著坐在老太太身旁。「老太爺這是順著祖母的心意呢，先前說天氣糊弄人，這會兒便趕緊下一場大雨。」

老太太微微地扯起嘴角，眼睛彎起來，皺紋也若隱若現。

「祖母渴不渴？孫女去催一催，鶯藍和鶯柳越來越有惰性了，下次非罰她們舉著手在外頭站一個時辰才好。」齊眉說著起身走到屋外去。

老太太看著孫女忙忙碌碌的背影，扯出來的笑容漸漸退了回去，只剩滿面愁容。

孫女連日來都是早早地過來陪她這個老傢伙，在她耳旁一直說著趣事和逗趣的話，忙忙碌碌的在她身邊，就是怕她胡思亂想，怕她擔憂過度。

孫女的心意她怎麼會不知，但她心中的擔憂又怎能掩得去，她有一種預感，且越來越無法忽視。

齊眉親手接過鶯藍端來的茶碗，往屋裡走去，前不久，二哥那團火氣還未過去，再加上二嬸娘即將臨盆，家中添丁，這才多了幾分熱鬧的氣息，可這勁兒還未起，父親從朝中下來，帶回了祖父和大哥的消息。

不容樂觀。

雖然只有四個字，父親也盡力說得輕巧，可祖母依舊是差點兒坐不穩，若不是到了實在不行的地步，祖父怎麼會允許這樣的消息傳回來。

父親再去問得仔細些，皇上對他倒是也不瞞著，得來的消息是說兵營中新派去增援的三萬兵士水土不服，上吐下瀉的人不在少數，原本是指著這群新的新銳精兵過去助陣，卻不想有等於無，反倒還成了拖累。

這些父親沒與祖母說，只在書房時，與母親說了，那時她正去找母親，站在屋外一不小心聽到的。

照這樣下去，精兵並不是沒有了，可等著朝中抽調完，出發到達邊關，一定是來不及的。

齊眉心裡的擔憂不比祖母要少一分，可她絕不能在祖母面前表露出來。十日的工夫過去，本來養得極好的祖母，面上老態一下都被逼了出來，身子也大不如從前。請了柒郎中過來，都說是因得心情鬱結，這是心病，說得直點兒就是急的，心火過旺。再來點兒刺激，身子就會徹底垮了。

人年紀一大，若是引了病痛出來，就很容易一發不可收拾，今晨老太太還咳嗽了句，無意識地說著：「再這樣下去，我只怕都等不得妳祖父回來。」

齊眉把茶碗捧給老太太。「祖母試試這個，剛摘下來的萬壽菊泡好的茶。」

萬壽菊有平肝清熱的作用，從名兒上來說，寓意吉祥長壽。

老太太接過去，呆了半會兒才慢慢地抿了一口。「有點兒苦。」說著便擺到一邊。

「苦口良藥。」齊眉硬是遞到老太太手裡，老太太倒是絲毫不糊塗，一下就能吃出來她在裡頭偷偷放了柒郎中開的藥。

不吃藥身子怎麼會好？再是心病，也引發了一些病症。

若是老太爺回來，老太太也不會撒這樣小孩兒脾氣了。

都說老小老小，老人和小孩兒是有相同之處的。

不同的是，小孩兒是初生的嫩芽，對世間的一切都充滿了新奇；而老人則是在世間走了一遭，無論是好是壞是貧窮還是富裕，都在步入這個年紀時漸漸地回復成孑然的形態，褪去一身浮華，重新看著這世間百態。

老太太推來推去，怎麼都不肯再喝，齊眉又是好笑又是擔憂，祖孫倆孩童一樣的推拒間，茶碗啪地一聲掉到地上，碎成了許多片。

「大老爺回來了。」小廝在外頭扯嗓子報了一聲。

嚴媽媽忙叫鶯藍、鶯柳過來收拾。

「看我這裡亂糟糟的，真是，先在外頭坐一會兒吧。」老太太忙起身，齊眉扶著她。

大老爺抬頭，眼眶紅紅的。

「這是怎麼了？」老太太心裡撲通撲通地重重跳起來。

「把二弟、三弟都叫過來，有事，有事，有事要說……」

從不見伯全這樣說話打結、滿臉傷痛的模樣，饒是當年在殿上冒死唸著血書，之後也只是出一身冷汗，腳下虛浮而已。

齊眉心中升起了不安的情緒，扶著老太太在正廳的位上坐下，大老爺始終背手站在門前，身後就是皇上親筆御賜「忠將之家」的字帖。

陶仲全和陶叔全都在鋪子裡忙活著，陶叔全正翻著進貨的冊子給陶仲全看，家裡的小廝急急地跑過來通傳大老爺讓他們回去，有急事。

能有什麼急事不能回去再說？

陶仲全和陶叔全剛邁出屋子，剛剛還小了一些的雨又下得大了一些，坐上馬車，輪子輾過石板路的聲音被唰唰的雨聲蓋住。

直到回到府上，正廳裡除了他們二人竟是家人們都在。

陶伯全深深吸口氣。「都來了，全都來了。」

「伯全，到底有何事？你快些說吧，一大家子都在這兒，你總……」

「父親戰亡了。」大老爺閉上眼，輕輕五個字，讓正廳裡瞬間鴉雀無聲。

齊眉一下站不穩，嚴媽媽順手把她扶起，撐著她的身子。

祖父還是戰亡了，和前世一樣的結局，但過程和結果卻不會相同。

「剛傳來的消息，皇上單獨把我傳過去，告知了我。」

單獨告知？

悲痛之餘，大老爺這句話引起了齊眉的注意，祖父真真是一生為國！原先的鎮國將軍、現在的黃老太爺受了重傷都是第一時間全城皆知，皇上為何要這樣做？

齊眉心思一轉，心中登時清楚萬分。

「大嫂別擔心，大哥肯定沒事。」她用力握了握身旁左元夏冰涼的手。

老太太已經暈了過去，嚴媽媽和大太太扶著她去內室。

陶仲全和陶叔全已經被震得半晌都沒了話，兩人的衣裳都有被雨淋濕的痕跡，本想著回來聽大老爺說一通，就要趕緊去換身乾爽衣裳再去鋪子裡的。

還去什麼鋪子？陶叔全一下坐在了地上。

陶仲全喘著粗氣，忽而走到字帖跟前，眼睛猩紅的看著。

下一刻就抬手把字帖給硬生生地扯了下來。

「二弟你這是在做什麼！」陶伯全最快反應過來，衝到陶仲全面前要搶過字帖。

「什麼忠將之家！就是這四個字，我們陶家這麼長久以來都被壓得喘不過氣！這四個字能有什麼用？榮耀？權力？財富？」

齊眉也驚愕地抬著眸子，平素不務正業又沒主意的二叔忽而變了個人似的，都是中年男子，雖然二叔不習武，但力氣也大，何況父親並不敢用力，怕撕壞了字帖。

「這四個字不過就是奪人性命的東西罷了，披著榮耀權力財富的皮！」陶仲全抬手就要撕，把陶伯全都推到了地上。

眼看著字帖就要被撕了。

「祖父還未被送回來，二叔這一撕，是想讓祖父連家都回不了，是想把祖父一生護著的家也毀了？」齊眉平時都是溫婉柔和的聲音，這下帶上了與他一樣的悲痛情緒，霎時讓陶仲全的手頓了下來。

陶伯全看準時機把字帖奪過來，二弟好似也沒了什麼力氣，一下就拿到了。

看著字帖，心中的苦痛不比誰少一分，覺得眼睛觸及之處都十分燙人。

字帖還是有些破損了。

齊眉上前接過大老爺手裡的字帖，給了他一個安心的表情。「女兒的繡工都是向西王妃學的，縫補這個應是可以。」

皇上御賜的東西，自是不能經下人的手去縫縫補補。

而皇上親筆御賜的東西，若是遭到了毀壞，還是惡意毀壞，傳出去，再經有心之人添油加醋幾筆，後果可想而知。

陶周氏因得要臨盆的緣故並沒有前來，在外候著的秦姨娘伸手扶著跌跌撞撞的陶仲全。

「老爺，先回屋去換一身衣裳。」

陶仲全擺了擺手。

皇上單獨把消息告知大老爺，就是不想讓陶老太爺的死訊傳出去，這消息是陶齊勇讓親信帶過去的，陶老太爺在戰場上被一劍深深刺中，陶齊勇雖是殺出血路把老太爺帶回帳中，卻只能眼睜睜地看著他嚥氣。

最悲的是，老太爺不能被送回來，不能讓將士知曉主將已亡，不然在這種時刻還士氣大減，說不定弘朝就真的毀於一旦。

陶家上下再是悲痛，也只能嚥在心裡，日子還得如往常一樣的過。

晚上，齊眉點了油燈在縫字帖，讓子秋在外頭看著門。

一針一線補著的時候，耳中響起二叔的話，那樣悲戚又憤怒，卻字字為實。

也許二叔看上去什麼都不聞不問不管，老太太寵愛之餘，也是因得早看透了這些，人生走這一遭，死得轟轟烈烈，還不如兩耳不聞窗外事，一心只享身邊樂，不拔尖什麼都不會，或者才是最安全的。

陶家的後人從來都不是無能之輩，區別只在於願還是不願。

外頭忙忙碌碌一直不停的聲響很是鬧人，縫好了後，齊眉出門要把字帖掛去正廳。

「何事攪得慌慌張張？」齊眉把字帖掛好，抓了個匆匆跑過的丫鬟問道。

「回五小姐，是二夫人要生了。」

在這個時候出生的小少爺，也不知是幸福還是不幸。

這幾日陶府的氣氛都十分沈寂，不能大肆鋪張，但所有子女孫兒心中盡是悲痛，哭過了，悲傷過了，即使不能穿上雪白的孝衣，也都換上了素色的衣裳。

能不出門的就儘量不出門，否則不裝扮一番會讓人起疑，而裝扮一番，對不起孝這個字，也沒有誰在這種時候還有心思裝扮自己。

老太太暈過去後醒來了一次，反覆確認了是準確的消息後，竟是又暈倒了，這樣巨大的變故和打擊幾乎把這個老人家整垮。

齊眉坐在床榻邊，大太太把藥端過來，幾天的工夫，老太太都是睡了醒，醒了睡，沒有下過床榻，更遑論想起別的事。

大太太主動說著小嬰孩的情況。「媳婦去看過二弟媳了，生的是個健康的男嬰。」

老太太眼皮都沒抬一下。「二媳婦生的這個男孩兒，只怕是吸了老太爺的命！」

齊眉握著的銀質小調羹頓了一下。

老太太沒有發覺，皺著眉，猛烈地咳嗽。「他……他就是個妖怪，白事接著紅事，紅就好似血，他吸了血才來到人間。」

「母親，您累了。」大太太上前接過齊眉手中的藥碗，坐在床榻邊的椅上。「喝完藥就睡下吧。」

老太太愈咳嗽愈厲害，最後絹帕捂著嘴，大太太騰出一隻手忙拍背順氣，絹帕拿下來後赫然都是血跡。

屋裡的人臉色驟變，大太太看了嚴媽媽一眼，嚴媽媽忙動身出府去找柒郎中。

老太太的手微微顫抖著。「大媳婦，妳看看！那妖怪把老太爺的命奪走，又來吸我的血了。」

「不要緊不要緊，母親喝好了藥，眼睛閉上，妖怪就來不了了。」大太太似是哄孩子一般，本就是個嫻靜的人，說起話來也是輕輕柔柔，老太太與她眼睛對眼睛的看了半會兒。

「真的？信妳一次。」

齊眉早退到了外廳，坐在門口。正好能看到外頭唰唰地下著大雨，這幾日斷斷續續的，要不就不下。要下就是傾盆大雨。

「是不是在意妳祖母剛剛的話？」母親的聲音很溫柔，忽然從身後冒出來也沒有把齊眉嚇一跳。

齊眉微微笑著回過身。「沒有，祖母受了這麼大的刺激，難免會胡思亂想，只是覺得三弟弟有些可憐。」

「可憐的不是他，而是妳二嬸娘。」大太太重重地嘆口氣。「本想著生個大胖小子，多少也能被看得重些，誰想竟是在這個時候出來，妳祖母本就信這些……唉……」

「母親，可不可以帶女兒去看看三弟弟？」齊眉看著大太太，一雙眼睛亮晶晶的。

「看倒是可以，只不過別多說什麼話，免得妳二叔和二嬸娘心裡不舒服。」大太太囑咐著，很快地兩人坐上馬車去了二房。

氣氛與別的地方無異，一點都看不出有什麼新添了小生命的喜悅之情。

通報了聲，裡頭的大丫鬟忙出來迎接，把兩人領了進去。

陶周氏正小憩著，臉色蒼白的靠在床榻上，床榻右側放著個搖籃，奶媽正在一下下輕輕地搖著。

十分安靜的屋子，再加上濃濃的藥味，乍一看還以為只是生病一般。

「二嬸娘。」齊眉福了禮。

陶周氏撐起眼皮，看到是大太太和齊眉來了，掀開被子就要下床，大太太上前扶住她，順勢坐到床榻邊。「妳身子還沒調過來，就不要拘泥這些禮節了，怎麼都是身子要緊，瞧妳這臉白得和紙一般。」

陶周氏眼眶一熱。「大嫂……妳真是個好人。」

「怎麼這麼說，難不成別人都是壞人。」大太太握著她的手。「妳平時身子算是健朗，我那時候生下齊眉，也是疼了快四個月才恢復好，等過兩日可以好好走動了，就日日泡泡熱水。平素這樣歇息的時候也別就直挺挺的躺著，多拿兩個軟枕塞在膝下，會舒服很多。」

「我怎麼疼都無所謂，只是思兒他還這麼小，大家卻都嫌棄他，不靠近他，真真把他當了瘟神似的，我該要如何是好，大嫂妳教教我……」

屋裡傳來二嬸娘的哭訴，齊眉站在搖籃旁看著陶齊思，思這個字是二叔的意思，思念、思過，思念老太爺、以後的成長路上能隨時靜思己過。

「小少爺長得真好看，眼睛水靈靈的。」奶媽在一旁笑著道。

齊眉仔細看了看，三弟弟的小臉兒皺巴巴的，因為在睡覺，壓根兒就沒睜開眼。

「我也沒有什麼好教的，說得太嚴重了，只有一點妳要記住，無論別人怎麼說、怎麼做、怎麼想，思兒都是妳生出來的孩子，別人不信不喜不愛都無妨，妳一定要疼他，讓他好好地長大。」大太太的叮囑，聽上去更有自責的意味。

「也是，不是所有孩子都能像五兒這樣。」陶周氏捏了捏被褥。「思兒一定不會離開我身邊。」

「若是母親說了什麼，還請大嫂一定要幫忙勸勸。」

「會的，妳放心。」

又坐了一會兒，大太太起身帶著齊眉告別。

齊眉跟著大太太回了月園，在她身邊親手煮茶，迎夏也被許了進來站到一邊幫忙。

「怎麼不用回屋裡去嗎？」大太太問道，屋裡已經溢滿了茶香。

「在屋裡哪比得過陪著母親。」手下的功夫還有些生疏，微微抬眼。

大太太把齊眉拉到身邊來坐下。「宅子裡的女人個個都擠破腦袋，都要爭著生兒子，我說還是生女兒好，爭權奪利的下場總是冰冰冷冷的，生個女兒反倒是貼心小棉襖，成日裡都能熱呼呼的。」

「那不得捂出痱子來呀？」

迎夏忽而接了句話，大太太和齊眉都愣了下，迎夏這才悟過來，忙跪下。「大太太、五小姐，是奴婢錯了，不該多嘴！」

大太太笑了起來。「難怪齊眉說要留著妳，無論多緊繃的時刻，能有妳這樣的丫頭偶爾冒出一句，心情也能好上一些。」

迎夏沒明白意思，還是跪著不敢動，都是平時在東間慣了，一個不注意嘴巴就管不住。

「起來吧，沒有怪妳的意思。」

聽了大太太這句話，迎夏才敢起身。

「妳這張嘴，哪天要縫起來才好。」齊眉點了下她的額頭，迎夏忙做了個縫嘴巴的動作，大太太噗哧笑出了聲。

「母親心情可好些了？」茶總算煮好了，倒出來後，把渣子都過濾掉，再用滾燙的水淋過一遍，小小的茶盞捧給大太太。

一口抿完，大太太重重地舒口氣。「好了，妳們主僕倆這樣鬧來鬧去，哪裡還能心情不好。

「只不過妳大哥，我更是擔心，還有妳祖父……」說著語氣沈重下來，眼睛也酸澀起來。

「哪裡有這樣的，難不成不打完仗就不能送回來，我若是妳祖母，現在只怕都瘋了。」

這時候大老爺下朝回來，一進屋看到齊眉也在，把大衣褪下遞給一旁的丫鬟，坐在軟椅上。

「父親那邊，皇上命人運了許多冰塊過去，邊關那邊也還有存貨，至少身體是不會……」大老爺說著眼眶一紅，聲音也有些哽咽。

齊眉忙又倒了一杯茶過去，大老爺接了也是一口就抿了，清香的茶帶著微微甜意，好似把心中的苦楚揮散了些。

緩了會兒，大老爺才繼續道：「有一個好消息，西王爺那邊離邊關本就近，得了那頭傳來軍中將士水土不服的消息，說是或者有法子幫。」

「西王爺手上沒有兵，不然帶著兵過去救……」大太太話一出，大老爺便咳嗽了聲打斷她。

大老爺接過話說：「若西王爺手上有兵那才是收不了場的後果。那頭說是水土不服，可西王爺卻說可能是瘧疾。」

瘧疾？齊眉心裡微微顫了一下。

前世的時候，老太爺就是得了這個病才亡的，不少士兵也染上了瘧疾，仔細一想，勢頭和今生的也差不了多少。

可誰都說是水土不服，怎麼西王爺就那麼肯定是瘧疾，這是前世才發生的事，難道西王爺那裡有誰是個未卜先知的？

晚些時候，居大老爺又帶著居玄奕過來了，他並不知曉老太爺的事，帶著居玄奕過來走動走動，也是讓兩個孩子有些交流。

齊眉端坐在石桌旁，居玄奕手不停地搓著，看她一眼，臉好似就燒起來了一般，還有一絲按捺不住的興奮。

「妳家和我家都已經默許了，但是我們這樣的見面還是甚少才會有，否則對妳不好。」居玄奕邊說邊用餘光瞟一眼齊眉，礙著禮節，怎麼都不好直視，心中撓撓的，反覆地壓住。「等以後慢慢按著儀式來走到把妳娶進門前，我就不能來見妳了。」

齊眉只是微微地笑了笑。

雖然反應很微小，但這樣的舉動還是讓居玄奕一下爽朗地笑起來，齊眉本就是這樣的性子，他很瞭解。

借著看她身後池塘的工夫，快速地看了她一眼，比印象中的她要顯得更讓他心動，病弱時候的她十分蒼白瘦弱，現在略略豐盈一些不再骨瘦如柴，容貌也更加秀麗可人。想著他心中積壓已久的願望就能達成，一下子心情舒暢，自然而然地笑起來，十分陽光。

「花燈會也是去年的事了。」齊眉先開口打破沈默的局面，居玄奕少有的縮手縮腳倒是讓她不習慣起來。

好像做過什麼錯事抬不起頭，又不敢向她言明，剛剛他那些細小的動作，都落入了她的眼裡，全都在傳遞著一個訊息，他在緊張。

從沒想過居玄奕對著她也會有緊張的情緒，前世到今生，他都是以熱情爽朗的姿態示人，包括她。

抬起眼，居玄奕正端起茶盞，手有點兒微微地顫著。

發現齊眉在看他，登時有些手足無措，沒話找話地道：「妳今日的衣裳挺素淨。」說完又發覺失言，慌忙道歉。

「素淨的衣裳，代表人的心也是素淨的。」齊眉看向他身後嶙峋的假石，眼神有些飄忽。「其實合歡花寓意是好，更是每年每家小姐和少爺趨之若鶩的，我卻還是覺得，月季花燈拿在手裡也挺好。」

居玄奕差點沒有握得住茶盞，穩了穩心神，想從她面上看出些什麼，卻只見得平靜安寧的神色，身上素淨的衣裳襯得人只想好好憐惜她。

後頭的魚忽而一躍起來又鑽回水裡，濺起的水花聲讓齊眉回頭，池子裡捲縮的荷葉、平靜的池水，竟是也讓她想起那晚和阮成淵一起放月季花燈，相視著說話的時候，她能從阮成淵清澈的眸子裡看到自己的模樣。

小小的兩個點兒，好像是被他圈在眼裡，好好地護著。

居玄奕一口把茶喝完，起身告辭，而後去書房找父親和陶伯伯。

現在的齊眉讓他特別不安，明明是到了說親的地步，卻更讓他覺得虛無縹緲，好像下一刻就會消失不見一樣。

給父親和陶伯伯拱拳行了禮，二位也聊得差不多，居玄奕和居大老爺被管家領著恭送出了府。

「父親，有沒有和陶伯伯說起兒子和齊……五姑娘的事？」居玄奕一坐進馬車就問道。

居大老爺敲了他腦袋一下。「什麼齊五姑娘，是陶五姑娘。」說著理了理衣裳。「提起了，但不知為何你陶伯伯的態度模糊起來了，本是說好的下月就正式提親，卻……」

「怎麼？」居玄奕急急的打斷。

居大老爺瞥他一眼。慢慢地道：「你陶伯伯又說想一想還是太匆忙了，要從長計議。也看了黃曆，明年的這個時候或者才是最好的訂親日子。」

「怎麼又要過一年？」

「過一年就過一年，你是堂堂男子漢，還怕年歲過了不成？再過個兩、三年都無妨。」

居大老爺說完，輕輕舒口氣，閉上眼開始小憩。

居玄奕掀開車簾，還能隱約看到陶府的輪廓。

想起齊眉最近一直都疏離的態度，再加上今日她說的話，手中的車簾一下扯得緊緊的。

「再扯車簾就要壞了。」居大老爺抬起眼皮，淡淡地道：「你安心，我再去打探打探，你陶伯伯不是言而無信的人，陶府更是不會隨意做出出爾反爾的事。陶家定是有什麼事，才會這樣。」

想起先前她說：「其實合歡花寓意是好，更是每年每家小姐和少爺趨之若鶩的，我卻還是覺得，月季花燈拿在手裡也挺好。」居玄奕心底已有幾分明白，縱使陶家有事，齊眉心底也是不願嫁他，只不過父母之命媒妁之言，她不得不從而已。

為什麼她的心意變了？居玄奕想不明白。她原來那樣喜歡自己，即便因為羞怯而從不當面表達心意，但他能感覺得到她喜歡得滿心都是他。

一年也好，兩年、三年都好，他等定了，就算現在她不願，以後也會願意的，他深深地相信。

第五十章

十月的時候辦了齊思的滿月酒，有了大太太幫忙，請來的都是熟人，幾個人聚在一起，沒有冷冷清清，但也不會太過鋪張，主張以節儉為主，也沒有誰起疑心。氣氛一直維持著熱熱鬧鬧的，不知大太太用了什麼法子，連老太太都來了。

齊思已經不是剛生出來皺皺巴巴的模樣，嬰孩的皮膚像是剝了殼的蛋白似的，陶周氏把齊思抱到老太太身前，心裡戰戰兢兢之時，老太太卻主動把齊思接過來抱到自己懷裡，還逗弄了一下，齊思咧開嘴笑起來，老太太也跟著笑。

陶周氏眼眶都濕了，她完全體會到原先大太太的處境和心情，還有齊眉過得會有多艱辛。

感激萬分的握著大太太的手好久不放，滿月酒散了後，陶周氏把齊眉叫到跟前，送了她一支垂花抱月髮簪。「嬸娘特意打聽了的，妳喜歡月季花，這個特別合適妳。原先也是嬸娘口不擇言……」

齊眉想了半天才知道陶周氏在說她剛回府時候的事，猛然記起來，早就沒有生氣的感覺，只是這樣偶爾想起當初的小心和波折，心中難免有點兒觸動。

母親這樣的處事方法，她有不贊同的地方，也有贊同的地方，只要別人沒多欺負你，口舌上的爽快就由她去，等到了她困難的時候，若是個能記著人好的，那伸手幫一把，也不是多大不了的事。

「謝謝二嬸娘。」齊眉笑著接過去，陶周氏眼眶還是紅紅的，熱熱的。

進了十一月，天氣開始冷得厲害起來，總算盼到了陶齊勇從邊關寄來的信箋，大太太展開來看，準備唸給老太太聽，信紙上只寫著寥寥幾字——

安好，勿念。

信末蓋了陶齊勇的印章。

「邊關真的愈來愈緊迫。」大太太小聲地嘆氣，把信箋遞給齊眉，讓她拿回去給左元夏看。

接過鶯藍端來的木盆，濕透的帕子擰得有點兒微微濕潤的程度，坐到床榻邊幫老太太擦身子。

老太太幾乎聽不到什麼，柒郎中這快兩月的時間，隔三差五就會過來，和陶大老爺幾人都明著說了。

老太太受的刺激太大，又加上先前急火攻心本就引出了病症，沒有多少日子了，能有的這短短時日，腦子也不清楚，無法正常對話。

回了東間，信箋讓子秋送了過去，不過寥寥數字，卻足以讓大嫂拿著寬慰許久。

只要還能有消息傳回來，那就沒到無法回轉的地步。

記得前世並沒有這麼難，祖父染上瘧疾而不幸逝去，可大哥沒多久就把邊關戰亂平定，不似如今這樣困難的局面。

齊眉仔細地想著其中遺漏的地方，子秋送完信回來，把屋裡的窗戶關好，道：「如今這天氣冷了起來，剛剛大少奶奶看了信，鬆了一大口氣的樣子，許是輕鬆了些，奴婢聽到大少奶奶吩咐瑞媽媽，說要給平甯侯爺和夫人送兩個手爐過去。」

對，平甯侯！在大哥和大嫂成親之前，大哥有單獨見過平甯侯，會不會平甯侯有什麼謀劃？

仔細想起，前世兩人見面與否她不得而知，雖然平甯侯使了計才把左元夏嫁過來，可怎麼都是嫁女兒，能想著陶家，那定也是陶家有用，不然何必那般費盡心機。

若是前世大哥答應了什麼，那是因得陶家的地位，還因得有把柄落在平甯侯手中，可今生一切都未發生，大哥肯定不會答應，說不準派去的那些精銳兵士也有問題，不然怎麼一去就水土不服，若真的是染上瘧疾，那就更可疑了。

這是在報復大哥。

齊眉重重地坐到軟榻上，邊關若是失守，後果不會到不堪設想的地步，但也會重創弘朝一把。

大哥應是沒有應下平甯侯的交易，一切都在失利的狀態，祖父戰亡，再接下來若是他也守不住的話……

齊眉想著就坐不住了，讓子秋去打探了下，大老爺今天下朝特別的晚，剛剛才回府，大太太跟著他去了書房。

齊眉立刻出了園子，到書房門口，提起厚厚的裙襬要往裡頭趕，冷不丁差點和人撞了個滿懷。

「五小姐？奴婢正要去找您！」是新梅的聲音，齊眉揉了揉被撞痛的頭，剛要進去，大太太和大老爺就出來了。

兩人對視一眼，大太太的眼眶帶著濕意，大老爺沈悶的看著齊眉，眼裡帶著無盡的歉意。

「父親、母親……怎麼了？」齊眉福身，忙問道。

「去府門口，把人都叫過來。」大老爺的聲音有些虛，新梅應下，領著丫鬟們去通知各房各院。

連老太太都被扶著過來。

大太太一直緊緊地牽著齊眉的手，不鬆手也不說話，眼淚很快地掉下來，怎麼都忍不住。

齊眉心裡一沈，莫不是大哥也出事了？

不對，大哥要是有事的話，犯不著把人都叫到府門口來，能動到全家人來迎接的，那就只有一件事，要不御駕親臨，要不就是聖旨。

她猜得沒錯，是聖旨。

看著蘇公公款步進來，先和大老爺、大太太幾人客氣了幾句，兩人卻都沒有平時的熱情，聲音都帶著輕微的顫抖。

大太太自始至終都沒有放開齊眉的手，抓得那樣緊，好像怕她撐不住一樣。

齊眉快要沈不住氣了，父親這種沈悶又自責的神情，母親這樣生怕她下一刻就要暈倒甚至消失的模樣，到底是出了什麼事？

蘇公公展開手裡的卷軸，聲音尖尖的卻不刺耳。「奉天承運皇帝詔曰，阮大學士府中嫡長子阮成淵明德純良、護國有功，朕躬聞之甚悅。今適婚娶之時，當擇賢女與配。值陶大將軍府之孫女陶齊眉，排行齊字輩，為五。其淑慎性成，勤勉柔順，雍和粹純，性行溫良；二人堪稱天造地設，為成佳人之美，特將汝許做阮成淵正妻，擇良辰完婚，欽此。」

府裡霎時安靜得連一根繡針掉到地上也能聽見，陶蕊與眾人一起俯身跪在地上，唇角都牽得要到眼尾了。

大太太緊緊地握了下齊眉的手，齊眉這才從震驚中回了神，在眾人各帶不同意味的眼光中，聲音尤為平穩。「民女謝皇上聖恩，萬歲萬歲萬萬歲。」

行過大禮，齊眉站起身，平平穩穩的把聖旨接到手中。

送走了蘇公公，齊眉跟著長輩們回到正廳，陶伯全與陶仲全、陶叔全說了幾句，讓他們先回去了。

丫鬟很快地奉茶上來，齊眉把茶盞握在手心，不會覺得燙的程度，外頭的風嗚嗚地颳得厲害，更顯得手中的那一撮溫暖正正好。

大太太看著安靜坐在一旁的齊眉，幾次要開口說話，但又不知能說些什麼。安慰？

現下說什麼都是空談，是什麼緣由、什麼契機還不清楚，大老爺只匆匆與她說了最緊要的賜婚，而後緊接著就一家人去到府門口恭迎聖旨。

「齊眉，是父親對不起妳。」大老爺說著禁不住心疼起來。

他膝下四個親生的，全部，真的幾乎是全部，親事都捏在他人手中。

齊勇遭算計，不過娶來的媳婦其實看著倒是不錯，品德賢良，安守本分。

齊英幾經轉折，仁孝皇后的好話，被德妃娘娘穩穩地接在掌心，好在西王爺還是讓他安心，雖本是心中有氣不得言，但西王爺從頭到尾都給足了陶家排場，更是足夠尊重和看重齊英。

爾容前段時日出去參加宴席，席間還有幾個達官貴人家的婦人說起西王爺和西王妃這樁親事，眼裡透著羨慕的意思。

長子和長女兩人各自的親事走到現在，也都回轉過來，往著好的方向走。

正在想著事，忽而胳膊一緊。

老太太清醒了似的，正抓著他的胳膊。「這是怎麼回事？皇上這是什麼意思？那阮家長子分明就腦子不清楚，護國有功？什麼功？玩七彩球兒弘朝第一？與齊眉哪裡天造地設？況且老太爺他還屍……」

嚴媽媽嚇了一跳，忙把老太太先扶了回去。

齊眉一直安安靜靜的，手裡還捧著聖旨，略低下頭讓旁人看不清她的表情。

「母親話是直白，但說得字字真話。」大太太用絹帕擦了擦眼睛，捏在手心心慌意亂的。

大老爺深深地吸口氣，不知道該說些什麼。老太太偶爾能清醒一下，剛剛著實是被聖旨的內容刺激到了。

何止是老太太，大老爺記起前不久在殿上的一幕，都覺得無法緩過來。

「老爺，到底為何皇上會下旨賜婚？而且怎麼就落到阮家大少爺身上了？他不是跟著西王爺在西河？」大太太還是無法平靜，聲音依舊是顫顫的調子，聽上去又像哭，又像無聲的控訴。

齊眉抬起眼也看著大老爺。

大老爺瞇起眼。「本是好事的。今日在殿上，邊關送來了好消息。那些精兵果真是染上了瘧疾，西王爺命人快速把青蒿運到邊關來，青蒿煮了水，給那些染上瘧疾的精兵喝下，不多日就好了。本是拖累的精兵很快恢復過來，完全扭轉的好事。若不是西王爺，這次勇哥兒就是回得來，也要變成戴罪之身。」

「那與阮家大公子又有何關聯？」大太太捏了捏拳頭，語調揚高了幾分。

「成淵在年幼時和阮兄遠遊過一次，路上遇見過瘧疾而死的人。模樣太可怖，像他那樣心性的人，衝擊的事情記得尤為清楚。」大老爺緩緩地道：「一見著那些精兵，他就驚慌地打他們踢他們，要把他們趕走，結果問了好多遍才說是以前看人這樣死過，說是會吃人的瘧疾。西王爺帶去的郎中診治過後確認了，軍醫都被軍法處置。這都是後來我去御書房，皇上細細與我說的。

「殿上只說成淵發現了瘧疾，記得以前的事。所以每每看到青蒿，都會命下人採摘一些備著，這次跟著西王爺去西河，青蒿本就生長得多，小孩兒性子，看著多就全都採了。精兵很快就好了小半，整個軍隊士氣與實力大增，勇哥兒全力以赴，看這才兩個月的工夫，梁國就吃了個大敗仗，損傷無數。」大老爺深深地吸口氣。

「又是發現瘧疾又是及時送上青蒿，傻人有傻福，被他撿了這樣大的好名。」大太太的語氣都要控制不住。

「成淵的狀況，總不能賜官加爵，皇上正猶豫著，忽而平甯侯就道阮家長子已到適婚的年紀。」

大太太茶碗都恨不得摔到地上才好，又是這個老東西！

「本也是，成淵這一立功，得利的不只是弘朝，還有勇哥兒。陶家與他相襯的也只有齊眉……」大老爺搖搖頭。「若不是要瞞著父親的事，加上平甯侯這麼一提，皇上也不會賜這個婚，若是不賜婚，平甯侯定會起疑，那父親的事就要暴露，士氣將會大減，軍中失了主將，就等於把主心骨給直接抽走。

「齊眉……」大老爺喚了聲，帶著些哀愁和歉意。

大太太招手讓齊眉坐到她身邊，一下抱到懷裡。「母親沒用，與妳大哥和二姊比，妳的犧牲是最大的，與政事牽扯上是最可怕的，再加上聖旨一下，一切就成了定局。」說著哽咽起來。「原先母親還信誓旦旦說要與妳尋個良人，卻……」

「母親。」意料之外的平靜聲音，低頭看著懷裡的小女兒，並不是想像中那樣淚眼汪汪，滿面委屈，反而眼神清澈得讓人心裡一顫。

齊眉反握住大太太的手，又望向大老爺。「聖旨上說得好，天造地設，聖上為天，天賜的姻緣，地為家，其中的種種要自己經歷、感受和設計，這才是天造地設。這並不是多壞的事，況且若真紅著眼睛出去，阮大伯伯見到心裡多不是滋味。」

大老爺擺擺手。「妳阮大伯伯與我一起坐的出宮馬車，他說如今這局面，只怕妳心裡想得不清楚，讓我回來多勸勸妳，現在倒是妳來勸我們。」

大老爺緩緩地吸口氣，這樣的閨女，嫁給誰都會是一個好助力，可惜了是阮成淵。

「孩童心性也沒什麼不好，至純至性，就像一汪泉水，你能看得透他，他也能懂你。泉水不會爭權奪利，只會涓涓流淌，只看得到眼前的人，心中都是美好的事物和嚮往。」齊眉唇角微微上揚一些，竟是牽出一個柔和的笑意。

「其實女兒想得愈來愈清楚，平和才是最好。世上之人總是羨慕別人、嫉妒別人，感嘆老天不公，伸長脖子看著別人覺得什麼都是好的。其實低頭看看，自己還有手有腳，抬頭看看，還能呼吸著清新的空氣，就已經是值得珍惜的人生。」

「說得好。」阮大老爺款步走進來，外頭丫鬟福身請罪，大老爺揮揮手讓她們下去。

「是我讓丫鬟不要通報的，還望陶兄和嫂子不要介意。」私底下，兩家都是兄嫂一類的稱呼，顯得越發親近。

齊眉起身向阮大老爺福禮，阮大老爺看著她，眼中透出讚許的神采。

福過禮後，齊眉就退下了。

阮大老爺坐下來，端著茶喝了一口。「想不到五姑娘年紀輕輕，境界和心中所想比許多人都要深遠，淵哥兒是修了不知道多少福氣。」

知曉陶家接了聖旨定會大亂，阮家倒是高高興興，沒什麼大動靜，阮大夫人讓他過來陶家看看，阮大老爺自己本也坐不住，淵哥兒腦子不靈光，他做父親的自是介意旁人有意無意的取笑，可真突然這樣賜婚，又是世交的陶家，他多少會起不安的心思。

陶五姑娘生得清秀可人，品性也是溫婉善良，走到屏風後，丫鬟正要通報，他就聽到了五姑娘的這番話，心中起了無盡的共鳴，同時也不由得感嘆。

聽說這段時日居家和陶家走得近，他本以為兩家訂下了親事。而相比陶家和阮家，居家反倒是還鬧騰些。

居玄奕坐在位上一語不發，眼睛都是紅色的。

居大老爺嘆口氣。「皇上下旨也沒法子，誰讓我們並沒正式訂親，口頭之說不能作證啊。」

「撿了大便宜也就罷了！他有什麼資格娶妻？傻不溜秋，什麼都不會的人，憑什麼？」居玄奕吼了一句，拳頭捏得緊緊的。

很快，阮大少爺和陶五小姐的親事就被傳了滿城，達官貴人家的嫁娶也不過是風光一些，可阮大少爺傻的事可是不少人知曉，原來礙著不常說，現下人人都說，也就無人多顧忌什麼。

說陶五小姐可憐者有之，不關心者有之，抱著看好戲心態的人更是不少。

十一月中的時候，冷意越發明顯起來。本還覺得今年的冬日來得比往年晚些，不會冷得這樣厲害。

齊眉剛從老太太那裡回來，哄孩子一樣把她哄睡，雖不至於疲累，但嗓子還是乾渴得厲害，接過子秋遞來的茶水，剛抿了一口，簾子一下掀開，本還是安靜得只聽到外頭風聲嗚嗚吹的屋裡，一下被咋咋呼呼的聲音盈滿了。

「太過分了！簡直是氣人！」迎夏罵罵咧咧，把籃子啪地一下放到桌上。

子秋揪了下她的耳朵。「妳真是把東間也當自己家了。小姐還坐在屋裡，怎麼這麼沒規矩？吵吵嚷嚷的！」

迎夏一回身，子秋就止了罵聲，語氣關切又焦急。「妳這臉上的傷是怎麼了？不是出去買東西，怎麼臉上都有傷痕？」

「和人打架。」迎夏氣鼓鼓的。

「和誰打架？妳還不收斂性子，要我怎麼帶著妳去夫家？」齊眉噙著笑意，難得看迎夏這樣動火氣，也不知是什麼事。

與阮成淵的親事訂在了明年年初，母親翻遍了黃曆找出來的，一年裡最好的日子，連父親也跟著一起翻。

「小姐，就是為了這個事打架！」迎夏一聽夫家這詞兒，心裡更是氣得厲害，一下走到齊眉身邊，滿臉的委屈。

「看來是誰閒來無事說幾句被妳聽到了？」齊眉端起茶盞，優雅地抿了口，而後把眼睛微微眯起，十分享受茶香味兒。

「小姐！」迎夏看齊眉一副事不關己的樣子，再想起那群人說的，一下子氣得都說不出話，平復了半天才道：「那群閒人就坐在茶攤兒邊上，大大咧咧的說小姐的事，說小姐這輩子就這麼葬送了，嫁給一個傻子當正妻，還說皇上下旨，這親事就是得龍庇佑，怎麼都黃不了，而且會長長久久……

「甚至還出言調戲小姐！」迎夏不樂意說具體的，一想起來就氣。「奴婢就直接衝上去打他們了！」

「妳打得過？看妳只臉上受點兒輕傷，是不是偷偷和武師學武功了？」齊眉訝異的拉著迎夏，讓她在自己面前生生地轉了一圈，裙襬都飛了起來。

「小姐，這不是重點！」迎夏跺著腳。

「妳這笨丫頭。」子秋戳了下迎夏的腦袋。「妳回去歇息去，屜子裡有藥膏，自己趕緊去塗了，不然臉上留疤，看妳以後還要不要出門了。」

齊眉也笑著道：「快去吧，瞧妳臉上血都有，別人不知道的還真會以為我心有不甘，拿著身旁近身的人來打好出氣。」

迎夏這才挪了步子回去。

屋裡又恢復了安靜，齊眉讓子秋去取了書來，捧著書窩到軟榻上看，看累了就閉目小憩一會兒，醒來了又繼續翻閱。

也不知過了多久，子秋在外頭通報。「八小姐來了。」

齊眉只微微抬了下眼，陶蕊一進來就坐到她身邊。「五姊姊還在看書呢？」

「祖母睡下了，母親又在忙活，我也幫不上什麼，就索性回來了。」齊眉笑著道，眼睛依舊看著書，並沒有什麼閒聊的興致。

「五姊姊心裡不冤？」

清麗又帶點兒魅的女音在耳旁縈繞，齊眉的眉頭鎖了一下。「冤什麼？」

「十多天了，外頭一直在傳五姊姊和阮大少爺的事。」總算說到了想說的事。

「嗯。」齊眉點著頭，手抬起來托住下巴，盯著書眉頭皺得更緊。

陶蕊立馬湊得近些。「妹妹也覺得姊姊太冤了，嫁誰也不能嫁給他，再是門當戶對，腦子可不對啊。根本就是個長著男子漢模樣、頂著小孩腦袋的怪物。嫁了他，以後的日子得要怎麼過，妹妹一想就覺得可怕，原先妹妹差點還要嫁給他。」說著搖搖頭。「說起來也太磨人了，本是妹妹要嫁他，結果阮家先過來退了，沒成。而後姊姊本是要與居家說親，一道聖旨下來，又把姊姊和他拴在一起……」

子秋忍不住抬頭看一眼，門簾是搭起來的，八小姐正靠著五小姐，幾年過去，從有些圓滾滾的小女娃蛻變成一個即使不做什麼，也會覺得一股子魅惑妖嬈的氣息撲鼻而來的人了。

陶蕊還在不停地說著，齊眉忽而抬起頭，側目看著她。「妳剛剛說什麼了？」

嘰嘰呱呱的聲音一下停了，陶蕊搓了搓手中的帕子。

齊眉把書拿起來。「剛剛看書太入迷了，這裡有些不懂，就一直在想著這裡，想明白了才發現妳還在這兒。」齊眉笑著問：「是不是有什麼事要找姊姊？」

「沒有了！」陶蕊跳下軟榻，繃著臉走了。

子秋把小丫鬟剛送來的熱茶端進來。「八小姐怎麼氣沖沖的走了？」

齊眉抿嘴一笑，繼續看著書。

第五十一章

過了年後，邊關再次傳來捷報。

皇上看了龍顏大悅，殿外正好下起了雪，都說瑞雪兆豐年。

平甯侯擺了宴席，請朝中眾臣和其家眷前去相聚。

老太太依舊是老樣子，齊眉本想就在屋裡照顧不去，可帖上卻寫了她的名，不得不去。

老狐狸擺宴席能有什麼好事？齊眉都能想到今日的情形。

天知道她最喜歡清靜，只覺得若是能有什麼東西可以把耳朵塞住了才好。

馬車裡，大太太臉上寫滿了防備和嚴肅，抓著齊眉的手恨不能把她藏起來。

從聖旨下了後，已經受了太多的非議，如今還要被重創一把。

齊眉一直坐在左側，與對面裝扮得十分豔麗的陶蕊形成鮮明的對比。

果然猜得沒錯，那些小姐，甚至是已為人妻的夫人，都用各種眼神打量她，好似是看到怪物似的。

只是從人群中走過去，也能感受到一道道目光都扎在她背上。

按照官職位置，齊眉應是和居家、陸家的小姐坐一塊兒，可是正好滿了一桌，平甯侯府的下人歉然地問她能不能坐在右側的桌上，齊眉瞥了一眼，不是說了只請朝中重臣的官家？這些都是沒怎麼見過的小姐們，看著似是小品級官員家裡的。

也罷，如今她這情形，坐哪兒別人都不會與她熟。笑著點頭，下人感激的福身，再領著她過去坐下。

剛坐穩，左右兩邊的小姐都特意把椅子挪過去些，不願與她挨在一起。

齊眉握起銀筷，挾著面前的菜，左右出了這樣大的空隙，吃飯的規矩本就是只挾眼前的，她眼前的菜可比別人要多了兩樣，正好無人與她爭搶，樂得自在。

這一回的菜色倒是不如上次來吃過的，顯得合口味許多，抬眼看到在不遠處忙碌的齊清，大抵有她張羅的分，所以菜色都有著陶家的風味兒。

桌上的小姐們如長舌婦一般，竊竊私語，看著齊眉不氣不惱，聲音漸漸大了起來。

「怎麼阮大學士家裡沒人來？記得應是發了請帖的才是。」

「這妳都不知曉？昨日阮家那傻子回來了，被送回來的，快馬加鞭呢。」

「啊？送回來了，是不是腦子太笨被西王爺嫌棄，受不了了才把他扔回來呀。」

這一句說完，桌上聽到的小姐都笑得用帕子掩住嘴。

齊眉微微頓了一下，阮成淵這樣快就回來了？怎麼會突然回來？前日西王妃送來的信也沒有提起過這件事，不過算一算西河到京城之間往來的路程，不是加急的信箋怎麼都要個十天半月的。

每次從西河送來西王妃的信，最下兩行的筆跡都不是西王妃的，雖是刻意模仿，但西王妃的字並不好學，微微潦草的筆下卻透著怎麼也不能完全抑制住的力道，顯然是男子的字。

肯定不是西王爺，他沒必要這麼做。那會是誰呢？

席間的閒扯還在繼續。「真是瞧她長得也水靈靈的一個人，竟要嫁給那樣的人，好好的將軍府嫡親孫女，說不準有什麼不可告人的隱疾，才落得這樣的姻親，嘖嘖。」

「我要是她，我就不來了。」

「原先我還覺得我不如意，這一比，真是鳳凰不如雞啊。」

「什麼鳳凰不如雞，妳這不把我們都罵了。」

齊眉忍住笑，挾起一塊雞肉放入嘴裡，細嫩的肉質，淋上的醬料正正好，十分多汁美味。

「吃完了吧？要不要一起去走走？」

齊眉判斷了一會兒才確認是有人主動和她說話，仰起頭的時候臉上笑容也浮上來。「阮三姊姊。」

「還叫阮三姊姊。」阮成煙笑著點她的額頭。

這桌的小姐們都愣住了。相比齊眉只一身月白色的素裝，腰間的墜飾和香囊是唯一的色彩。阮成煙顯得華貴大氣，站在她們這一桌，越發顯得光彩照人，晉國公家二公子的夫人就是氣派。

再一想，這晉國公家二公子的夫人娘家本就是阮家，與那傻子是親兄妹，自然是來照顧照顧這個可憐的未來「大嫂」了。

桌上的小姐們又笑鬧成一團。

阮成煙皺起眉頭，拉住齊眉的手正要離開的時候，齊眉忽而頓住腳步。回頭掃了桌上那群人一眼。「相鼠有皮，人而無儀。人而無儀，不死何為？」

桌上的小姐們面面相覷。「她說的什麼意思？」

「是看老鼠尚有一張皮，卻見有些人沒有莊重的儀態。如果人連儀態都沒有活著能做什麼的意思。」隔桌的居三小姐瞥她們一眼，「好心」地告訴她們，聲音很大，周圍的人都看了過來，掩嘴笑了起來。

這時齊眉卻早已和阮成煙走遠。

徒留下明白過來的這幾位小姐，氣得臉紅脖子粗，也想不出話再來還擊，坐在位上被邊上的人笑話，如坐針氈。

居三小姐也起了身，問了丫鬟幾句，被領著往書房的方向行去。

「大哥。」居玄奕正從書房出來，居三小姐笑著站到他面前。

「有什麼好事讓妳樂成這樣？」居玄奕問道。

居三小姐拿起帕子捂嘴，把剛剛的事情說了。「那群小官家的小姐以為陶五小姐是個好欺負的，還真笑話起來，結果臨走前陶五小姐還一句詩詞，她們聽都聽不懂……」

看著居玄奕的表情，居三小姐的話戛然而止，看來大哥的心結還未解開，一直繫在心頭。

「他回來了。」居玄奕低聲道。

「誰？」

「阮成淵。」居玄奕看著天色，再過一、兩個時辰就要到傍晚了。「昨日回來的，大概是要成親了，許多事情要準備，西王爺才讓他回來。他還出了一件事，上月末在西河的時候摔了一跤狠的，摔到了腦袋，也不知現在如何了。

「如今阮家還沒來，剛剛在書房裡，平甯侯收到了消息，說是阮家人正在過來。」

「也是苦了陶五小姐，阮家大公子本就……還摔到了腦袋。今日倒是不會相見，可以後要相對一輩子。」居三小姐嘆口氣。「妹妹都覺得不值，那樣聰慧又清秀的人兒，怎麼就……」

「別說了！」居玄奕捏了捏拳，平復著心情。「三妹妹，幫我一個忙。」

用過午宴，女眷都去到內室裡閒聊，成年男子們聚在書房裡商議著事情。未出閣的小姐們被丫鬟領到了花園裡，而少爺們也被領著一起，只不過一北一南，相隔著一方連接整個花園的溫泉池。

弘朝並不是那般嚴謹，未出閣的小姐和少爺只要不是面打面，在花園這樣寬敞到比小官家府邸還要大的地方共處是完全允許的。

何況一路聽丫鬟們也議論得足夠，是平甯侯夫人的意思，請了這樣多的官家，還不是變相的做紅娘，到時候成了的都是受了她的恩惠。

平甯侯府的花園特別的大，只比御花園要小上一些，光是那連接一整個花園的溫泉池就已經讓人咂舌，這麼大的溫泉池，每日得耗費多少銀子才能維持。

齊眉坐在靠邊兒的位置，既能欣賞到園中風景，也不用參與那些小姐們比首飾和比衣裳的例行「活動」裡。

深冬的冷意很明顯，亭內燒著不知道什麼炭，十分的暖和。耳邊都是各種各樣的聲音，皆是在閒扯，時不時的目光依舊會聚在她身上。

從邊關的瘧疾，到青蒿治癒，到腦部再次受傷，再更之前，送別西王爺和西王妃時，阮成淵的香囊無意掉落，露出的那一小角潤玉……

齊眉的心臟撲通撲通的跳著。

忽然有人拍拍她的肩，抬眼看過去，竟是居三小姐，雖不是手帕交，但也是說得上話的人。

「去園子裡走走吧？」居三小姐笑著邀請。

齊眉這才發覺小姐們都散開了，在花園裡觀賞著反季（注）的花。

嬌俏豔麗的小姐們與滿園的花朵互相輝映。

和居三小姐慢慢地在園中踱步，走著走著卻發現偏了道路，四周都是嶙峋的山石，齊眉正要問她是不是走錯路了，卻聽見腳步聲傳來，一雙繡著竹紋的雲頭靴落入眼簾。

齊眉心下了然，也不抬頭，只福身一句。「太學大人。」

忙匆匆往反方向轉身，下一刻手臂被緊緊拉住，即使隔著翠紋織錦羽緞斗篷，還是能感覺到對方掌心裡傳來的陌生熱度。

「太學大人請自重。」齊眉咬著唇，頭也不回。

「我想問妳，」聲音有幾分漠然，與平時爽朗明快、連眼角都透著陽光的感覺絲毫不同。「妳心裡有沒有願意嫁給我的念頭?」
這樣的問題要如何回答?本就是沒有訂親的二人，交集也不過爾爾，她身為女兒家，說有或者沒有都是萬分不妥的。
即使願，那也是前世的事了。
「如若妳說有，我能有法子不讓妳嫁他，也不會忤逆聖旨。若是嫁他，妳一輩子就毀了，他家過不了幾年……」
「太學大人是飽讀聖賢書的人，我若說起道理倒是班門弄斧，只希望太學大人不要私自作什麼決定，不僅會斷送自己一生，還有居府上上下下的生計。」齊眉回頭，眼睛清澈明亮的對上他的視線。
有法子?能有什麼法子?不違背聖旨又不用嫁的，只能男方出事甚至亡故，姻親便自動解除。
為何居玄奕會做到這一步?這不是想娶了她來增大勢力需要做到的地步。而被她打斷的話裡，阮家過幾年會如何?
無論如何，她現下最需要趕緊離開，不然被人瞧見傳出去，她就百口莫辯。
正想著，外頭傳來議論的聲音——
「阮家的馬車剛剛到了，阮大公子也來了，你們知道有何驚人的事?
「阮大公子原先在西河腦子又受到重創，結果這一摔，把腦子摔好了!」

注：反季，意指與當前季節特徵不符合或相反的。

外頭一聲驚呼。「真是好福氣。」

居玄奕的手一下鬆開，齊眉正好脫離了箝制，被聽到的消息震住了，回了神要跑開前，不經意看一眼，才發現居玄奕面上，竟是和她一樣的震驚和錯愕。

走出山石才發現被居三小姐繞來繞去帶著來了北邊，北邊一陣騷動，齊眉急急地回到小姐們那邊去，好不容易坐穩了，旁的小姐道：「那是阮大公子要來了吧！」

齊眉不自覺的順著看過去。

兩名丫鬟蓮步行至兩旁，轉角處一道筆直修長的身影緩緩前行。

蹬著一雙雪緞棕底的短統靴，男子站到了亭內，向亭中的眾人問好，舉手投足都顯得大方，隔得遠了，聲音聽不清楚，隱隱傳過來，只覺得比溫泉池還要潤澤溫暖。

一件略顯寬鬆的牙白鑲雪融錦長袍，襯得他多了幾分出塵脫俗的氣息，腰間的玉帶色澤瑩潤清雅，一頭青絲被上好的玉冠束起，略淡的眉毛如墨畫的尾筆一般，周身都透著一股清雅俊逸的氣質。

他的一對眸子是最漂亮的，清澈、乾淨，閃著琉璃般的光彩。

偌大的花園中一時安靜下來，小小的雪花開始洋洋灑灑地從空中緩緩飄下，很快融入地上淺淺的積雪中。

似是察覺到南邊亭中的動靜，那對琉璃一樣的眸子看過來，好似是早有感覺一般，望過來後一瞬就對上了齊眉的眸子。

眸子裡都是一模一樣的清澈和乾淨，唯一不同的是，齊眉眼裡帶著無法遏制的驚詫，而他唇角微微牽起來，面如冠玉的臉上露出一個柔和的微笑，莫名地讓人心安。

原先在席間取笑齊眉的幾個小姐們抽了一口氣，下巴都要掉了。

這就是她們前不久還笑過的傻子？那個阮家嫡長子？

不是不知曉他容貌俊秀，但沒想到腦子好了，整個人會有這樣大的變化，只是站在那裡就有讓人心動的魅力。

臉紅心跳之餘，也一下記起來，這樣溫潤的男子不久就要成親了。

這可好，生生地打了自己一巴掌，想起阮成淵原先腦子不靈光時的作為，日後只怕是要青雲直上的。壞了！她們可都是小家，怎麼惹得起這樣的大人物？

急急忙忙圍住齊眉，裝作在席間沒有發生過任何事一般，給她端茶倒水。

齊眉始終怔愣著，對面的談話聲飄了過來——

「阮兄，可記得在下？」是居玄奕的聲音，一如既往的明朗，好像之前抓著齊眉胳膊著急詢問的男子並不是他。

阮成淵微微鎖起眉頭，凝視了他一會兒，唇角漾開了笑意。「不記得。但父親昨日都與我一一提起，我知道你是居兄，原先時時來阮府看我。」

居玄奕的眼神銳利，看著他半會兒，略微鬆口氣。「不記得了也無妨。」

腦部受創，即使是恢復了神智，卻也丟失了癡傻時的絕大部分記憶。對於傻子，許多人都會卸下防備，即使議論重要事情的時候，也不會有人刻意避開一個傻子。

如今站在她面前的，站在眾人面前的人依舊是阮成淵，但卻好似從頭到尾都蛻變了一樣的嶄新。純粹依舊，多的盡是沈穩和安寧。

齊眉收回目光，絲毫沒有理會身邊那群討好她的小姐，手中的絹帕搓得緊了些，剛剛並沒有逃過她的眼睛，阮成淵站在對面，隔著溫泉池，匍匐的熱氣緩緩地冒上來。與落下的雪花相撞的瞬間，融化消散成美麗的氣息。

而他的目光實則是在十分短暫的尋找後才對上她的眼，淡雅平和的人，只是與她相望，相視而後一笑，卻好像穿透了時空那樣的長久。

既然他不記得了，怎麼會在那一瞬間去捕捉她的身影，而且速度那樣的快，好像即使千古變幻，她也早已深深烙入他的腦中。

有了阮成淵的事，晚宴尤為熱鬧，平甯侯的面色一直不大好看，審視的目光時不時落在阮成淵的身上，他一直坐在位上，挾菜的時候姿態優雅，與人交談時亦從容不迫，引來不少小姐的目光追隨，也帶著羨慕的心態，與陶五小姐套近乎。

剛剛恢復神智的人，能這樣快的熟悉這世間的一切？

平甯侯微微瞇起眼，待到宴席結束，把親信的侍衛找到身邊，低聲吩咐了幾句。

大太太坐在回府的馬車內，面上溢著滿滿的喜氣，拉住齊眉的手，傳來適宜的暖度。

「真是太好了。」大太太自然指的是阮成淵恢復神智的事。

齊眉卻顯得心事重重，半會兒沒有答話，只是鎖起眉頭，認真地在思索些什麼。

「也真是巧了，他早不好晚不好，偏偏訂下與五姊姊親事沒多久，就撞了腦子好了。他早不來晚不來，偏偏在今日出現，今日在平甯侯府上自王孫貴胄，下至小官小戶，這麼多人在場，一睹他儒雅公子似的翩翩風采。五姊之後被那麼多小姐圍著討好、羨慕，妹妹擠都擠不過去。」陶蕊冷不丁冒出一句。

子秋笑著接過話。「這就是五小姐身上帶著福氣，不然怎麼訂親後，阮家大少爺就很快好了？這樣好福氣的小姐，若是沒訂親，不知多少人要爭搶。」

陶蕊正要發作，大太太笑了起來，並沒責怪子秋插話，反倒是點著頭。「齊眉因得這門親事背了好幾個月的非議，那麼多人看著笑著，現下成淵這樣出來，那些笑話她的人簡直是自刮一巴掌。」

陶蕊登時面色鐵青，唇都氣得泛白了。

齊眉握住大太太的手。「往後的日子將如何過，誰也不知曉。別人現下如何說這些事，都是別人的事，我們還是不要多言的好。」

說的人越多，就越是把阮成淵推上風口浪尖，雖然他已經選擇了這條陡峭的路。西王妃寄來的信箋中，也沒有說起他神智恢復的事，難道是回來後才恢復的？不過一日的工夫為何……

齊眉的前額兩側隱隱疼起來，如若阮成淵真的聰明，為何要做這樣大風險的事？晚宴的時候平甯侯的目光總是在阮成淵身上盤旋，如鷹盯上了新的獵物一般，帶著隱隱的血色。

齊眉想著就覺得無法心安，回到東間立馬就磨墨，想了許久後落筆在鋪好的宣紙上，寫了封信。今日阮成煙午宴後邀她四處走走，說她會在娘家小住兩日，明日會來看看她。

果然翌日一清早阮成煙就來了陶府，東間裡預先就準備好了，燒著炭火，窗戶也打開一些，這樣屋裡就又暖和又不悶。

「大嫂。」

坐在東間練字的齊眉筆鋒一歪，有些嗔怪地看著來人。「怎麼就叫大嫂，別人要聽見了的得取笑我了，還是先叫妹妹吧。」

阮成煙笑著挽住齊眉的胳膊。「是啊，原先我還叫妳妹妹，一晃眼過去，就要叫妳大嫂了。從沒想過會有這樣一天，昨日在府裡母親笑得合不攏嘴，直說妳是阮家的福星，大哥娶了妳就是娶了福氣。不過可惜的是，原先大哥雖是腦子不靈光，但心中想著的卻是妳。現下神智恢復了，腦中卻好似沒有妳的存在過了，誰都是新的人。」

「這樣也好。」齊眉面上露出笑意。

「哪裡好了，我昨日在他面前叫小仙子他都沒有反應，記不記得原先他也叫妳小仙子的。」不過記得也好不記得也好，總歸是要變成她的大嫂了。

「姊姊幫我把這個帶給他，一定要讓他自己打開，不能給別人看。」齊眉把裝好信箋的信封交給阮成煙。

阮成煙笑得調侃起來。「原來妹妹竟是這樣大方活潑的性子，如此大膽的事情也做。」

再是訂了親的男女，在成親之前也不可有多少交流，否則一旦親事落空，男方倒是沒多大事，女方的下半輩子就難說。

齊眉被說得臉微微紅起來。

阮成煙看她面皮薄，笑嘻嘻地住了嘴。「放心吧，一定只有大哥能看到。」

屋裡只有阮成煙歡快的聲音，門口忽而光線晃了一晃，齊眉抬眼看過去，大嫂的衣角一閃而過。

抿嘴笑起來，把阮成煙往外頭拉。「去園子裡走走吧，昨日下一晚雪，好不容易停了。」

正說著話往外走，阮成煙冷不丁撞上個人，連連道歉。「真是對不起，沒想到窗外也會有人。」說者無心聽者有意，對方一下脹紅了臉，彷彿做錯事被發現了似的。

「大嫂。」齊眉拉起臉紅得似大蘋果一樣的女子的手和阮成煙的交疊放到一起。「一起去玩雪吧，我小時候在莊子裡，總看身邊的兩個丫頭玩。」

「啊？」性子穩重平和又在深閨長大的左元夏有些錯愕，阮成煙也猶豫起來。

齊眉才不管那麼多，抓起兩把雪就扔到她們身上。

阮成煙一下跳起來，狠狠地回擊，兩人一下玩得厲害。忽而一個雪團砸到左元夏身上，始作俑者衝她招手。「妳也來玩兒，瞧齊眉已經玩得瘋了！」

出嫁的女子哪裡想過還能這樣玩耍，左元夏看著對面笑得明媚的人，被夕陽的餘暉籠罩得分外好看，面上盡是友好的笑意，拋開了顧慮，她抓起一把雪也衝她扔了過去，在快樂的笑聲中，一些心結也慢慢地化開。

雪地間三人玩得身上都是雪，阮成煙坐上回去的馬車，面上都是苦澀，這可完了，不過幸好不是在夫家，瘋玩一通後，心中都是暢快。

可暢快也是要付出代價的，瞧她身上都是雪啊，弄髒了衣服。阮成煙躲躲藏藏偷偷從正門溜進去，先跑到了阮成淵那裡。書房周圍被拆得七七八八，工人在不停地忙活，愣是在雪中出了一身汗，這是大哥的意思，一回來就要拆了書房，把這裡改造成新房，也不知是發什麼癲。

而屹立在雪中的男子手背於身後，背影挺拔修長。

「大哥！」

男子回頭看過去，明明已是晉國公府二少奶奶的三妹還像孩子一般，興高采烈地跑過來，面上的酒窩深深地嵌了進去。

阮成煙神神秘秘地把他拉到一旁，在他手心裡塞了一封信箋。「這是陶五小姐給你的，可別讓人瞧見了。」

阮成煙衝他擠擠眼，見他要拆開，腦袋也湊過來。

「妳是不是打算就一身瘋丫頭的模樣去用晚膳？」儼然一副大哥的姿態。

阮成煙立馬回過神，急匆匆地回去換衣裳。

信箋透著淡淡的月季花香，她寫字的時候，喜歡把月季花搗碎了融到墨裡。

詫異齊眉會送信給他，打開信箋後卻微微皺起眉頭，透著月季花香的信紙上只有四個字——

狐狸獵人

狐狸獵人是什麼意思？阮成淵眉頭擰得更深，憶起回來後所接觸過的人，思索了一陣後，了然的把信紙收起，看來平甯侯盯上自己了。

翌日下朝，阮秦風當面向聖上奏明阮成淵的情況，皇上龍心大悅，笑得眼角的紋路都皺了起來。「真是天造之和。」

「微臣帶了麟兒來叩謝聖恩，已在御書房外候著，若是聖上得空……」

也在御書房內的平甯侯眼睛瞇了起來，像狐狸一樣狡黠。

阮成淵很快被領著進了御書房，跪拜行禮過後，朗聲謝過皇上的賜婚。

老皇帝撫著鬍鬚滿意的笑。「是個風采怡然的翩翩少年。」

「皇上謬讚。」阮成淵拱手道，身子適宜地彎下一些，手一直籠在袖管中。

「朕從不說胡話，虎父無犬子，大學士如此一表人才，膝下的兒子又如何會遜色？都說青出於藍而勝於藍……」皇上說著手一放。讓阮成淵也坐到右側的桌旁，人精一樣的蘇公公立即命人端來一副新的紙墨筆硯，放在了桌上。

阮成淵頓了一下，抱歉地起身，把籠在寬袖中的手抽出來，食指上被白布包紮得密密實實，看上去傷得不輕，問清楚後，這手傷沒個百來天是好不了的。

「如今正好翰林院侍讀學士空缺一位，若是你能寫得一手漂亮字兒，那便能頂上，可惜啊。」皇上說著搖搖頭。

阮秦風正要答話，阮成淵拱手道：「都是草民不才，府上修葺新房，草民在一旁監工，已然入夜，即使燈籠照著也看不清楚。草民心焦，不小心弄傷了手指。」

「入夜？既已是深夜，那為何還讓工人做工，白日做也不會遲，你這樣著急。」皇上說著嘆口氣。「到底是太年輕了，與當時大將軍的長孫一樣的年紀，卻缺了他那股鬥志和熱情。」

阮成淵眸光微微動了動，阮秦風見勢頭不對，立馬上前圓場。「皇上說得是，麟兒剛恢復過來，事情輕重緩急暫時分不清楚，待回府了，微臣定會好好罰他。」

皇上瞥一眼拱手站在一旁的年輕男子，生得玉樹臨風，一臉溫潤之氣，到底骨子裡還是個愛玩兒的，急著成親，還連夜造新房……

略覺得可惜後，也只得揮揮手讓阮家父子退下。

皇上皺起眉。「還好他傷了手指，不然還不知曉內裡這齣，若真是讓他隨隨便便領了官職，日後有什麼事，朕都找不到託詞。」

平甯侯看著那個背影漸漸遠去，瞇起的眼鬆了鬆。「不過是個好玩的孩子，原先是那樣，現下恢復了神智也好不得多少。」

「時局不穩，現下緊缺人才。」皇上沈思了會兒，叫人過來吩咐道：「傳朕旨意，去年榜上無名的人，再取榜下前十位，讓大學士來監察，有才能者便留下。待過個一、兩年，有能者便能坐上翰林院侍讀學士之位。」

這消息很快從宮中傳達下來，本是有些意志消沈的齊賢摩拳擦掌，當下就去府門口等大老爺回來。

大老爺聽著他試探的話語。「你若是有能力，大學士自會把你留下。」

這就是不肯幫他去和阮秦風說好話，以阮家和陶家的交情，簡簡單單兩句話就可以做到的事情大伯卻怎麼都不願。

齊賢轉身要走的時候，大老爺叫住了他。「齊賢，聽大伯一句話，站在岸邊遠觀總覺得湖中的風景很美，但那湖水能不去蹚就不要去。若是你找不到可以搭乘的船，或者上錯了船，都沒有回頭路。」

齊賢性子雖是執拗了些，卻是個有才能的人，十個人中，只有他和第三位被留了下來，第三位是周員外郎家的次子周平賈。

大起大落的心情讓其餘八位落選的自是吵鬧不堪，阮秦風連府門都不常出，每日下朝後就立刻回府，一干人等全都不見。

參與主考的人中，官職最小的便是居玄奕，落選人中有在朝為官者鼓動文官參他一本，說其年紀輕，辦事不得力，更有甚者拿出了他收受賄賂的證據。阮秦風也沒能完全從污水中脫身，二房陶周氏的娘家便是周家，而陶齊賢更是不必說，留下的兩人要不是陶家人，要不就是與陶家沾親帶故的人。那些文官團結起來，一起上奏聖上，直言此次的選才不公至極。

御史大人負責監察及彈劾文武百官，一把火不夠，兩把火都在居家身上燒著，朝中因得此事而被攪渾了水。

外頭亂糟糟，而藉傷之故，無法出任翰林院侍讀學士而引發選才事情的「始作俑者」卻是安然自得，在府中依舊監他的工，被拆下的書房很快擴建，大氣舒適的新房雛形也已經完工。

阮秦風站在園外，看著忙上忙下的阮成淵。

「怎麼恢復了神智，反倒是個沒出息的。」阮秦風皺著眉道：「本想著他跟西王爺去西河能得些靈氣，原先勢頭看著那般好，這下卻變成這副模樣。」

阮大夫人忙勸著。「淵哥兒本就孩童心性過了十多年，突然恢復也總得有個時間適應，平素的舉止都大方得體，只不過秉性還是要慢慢才能扭過來。等成了親，自然會長大些的。」

「但願他別成親後更喪志了才好。」阮秦風一甩寬袖，憤憤地離開。

阮大夫人看著遠處的兒子，也不由得微微嘆息，為了新房忙碌成這樣，因得手傷讓好不容易的聖上青睞也煙消雲散。

一隻鴿子撲棱棱地飛到高聳的樹上，阮成淵伸出手，那鴿子一下落到他已經有些骨節分明的手指上。

把鴿子抱回屋裡，阮大夫人看著阮成淵身影消失，搖了搖頭。

屋內的鴿子被拆下細線後，鴿子便累得幾乎暈厥，阮成淵把牠放到草窩裡，展開小小的紙卷。

上頭鋪天蓋地的怒斥，皆是指責他自作主張。

第五十二章

在朝中被攪亂的池水好不容易恢復暫時的清澈後，齊眉和阮成淵成親的日子也到了。

前一晚，齊眉翻來覆去地睡不著，左元夏特意去陪她，握著她有些出汗的手心。

「別緊張，到時候……」想給點建議，卻尷尬地發現自己是個什麼都沒經歷過的人。

齊眉反過來握住她的手。「等以後有時間了，會抽空回來看看的。」

「新婦不得時常出門，得被人說閒話的。」這個左元夏有經驗，忙囑咐道：「至少也要等到幾個月後才能回來走動幾次，不然會被人鑽了空子。」

「多謝大嫂。」齊眉笑著道。

翌日城外府內都異常的熱鬧，這不僅僅是皇上親自下旨賜婚的姻親，而且還帶了些傳奇的色彩，本是癡傻的新郎官因禍得福好了，還差點領了官職，無奈自己不爭氣，依舊保持著愛玩愛鬧的心性。

百姓都擠著想看這主角的容貌。

「大嫂特意做了這個送給妳，也不知合不合心意。」東間裡，左元夏拿出繡了兩月的鴛鴦巾遞給了齊眉。「這個在新婚三月內蓋在枕上，以後就能和和美美。」

「才不是這樣。」陶蕊道：「古人一提起鴛鴦，前頭都會加上苦命二字，怎麼會寓意和和美美？再說鴛鴦又諧音成陰陽，大嫂嫁過來時就蓋了這樣的鴛鴦巾吧，也難怪……」

「《古今注》上有云：雌雄未嘗相離，人得其一，則一者相思死，故謂之匹鳥（注）。〈長安古意〉中有『願作鴛鴦不羨仙』的絕句，再者，宮中但凡公主出嫁，所用物品裡也定會有鴛鴦做花式，妹妹這樣說，可不是把宮中之人也……」齊眉沒說下去，只又笑著道：「待今日後，閒暇之時妳也可多看些書冊，我只帶一部分去，其餘都放在大嫂那裡，妳若是要看，直接來找大嫂拿即可。」

陶蕊頓了半會兒。「妹妹去前頭看看情形如何了。」說著便匆匆離去。

居三小姐也在屋裡陪著，待她走了後，道：「這個八姑娘生得那樣好看，說起話來卻陰陽怪氣。」

齊眉從妝奩裡拿起陶周氏送的垂花抱月髮簪，子秋拿起來幫齊眉穩穩地插入梳好的朝花髻中。看上去，似是嬌嫩的花朵正在溫婉的綻放著。

迎夏急急地從外頭進來。「來了來了，姑爺來了！二少爺和其餘幾個公子都在前頭擋著呢。」

齊眉手微微地顫了顫，還是流露出一分緊張的心緒。

前廳裡熱鬧非凡，阮成淵一連擊敗了幾個「擋」他的人。兩旁的人都笑笑鬧鬧地叫好，直說姑爺厲害。

到了居玄奕，阮成淵右手背於身後。「居兄也要攔我？」

「攔倒是不至於，只不過你我切磋切磋武藝一番也不遲。」說罷拿起了一早準備的刀，腳一踢，直直地落到阮成淵身邊。

四周一下子都喧譁起來，眾人緊緊地盯著阮成淵和居玄奕，一副看熱鬧的模樣。

兩人目光相觸之間，不知為何透著火花四濺的意味。

阮成淵微微一笑，彎身撿起了居玄奕扔過來的武器，握在手裡半會兒，忽而手一緊，武器直直地指著居玄奕。

在所有人都以為要開打的時候，隨著哐啷一聲，武器被阮成淵拋到正中央。

這是不戰而和的意思。

居玄奕本來繃緊的神經驟然放鬆。「怎麼不打了？」

阮成淵牽起唇角，溫文爾雅的笑意在精緻的面上漾開。「太學大人這是指著我在大喜之日出醜。我哪裡會武功？況且太學大人也是文官，既然彼此兄弟相稱，何須舞刀動槍？」

子秋把喜娘一下推到前頭，還好喜娘見慣了大場面，腳步頗穩，加快步子上前，笑著道：「大少爺，一切都打點好了。」

只等領著新娘子回府，等著新人的還有一堆繁瑣的禮節。

居玄奕身子微微一垮，似是洩了氣一般，拱拱手站到一旁。

東間裡，大太太親手幫齊眉蓋上大紅的蓋頭。

喜娘和迎夏一左一右的攙著齊眉出門，大太太緊緊地握著齊眉的手。「要好好照顧自己，去到夫家不比自家，再與我們陶家是世交，阮家也是大戶人家，妳嫁過去是大少奶奶，是要學著管家的，有什麼不懂的不會的，不好意思在夫家問，捎信兒回來問母親也是可以

注：匹鳥，成對的鳥。

的。妳祖母這兒不必擔心，有我來照顧著……」

再是千言萬語，也敵不過時間的流逝。

齊眉被扶著上了轎後，隨著小廝扯著嗓子吼的「起」字，立馬就被噼哩啪啦的炮竹響聲包圍，一陣喧囂過後，聽到有人道：「大少爺，什麼時候放焰火？」

「上街後一直放。」沈穩又平和的聲音一下鑽到齊眉的耳朵裡。

深冬的傍晚來得也早，不過申中的時候，齊眉蓋著蓋頭被扶出東間時，能感覺到腳下的路看得並不清楚。

迎親的隊伍整整排了大半條街，十分大的排場。路人老早等著瞧熱鬧，這下總算見到長長的迎親隊伍，不由得吸一口氣。「真是氣派啊！」

「那是自然，皇上欽賜的姻親，不做足的話少不得被人說閒話。我聽我叔父說的，朝中前段時日正亂得很，也不知曉現在好過來沒。」一名吊兒郎當的青年男子伸長了脖子看。

「看，新郎來了！」一個小娃子被自家娘親抱著，興奮地指著。

轎子行得有些顛簸，耳邊都是嘈雜的聲音，但始終蓋不過敲鑼打鼓的樂聲。

齊眉撐著轎子的窗沿，心中不由自主地緊張。

一旁跟著走的喜娘似是覺察到她的不安，笑著道：「奶奶別害怕，成親啊這是女子的頭等大事，看大少爺這般看重這門姻親，絕不是因得皇上賜婚而裝出來的關心。」

喜娘接著道：「剛剛扶了奶奶上轎，出府門之前，大少爺是深深地看了轎子幾眼，那眼神，真真能把轎子都給融化了。」

緊接著，一道道焰火絡繹不絕的沖上空中。夕陽餘暉的光暈下，七彩斑斕的顏色雖是看不真切，但更蒙上一層美輪美奐的色彩。

「這，這焰火竟是有形兒的！」

路人驚呼起來，一朵朵花在天空中綻放，美得讓人呼吸都屏住了。

弘朝的焰火從來沒有有過形狀的，向來都是沖上天去，一下子散開。花焰火這樣放了一路，新郎官在前頭握著韁繩，穩穩當當地在馬上騎著，一身吉服，面上噙著淡淡的笑意，長長的迎親隊伍一路有規有矩的前行。

一時之間多少女兒家看得眼紅心跳，以後是尋不到這樣俊秀的良人，若是能求來一個有新郎官一半心思的，真是作夢也能笑醒。

齊眉依稀能聽到外頭的讚嘆和熱鬧，回憶起前世的出嫁，冷清又淒涼，她和他都似是霉神一般，旁人都不願靠近。

這次的出嫁，輾轉幾回，竟然還是原來的她和他，只不過卻到了這般萬人空巷的地步，比之當時西王妃出嫁也不會少一分熱鬧。

這一世，太多太多的事情改變，但也有一些是走著不同的過程，卻得到一樣的結局。

猶記得她重生回來努力改變自己，名節保住了、身子也健康起來，母親也安好的活著，家人都待她愈來愈好。可千迴百轉，紅蓋頭一遮，她依舊是上了阮家的花轎。

還比如祖父還是在戰場上亡故了，上一次是瘧疾，但不同的是這一次是真真的戰亡。

轎子入了阮府，一連串的禮數過去，雖然蓋著大紅蓋頭，但府內的熱鬧勁兒都落入齊眉的耳裡。

一拜天地、二拜高堂、夫妻對拜，彎身之後再起來，禮成。

她再次嫁給了他，不帶以前的抵抗情緒，只有著對未來將如何走的遐想。

前世兩人孤苦無依，家家酒一般的姻親，這一世成了眾人矚目的焦點。

昨晚嚴媽媽悄悄地到她跟前，拿著那本讓人臉紅的圖冊過來，雖非未經人事，但還是看一眼就急忙閉上眼，直把嚴媽媽往外頭推。

嚴媽媽了然地笑著道：「五小姐害羞是自然的，但這事兒一定得懂，完全的準備才不會有什麼差錯。」

最後還是硬拉著她看，還細細的講解，齊眉拿被子捂住腦袋，差點要背過氣了。

前世房事真的極少，阮成淵怕她說疼、怕她哭，所以她一皺眉，阮成淵就鬆手了。

坐在新房裡，齊眉摸著床沿，覺得處處都透著熟悉。鬧騰了一整日，肚子裡空空的。齊眉雙手交握，等著阮成淵在外頭應付完後進來。

陶府裡最放心不下的人就是祖母，外頭這樣熱鬧的場面，心中卻始終藏著不安的情緒。

別人不知曉，但她身為陶家子孫，知曉得真真切切，祖父去年戰亡，到如今不過大半年的時間，還未過一年的守孝，可她卻因得各種因素，不得不出嫁。

手裡搓著喜帕，若是能不禮成，那便是她能做到的對祖父的尊重。

但這又怎麼可能？縱使元帕那一關她能有法子過去，對她的夫君，該如何開口說起？拋開一切外界因素，這個口也開不了。

正心裡猶豫的時候，外頭吵吵嚷嚷。「一定要進去鬧鬧才好，這才是吉利！」

這聲音齊眉記得，是阮家庶子，阮成書的聲音。

「是啊，都是一家人了，大嫂也只見過一次的，怎麼也要……」這是四小姐阮成慧。

「二弟，前日你去酒巷一夜未歸的事，需不需要我告訴姨娘？」在出了阮成淵這個傻子長子後，阮秦風便前後娶了兩個小妾進門，阮大夫人無話可說，賢慧的本能，讓她主動幫著張羅。

「還有四妹妹，上月末是不是私自溜出府去玩了？還幫著人打了一架。」

「天哪！大哥怎麼都知道。」阮成慧捂著嘴，一副吃驚得要命的模樣。

「若是不想母親和姨娘也知道，你們這幾個就趕緊給我回自個兒屋子去。」

外頭很快就安靜下來，隨著門的響動，細碎的腳步聲進來，喜娘喜慶的聲音一下子在屋裡漾開，笑笑鬧鬧之間，阮成淵拿起喜秤，輕輕撩開了新娘的大紅蓋頭。

略低著頭的女子顯得有些緊張，面上的粉比前世的少了太多，十分自然。那時候幼稚的他忍了半天才把「大麵團子」四個字吞回了肚子裡，後來才知曉是新婚的妝容，也知曉之所以這樣是因得她身子不好的緣故。

阮成淵如以前一樣的低頭看，她兩片薄薄的唇上了潤澤的大紅，襯得肌膚勝雪，睫毛微微地顫著，卻也遮不住眼眸裡的光彩，不是美到極致，而是柔和溫婉得讓人心動不已。

「大少爺，得喝百年酒了，喝下了就能百年好合，長長久久，有一輩子的時間可以看呢。」喜娘笑著道。

來。

齊眉始終沒有抬頭看他，接過了交杯酒，兩人距離一下湊到最近的時候心臟跳得劇烈起來。

很快地一眾喜娘被阮成淵打發走，新房內一下子安靜下來，外頭已經全黑了，紅燭把屋內照得尤為的喜慶。

齊眉啞然的張著嘴，在阮成淵起身去挑燈的時候，她悄悄環視了一下新房，竟是和前世幾乎一樣的擺設，只不過地方要大了一倍，前世只不過是個小書房改造的，現下看著，是整個園子都修葺擴建了一番。

阮成淵正好回頭，兩人成親後第一次對上視線。

這次出嫁，無論從哪個方面來說都是極好的，看著他清澈的眼眸，齊眉不由得想起前世新婚後第二日清早，這個人那樣認真的承諾。「淵哥兒以後一定要給媳婦一個最好最好的成親日。」

當時她還笑了出來，只覺得嫁都嫁了，難不成還能嫁他兩次？

世事難料，她真的嫁了兩次，嫁了他兩次。

這一次，她不再是前世的病殼子、軟柿子，他也不是前世的癡傻兒，即使對他無法知根知底，但齊眉清楚，往後的路定會比前世要走得好。

「媳婦。」

這聲稱呼讓齊眉心裡抖了一下。

阮成淵慢慢地走過來坐到床沿，帳子被他的大手一扯，帳幔落了下來。大手拉住她的柔荑，而後緊緊地握著，把她柔軟的身子輕輕地按倒在床榻上，大掌滑過身體的接觸，讓齊眉緊張得神經都繃了起來，癡傻時候的阮成淵她是瞭解得不行，但是對於恢復了的他，一切認知都是零。

這樣沈穩又平和的他，面容俊秀，清澈如水的眸子裡有著灼熱的神色。

這讓齊眉手足無措，手腳不知道該往哪裡放，只能直愣愣地伸直了在身旁。

阮成淵已經俯下身子，雙手撐在她身體兩側，眸中的炙熱越來越深，低頭俘住她的朱唇，不是激烈的親吻，只是覆住她的唇，在唇瓣上輕柔的輾轉廝磨，十分珍惜，他灼熱的氣息那般明顯，動作卻又是輕手輕腳，這是怕嚇到她的舉動。

前世之所以極少房事，也是因為阮成淵癡傻，笨手笨腳又毛毛躁躁，齊眉忍了好一陣子，還是哭了出來，結果阮成淵看她哭了立馬就慌了，竟是跑去問大夫人要怎麼辦，可憐齊眉一個人在屋裡待著，不知道要怎麼辦好，也不好意思叫迎夏來。

阮大夫人被阮成淵拖著手急急忙忙跑來，還以為是出了怎樣的大事，結果剛一進門就嚇了一跳，齊眉簡直羞得整個人都想鑽到地洞裡去。

一陣混亂過後，阮大夫人把齊眉安頓好，轉頭狠狠地數落了阮成淵一頓好的。

接下來連著兩個月，阮成淵都被她鎖在外頭不許進門，在他腦中的印象就是，這事兒可是最壞的事，因為會讓媳婦哭，而媳婦一哭他就得睡在外頭，以前聽別的少爺說起來都樂不思蜀的模樣，什麼美妙至極、人間仙境，壓根兒就是騙人的。

若不是有一次阮成淵偷喝了許多酒，頭昏腦脹身子發熱，也不會有熙兒出生。

鬆開了唇，兩人都在喘著氣，身下的女子柔若無骨一般，微張著薄薄的唇，臉已經紅潤一片，睫毛微微顫著，雙手抵在他胸膛上，這是下意識的推拒動作。

阮成淵的拳頭緊緊捏了一陣，反覆調整著呼吸。

把她的垂花抱月簪取下，青絲如瀑布一般傾瀉而下，齊眉耳邊響起在東間梳頭時母親的話。「一梳梳到尾，二梳白髮齊眉，三梳梳到兒孫滿堂。四梳梳到四條銀筍盡標齊。」

喜娘在一旁笑著道：「大少奶奶的頭髮梳得這樣順，以後和大少爺的路也會順順當當。」

綿長的吻已經到了脖頸，齊眉只覺得帳子中都是熱氣，渾身都燒了起來似的。

沒有忘記原先心中掛記的事情，摸不清楚阮成淵現在是什麼脾性，齊眉掂量了會兒，鼓足勇氣開口：「我……」

身上的男子卻停住了，幫她蓋好被褥，翻身睡到她身旁。

齊眉睜大著眼不知道哪裡出錯了。她確實是想這樣直接睡過去就好，可阮成淵突然停止，委實讓她心裡生出疑惑，可她總不能問他為什麼停下來吧，誰聽得都會嚇一跳。

此時只聽得阮成淵嘆了一聲。「睡吧，妳今天很累了。」

這時候紅燭已經燃盡，屋裡霎時陷入漆黑，只有外頭的月色透過窗戶朦朦朧朧地照進來。

齊眉身旁傳來的檀香是阮成淵身上總有的氣味，正疑惑地悄悄用餘光一瞥，下一刻卻被阮成淵攬到懷中，頭被按到略微寬厚的肩上枕著。

阮成淵只覺得懷裡的「大麵團子」立馬僵直，像石塊一樣繃著，鼻間縈繞的盡是淡淡的月季花香，溫香軟玉在身旁卻不能動，阮成淵只能重重地吸口氣，「軟玉」抱到懷裡後覺得安心了不少，很快心滿意足地睡下。

齊眉就這樣睜大著眼被他抱了一整晚，腦子不停地在轉著，心也一直怦怦地狂跳。此時屋外還是一片漆黑，已經過了四更天。

阮成淵究竟在做什麼打算，很快婆子就要來拿元帕了，身邊的男子睡得特別香甜，齊眉心裡猶疑了半會兒，總不是要給她難堪？那何必大張旗鼓的娶她進門……不是想這些的時候，這本就是她想要的，記得原先大嫂的元帕，就是割了嚴媽媽的手指滴血交的差。

她也可以仿效這個法子，身邊的人睡得那樣沈，齊眉正要抽出手起身的時候，忽然身邊有了響動，她趕緊閉上眼，感覺阮成淵鬆開了懷抱，而後輕手輕腳地下床，摸索了一會兒，緊接著就是聽得他小小地嘶了一聲。

迷迷糊糊之間，還是敵不過睡意，醒來的時候阮成淵已經不在身旁，齊眉覺得心中有些空空落落的，也不知是怎麼回事。

子秋笑著幫齊眉梳頭。「大少奶奶這眼圈兒都要陷進去了，昨兒是一晚沒睡？剛剛見大少爺去了書房，神清氣爽的。」

聽出子秋是在笑話，齊眉故意板著臉。「妳也來編排這些？原先還當妳是個穩重的。」

子秋忙討饒。「奴婢只是就事論事，大少爺確實是面色極好，而且看著性子也極為溫和，是大少爺說的，少奶奶太累了睡得沈，讓奴婢晚些來叫您。」

累，確實累，快到天亮才睡著，被阮成淵這一齣折騰得有幾分茫然，也不好意思開口去問，只能憋在心裡。說起來，還是癡傻時候的他好猜，壓根兒就不需要問。

齊眉嘆了口氣，子秋笑著道：「大少奶奶要多笑笑，成親頭日，又是聖上賜婚的，多少雙眼睛看著呢。」

聽得子秋話裡有話，齊眉正要細問，外頭一個清麗的聲音道：「給大少爺問安。」

齊眉立時坐直了身子，雙手放在膝上，子秋瞧著鏡中的齊眉，拚命忍著笑。

阮成淵腳步在外頭轉了一轉，並沒有進門。

一會兒過後，子秋麻利地給齊眉綰了個傾髻，又拿起花冠，花冠以金翠裝飾，束於頂髻上，遠遠看去，年輕的女子比含苞待放的花還要嬌嫩。

美也是要付出代價的，繁重的頭飾壓在頭上，齊眉覺得腦袋都重了好幾分。

換上妝緞彩繡月華錦裙，齊眉讓子秋出去打聽阮成淵去了哪裡，現下差不多也要去給阮府的長輩問安，頭一日的婆婆茶，越是早到才越顯得她尊敬長輩。

提起四喜如意暈白花紋斗篷正要往身上披，子秋領著阮成淵進來。

齊眉忙放下斗篷。「怎麼還未換衣裳？清晨是最冷的，這樣冷的天氣縱使書房裡燒了暖爐，來回走的空蕩冷風也一下就鑽進去了。」說著讓子秋去拿衣裳來。「這麼大的人了，也不會照顧自己。」

阮成淵噙著笑意看她嘮嘮叨叨，齊眉這才頓住，她會不會太自然了些……

她有些尷尬地咳嗽了聲，子秋正好捧著衣裳進來。「幫大少爺把衣裳換上吧。」說著齊眉就出了門，果不其然，新房與她前世是一個位置，但卻把整個園子都修葺了一番，前院後院都有，屋子大大小小的兩排，樹木整整齊齊的，因是冬日，所以並不是鬱鬱蔥蔥的景象，但也不顯滿目枯枝的蕭條，樹木高大，有兩棵甚至聳入雲間一般。

走在外頭，丫鬟婆子都屈身行禮。「大少奶奶。」

齊眉走了一圈，回到屋裡卻發現子秋苦著臉站在一旁，阮成淵竟是悠然地坐在床榻上，還是她出屋時的那一身衣裳。

「怎麼還沒有換？」時間已經來不及了，齊眉把子秋拉到一邊。「是不是大少爺鬧脾氣？」

原先阮成淵總不肯丫鬟碰他，都讓齊眉來幫他換衣裳，怎麼腦子好了後還是這樣的脾性？

「媳婦來給我換吧。」低沈的男音帶著些自然的沙啞，特別的好聽。

齊眉還臉紅的站著，子秋已經一溜煙地跑了出去，大少爺這性子可不好對付，自己才剛走過去，大少爺就坐到床榻上，說等大少奶奶回來。

「再不來換就要過了時辰了。」他提醒著。

過了時辰是誰的錯?!齊眉拿起衣裳，阮成淵已經站起來，雙手張開到兩側。

讓他沒有想到的是，昨日羞澀成那樣的她，換衣裳卻尤為麻利，一會兒就換好了。

「怎麼這麼手熟？」阮成淵皺起眉頭。

怎麼能不手熟？給你老人家換了幾年的衣裳，閉著眼睛也能換得一樣又快又好。

烈。

齊眉正腹誹著，剛要仰頭看他，忽而就被吻住了唇，比之昨晚的輕柔，今日的特別激烈。

粗重的呼吸噴在她面上，齊眉伸手推著，好不容易才被放開，再不走的話就糟糕了。

坐在馬車上，阮成淵撩開車簾看了眼外頭，齊眉躊躇半天，結結巴巴的。「昨天……那個……帕……」

「我割了手指，帕子婆子早就拿去了，不會有事的。」阮成淵抬起手在齊眉面前晃了一下。

「為何……」齊眉也不知道要怎麼問，阮成淵抬眼看她，對上那清澈的眼眸，齊眉一下子也沒了話。

罷了，還是不要問的好。

因得與她訂親之後，阮成淵就因禍得福，所以阮家上下都把齊眉當成是福星，這是她原先從沒想過的場景。

猶記得前世的婆媳茶，阮大夫人老大不願的模樣一下浮現出來，而如今的阮大夫人看著她，十分滿意，眼紋都要笑出來了。

阮老太爺抱恙，除了昨日阮成淵大婚出來了以外，平素都是在園裡養身子。

齊眉一早準備好了一套犀角雕玉簪竹茶具，拿來給阮大夫人看，阮大夫人笑著道：「長媳婦真是個心思細膩的，太爺就愛玉和竹，興致來了便品品茶，在園裡一坐就是一個下午呢。」說著要讓齊媽媽送去給阮老太爺。

齊眉站起身。「媳婦想，能不能自己去送，如今剛入府，許多事情都不懂，但長輩孝道定要掛在心頭，太爺不好出來是一回事，媳婦是小輩，自是要去給太爺奉茶。」

阮大夫人一下子笑開了，滿意地拉著齊眉的手。「這成淵不只是得了福氣，還得了塊寶呢。」

齊眉心裡霎時感傷了一小會兒，以前阮大夫人也拉著她的手，不過是往邊上狠狠地一甩，道：「真是求來了一塊大晦氣！淵哥兒本身就是那樣的情形，還攤上個身子不利索的！」

阮成淵再是癡傻也知曉阮大夫人是在衝齊眉撒火，一下子擋在她前頭，十分認真地看著阮大夫人道：「母親不許欺負我媳婦。」

「你！這麼快就開始忤逆我了，竟是養了個白眼狼！」阮大夫人捶胸頓足，又拿起帕子擦眼睛，十分傷心。

怪不得阮大夫人，哪個做母親的不希望自己的孩子能娶得賢妻，過上和和美美的日子，兒子已經是這副模樣了，還配上個病癆子，被多少人笑話說「門當戶對」，不單是阮大夫人臉上無光，整個阮家乃至陶家都總被指指點點，可前世的陶齊眉只能嫁阮成淵，而阮成淵也只能娶陶齊眉。

阮大夫人千算萬算，以為能把因得二姨娘扶正而變成嫡女的陶蕊娶過來，卻不想送上了個病殼子。走幾步就喘得厲害，房事都能鬧到她那裡去，再沒有更丟人的了。

輕輕地舒口氣，齊眉告別了阮大夫人，讓子秋和另一個阮成淵屋裡的丫鬟一起捧著犀角雕玉簪竹茶具跟在她後頭，大概是心境不同的緣故，走在路上只覺得四周的景色都極好。

阮成淵被阮大夫人留下來陪她說話。阮大夫人笑著道：「真真是太好了，如今你搖身一變，多少人眼珠子都掉下來。即使沒有謀上官職也無妨，皇上親自下旨賜婚已經是一分榮耀，而賜婚那時你還是那樣的情形，現在你這般好，以後的路子定是青雲直上。」

阮成淵笑著抿了口茶。父親沒有把他搞砸了官職的事情告訴母親。甚至也只有當時在御書房的平甯侯知曉，父親瞞著藏著也是期盼他在之後能出息，不要浪費了如今這樣好的機會。

阮成淵旋著手裡的茶盞，輕輕地摩挲。只怕是要讓家人失望了，只不過接下來不少事情會接踵而來，不會有太多人注意到他。

這時候二姨娘過來請安，衝著阮大夫人和阮成淵福身。

阮大夫人擺擺手，笑著讓她坐到一旁。

二姨太甄氏見大夫人心情極好，用腳想都知曉是因得什麼。也不知這母子倆都是交了怎樣的好運，竟是能在短短半年不到的工夫，喜事一件接一件的來，新婦她原先一直聽過名字，連帶西王妃也是一般。姊妹二人即使不在宴會，近幾年也總在宴會間被提起。

「大少奶奶已經先告退了？」二姨太訝異地看一眼屋裡。除了阮大夫人母子和端茶丫鬟以外，哪裡還有別人。

「長媳婦去瞧太爺了，人溫婉賢淑，心思也細膩，沒嫁來我們家之前就已經把福氣都散了過來，真是個妙人兒。」

妙人兒，這個詞也聽成書說過，二姨太心中拿捏琢磨，成書那年在陶府丟人掉池子裡的事她是不想提，回來後病了一場好的，腦子燒得糊塗，也模模糊糊地說起妙人兒這三個字。

那次成書對還是陶五小姐的陶齊眉無禮，幸得成淵傻歸傻，也是因得傻才沒有四處亂說，不然被老爺知曉成書年紀不大，膽子卻包天，出言「打趣」陶家五小姐，她和成書便什麼盼頭都不會有了。

大老爺為人正直，眼裡容不得一點兒沙子。

「長媳婦長得這樣清秀可人，只不過性子還是隨了親家母，太過柔和了些。若是能多端些威儀出來，等得我累了乏了，以後這個家也好……」阮大夫人說著頓了下，又道：「不過來日方長，她這樣聰慧細心，又帶著一身福氣，定是能一點就透。」

母親很喜歡齊眉。

阮成淵放下茶盞，舒心地抿起唇角。溫婉賢淑、蕙質蘭心，前輩子母親說的是丟人現眼、晦氣木訥。

「你父親去文弘學堂說了一聲，過幾日你便能跟著其他的王孫貴族子弟一起上學。」阮大夫人笑著道。

阮成淵回了神，點點頭也先退下了。

齊眉到了太爺的園門口，見著是大少奶奶來了，丫鬟絲毫不敢怠慢，這可是阮府的福星，急忙去通稟太爺，不巧的是太爺又睡著了，丫鬟戰戰兢兢的站在齊眉面前，生怕大少奶奶會發難。

如今的主子不都是如此，恃寵而驕，有一點不如意都會把下人往死裡處置，何況是嫁進來之前就能讓阮府上下一提起她就只有感激的。

大少奶奶卻只擺擺手，語氣柔和地讓她帶自己去前廳坐下，十分有耐性地等到太爺醒過來，現下已經在太爺面前奉茶了，太爺面色蒼白，但卻是笑咪咪的。

等待的一個多時辰，大少奶奶也只讓她們添了道茶，倒茶的時候不經意瞥見大少奶奶衝她們一笑，縱使她也是女子，也被那笑容給震住了。

比冬日裡的太陽還要好看，月牙兒眼眸微微彎起來，似是有星光會從裡頭溢出來一般。

溫婉柔和、賢良淑德，對待下人也是十分和氣，大少奶奶的傳言在府裡散開，長輩滿意，下人們也起了親近心思，只要是大少奶奶的吩咐，都會比平時要更努力去做，希望以後有機會能分到大少爺的園子，服侍好脾氣的主子。

阮成淵這幾日無事可做，大部分時辰都在書房裡待著，看看書冊，趁著時間充裕，也要想法子讓西王爺能消氣才好，上回給他來信，可是滿滿的斥責啊。

齊眉端著紙墨筆硯進來，放到書桌上，屏退了丫鬟，自個兒給他磨墨。

阮成淵放下書冊才發現齊眉已經進來了，就在書桌旁，如蔥段般的柔荑執著墨錠，唇角抿成微微笑著的弧線，如畫中人一般讓人恍惚。

今生他一直暗暗的注意，鬧著要出去玩耍的時候也總在陶府隔街走動，她的路和前輩子幾乎是完全相反，一步步的看著她走得愈來愈穩，他知曉自己連保護都是不必要的事了。

所以他放心的去西河，而看到她與西王妃傾訴姻親煩惱的時候，他竟是一晚都無眠，坐在窗前看了整晚的月色，直到日出的晨光緩緩地拂過夜空，他只能深深地吸口氣，陶齊眉這個人早在他心裡扎根了。

看著她寄給西王妃的信箋，齊眉與居玄奕訂親是板上釘釘的事了。

他不是前輩子的傻子，回首前世，再回想今生的這些路，他看得出齊眉心屬的是何人，所以他從沒有奢望過，今生還能有她在身旁相伴，況且自己的路會走得異常的艱難，她不在身邊的話才是最好。

天意難測，皇上一道聖旨下來賜了他與她的親事，得知消息後的他就如死後睜眼，驀然回首了短暫的前世後一樣的震驚。

他心中始終都忐忑萬分，從來沒有那麼忐忑過，猶記得前世的她嫁給自己，只是與他抱怨一整晚，沒說過重話，可裡頭的委屈他重生後才懂。

今生的她名節未失、身子也越發健康，從她不再枯瘦如柴的身形和潤澤的面色就能知曉。

阮成淵始終以為，齊眉與他不會再是一條路上的人，她應當被捧在手心，盡享前世未有過的幸福，而那雙手的主人不會是他。

所以聖旨下了後，她寄給西王妃的第一封信，被西王爺拿來送到他手裡，他都不敢打開來看。

堂堂大將軍府的五小姐，還是要嫁給他這個「傻子」，她會不會滿紙絕望和哭訴。

散著月季花香的信紙上是娟秀的小楷，平和的語氣，一絲一毫的抱怨都沒有，反倒讓阮成淵驚愕起來。

輕描淡寫的幾句話，能看得出背後所遭受的非議。

隔不幾日，他陪西王爺去狩獵，閉著眼往大石頭上一撞，位置拿捏得很好，包紮診病後只不過是昏昏沈沈了不少時日，西王爺看著他大婚在即，索性把他送回來。

而回來後，他腦子好了的消息迅速傳回了西河，西王爺震怒到現在都沒有理會他。

此刻她嫻靜的在他身邊磨墨，昨日也端了親手做的糕點來，阮成淵卻始終拿捏不準她心中所想，縱使努力不讓她受委屈，但她心中是否依舊掛記著那個人？

齊眉磨墨磨得手都疼了，餘光瞥見阮成淵在看她，便沒停下來，這幾日阮成淵總在書房裡待著，大夫人含蓄地問過她，是不是兩人有什麼不和的地方。

她又如何能說出至今未圓房的事實，況且不圓房也正順了自己的心意，畢竟她還得守孝。

第五十三章

回門當日，齊眉醒得比前兩日要早，一睜開眼天還才濛濛亮。

除了新婚當晚以外，這兩日阮成淵都是極晚才回到屋內，齊眉睡下的時候不見他，醒來也不見他，問過子秋，深夜的時候阮成淵都會回屋子，一大清早又去書房，所以兩人這兩晚不過是同蓋一件百子被而已。

傍晚的時候端了親手做的桂花糖蒸栗粉糕給他，甜甜的又糯糯的，做得好的也不會黏到牙齒，癡傻時候的他最喜歡吃這個。

迎夏端了洗漱的用具過來，等到齊眉一切妝點完畢後，在屋裡又細細地收拾起來，把裝著玉珮的香囊放到妝奩的內格裡，一轉身的時候被那對黑曜石一般的眸子嚇了一大跳。

「起身了？現下還有些早，不如再睡會兒。」對視了好一陣，阮成淵也不說話，靠在床榻上只看著她。

齊眉面上浮起了淡淡的紅暈，挪開目光說道：「不早了，今日要與你回門，你都起身了，若我還四仰八叉的躺著，多不像話。」

阮成淵微微一笑，只聽著她說，自己始終手撐著坐在床榻邊。

齊眉嘆了口氣，不用問，這副模樣就是要讓她來換衣裳，反正也換了好幾年，轉身去取他今日要穿的衣裳，回內室的時候，阮成淵正好淨完面。

把月白的長錦衣展開來，阮成淵自在地張開手，銀絲滾邊的袖口十分講究，衣襟處亦然。一條白玉祥雲紋腰帶，腰間只掛了一只香囊，齊眉手滑過的時候觸到，內裡並不是玉珮硬質的觸感。

這兩日給他換衣裳，腰間配戴的都只是普通的香囊，先前送西王爺和西王妃去西河時所意外見到的香囊卻不見了蹤影。

最後給他套上湛青色外袍，齊眉大功告成地悄悄舒了口氣。

阮成淵比她高了有一個頭，每次換衣裳她都需要踮著腳，兩人靠得特別近，檀香混著說不清的熱氣始終縈繞在她鼻息，莫名生出些抓不住的感覺，想要深究的時候又哧溜一下消失。

正要轉身的時候，柳腰被他的手一下子攬過來，又是綿長的深吻。齊眉閉上眼，睫毛微微地顫動。

連著三日都是如此，即使吻得氣喘吁吁，臉紅心跳，也總會停下來。

坐在回陶府的馬車上，齊眉心生疑惑，會不會是阮成淵還未開竅？

因得自小癡傻，阮成淵並沒有通房丫頭，身邊服侍的人不少，能近身的卻只有易媽媽。

可也不可能不會啊，齊眉不自覺地想著這些，馬車的簾子被風掀開，齊眉無意地跟著他瞥了一眼，只依稀見得錦袍一角掠過，收回目光的時候感覺到阮成淵在看她，齊眉想起剛剛胡思亂想的東西，臉都自然地燒紅起來，手也絞著絹帕。還好自己想什麼旁人無法知曉，不然她得挖個多大的地洞把自己埋進去。

阮成淵捏了捏拳頭，剛剛策馬過去的那人正是居玄奕，那樣匆忙不知是有何急事。

這不是重點，阮成淵側目看過去，齊眉正端坐在他身旁，雙手交疊著放在膝上，精緻小巧的面容，披著一件繡牡丹花紋櫻紅對襟上襦，內襯著團花牙白齊胸襦裙，手臂上挽著的披帛，即使是坐著的姿勢也讓人覺得靈動仙氣。

皮膚細潤如溫玉般細膩柔滑，櫻唇不點而赤，嬌豔欲滴，秀髮綰成如意髻，兩縷髮絲輕拂在面頰旁，平添著誘人的風情。

「妳在想什麼？」

聽上去平靜無波的聲音卻把齊眉嚇了一大跳，對上阮成淵帶著審視的眼，心虛地臉紅到了脖子根，她怎麼能把自己在想什麼說出來。

臉紅潤成這般模樣，眼眸含春，阮成淵看在眼裡，沈默權當成了她想念居玄奕的默認。

「妳怎麼能！」他有些氣惱地把她拽到自己懷裡。

難不成他真的知道自己在想什麼?!齊眉羞得想找個地洞鑽下去，只能想法子圓場，儘量讓聲音顯得柔和平靜。「我以後不想了。」

「妳……」阮成淵脾性再好，也被氣到了。

她這樣直接、平淡地說出來，既是不願，既是兩情相悅，又為何一字不提？娶她那日，居玄奕攔在他面前，劍眉下一對星目全是深沈隱忍。

見齊眉微微鎖起眉頭，阮成淵立即鬆開了手。「對不起。」

「沒、沒事……」至於這麼大火氣？齊眉有些不明白，卻也沒有多想……

一路上再無話，阮成淵懊惱自己的衝動，不是早明白了他的立場，也懂她心中無自己的位置，不能放手，保護便是。

本就是他插足在兩人之中，雖不是本意，但若不是他，兩人也不至於分開。如今齊眉不怪不惱不怨的伴在他身邊，他還求什麼？

不過短短三日，他不能如此得隴望蜀。

一番東西毫不相干的對話使得兩人心思各異，還好車內的沈默並未持續多久，很快便到了陶府。

陶伯全和大太太都在府上，宴席已經準備好，只等兩人回府。

兩人給長輩們行禮，老太太被扶著坐在位上，看著阮成淵進來跪禮，清醒了一般地讓他起身。「好，好。」抓著阮成淵和齊眉的手，怎麼都不放。

很快兩人的手都被抓紅抓疼了，嚴媽媽忙上去解圍，老太太卻不肯放。「這是我孫女和孫女婿，怎麼不能拉著？」

大太太上前哄著。「母親再不放手，孫女和孫女婿的手就要被母親抓壞了，母親總不想見到這樣的場景吧？」

老太太嚇了一跳。「啊，妳怎麼不早說！」

「是是是，媳婦的錯。」大太太好脾氣得不行，笑得眼睛都瞇了起來。

老太太嘟嘟囔囔了幾句一下把手鬆開。

齊眉小聲地道：「祖母她年紀老邁，一會兒清醒一會兒不清醒，所以才會這般。」

阮成淵了然的點頭，與她低語了一句，而後命人把禮抬進來，成對的玉如意、合歡餅等，都是阮府精心準備的，阮大夫人一件件的點算、查看，深怕錯漏了什麼。

陶、阮兩家都對這親事滿意，宴席的氣氛從始至終都是十分和睦。

齊眉陪著老太太在園子裡曬太陽，冬日的午後，難得有這樣暖人的陽光，老太太合上眼，表情十分舒坦。

大太太讓新梅把糕點端過來，金乳酥做得最是好，大太太笑著讓齊眉嚐一嚐。「廚娘昨日才學了新法子，味道會特別一些。」

剛嚐了一口，齊眉放下筷子。「這是大嫂做的。」

「一吃就吃出來了，想騙妳都不成。」大太太笑著捂起帕子。

左元夏款款地走進來，氣色十分紅潤，給眾人福了禮。

「是媳婦做得難吃，姑子被我纏了那麼長時日，時不時就要幫我試口味，所以怎麼都騙不過姑子。」左元夏有些懊惱地坐到一旁丫鬟搬來的軟椅上。

「大嫂也不要這樣說。」齊眉笑著道：「剛學的糕點，自然一下子做不好，古語道，熟能生巧……」

「長媳婦是個乖巧的，飯做得不好吃也沒什麼，性子好就行了。」大太太也笑著道。

「誰說不好吃！我就覺得好吃。」一沒注意，老太太就又開始了，不拿筷子，直接用手抓金乳酥往嘴裡塞，末了還咂吧咂吧幾下。

「老太太覺得好吃，孫媳婦就日日都做給您吃。」左元夏忙上前，邊說邊悄悄地給老太太擦手。

「嗯，乖！妳們都乖！」老太太手舞足蹈起來。

「與成淵處得如何？阮家應是不會為難妳的吧？」大太太始終還是不放心，把老太太安頓回屋裡，剛坐到園內就又開始問。

齊眉頓了下，笑著道：「算是相敬如賓。」

齊春和齊露跑了過來，兩人圍著齊眉轉。「五姊姊嫁人了，身上都多了一分清香！」齊露把頭埋在她懷裡，笑得十分純真。

齊春也道：「是呢，是檀香，五姊姊從不用檀香的，也不知是哪裡來的？」

「我知道，五姊姊日日和姊夫一起，定是姊夫的！」齊露拍著手。

齊眉被這兩個妹妹說得一下子紅了臉，大太太作勢要打她們，齊春和齊露忙跳得老遠。

快樂的時間總是過得很快，臨行前，大太太拉著齊眉囑咐。「你們倆回府的時候，母親就覺得有不對勁的地方，面色都帶著些尷尬，可不是吵嘴了？新婚夫妻拌嘴也是一種增進感情的方式。而且成淵他剛恢復神智，一時之間只怕也容易混淆，許多事情只怕也沒得印象。」

也把阮成淵拉到身邊。「你倆已是夫妻，百年修得同船渡，千年才修得共枕眠，沒什麼事情是大不了的，多互相包容，多站在對方的角度去想。」

看著齊眉和阮成淵並肩離開，大太太舒了口氣，看齊眉的氣色極好，兩家又本是世交，也問過齊眉身邊貼身的兩個丫頭，子秋和迎夏都說姑爺對五小姐極好，阮家的人都道大少奶奶是有福氣的，都是捧著供著。

如此她就安心了，夫妻之間本就是要磨合的，過程如何很重要，更重要的是之後會磨成玉還是依舊為頑石。

兩個孩子都是玲瓏心，尤其是成淵，不論他恢復後的性子如何，至少是秉持了原先的良善，老太太那般失態，成淵面上卻始終都帶著溫和的笑意，與齊眉低語過一句，也是說隔日會送上安神的藥來。

以前阮成淵癡傻的時候來過陶府幾次，老太太都是慈眉善目的，次次在他離開之前都抓一大把糖塊，這個女婿是記得別人的好的。

「太太。」福禮的聲音讓大太太抬起眼，陶蕊站在她面前，已經入夜，外頭的風還是很凍人，她只穿著單薄的素色衣裳，唇白面色也白，顯得尤為可憐。

「蕊兒來了，怎麼也不讓人通報一聲？陶媽媽去哪兒了？」大太太心情正好地想著自個兒女兒和女婿的事兒，忽而見得陶蕊這孤零零的模樣，心下起了憐意。「過來我這兒，這幾日不是一直病著？一個人就別瞎跑出來。」

「五姊姊今日回門，蕊兒也不得見，怕把病身子染給她。」陶蕊埋到大太太懷裡，嗚嗚地哭著。

「妳這孩子……太懂事了。」大太太摸著她軟軟的頭髮，想起原先齊眉也是這樣骨瘦如柴的身子，撲在她懷裡，卻倒是從沒有哭過，都是在幫她排憂解難。

「老老實實服藥，夜晚還是很冷的。妳跑了老遠來我這裡，一來一去的身子又不得好。」大太太嘆了口氣。
從二姨太出事後，快兩年了，陶蕊一直沒過過什麼安生日子，不是病就是被嫌，做娘的錯也不能怪在女兒身上。大太太讓新梅去拿了手爐過來給陶蕊捧著。
「好暖和……」陶蕊鼻尖通紅，大太太低頭看著她，小心翼翼地捧著手爐，又多了幾分憐意。
最疼陶蕊的老太太如今成那個樣子。帶著長大的吳媽媽也被杖斃，生母又做了無可饒恕的齷齪事，不過是個十一、二歲的姑娘。哪裡受得住這麼多打擊，原先縱使有歪念頭，那也是被逼的。
「把這個手爐送給妳便是。」大太太笑著道：「現在這麼冷，再晚些就更凍了。讓新梅叫了馬車來送妳回屋子吧，這樣也吹不到風。」
陶蕊吸了吸鼻子，低著頭不說話了。
大太太疑惑地看她一眼。「怎麼了？」
「想姨娘……」帶著沙啞的聲音，哭腔最是惹人憐。
大太太心裡一下子抽緊，齊英和齊眉都嫁了出去。齊眉這一日回門，新婦沒個一年半載是不得出夫家的，遇上娘家大事回來看一眼就了不得了。正覺得身邊空落落的，陶蕊身上也流著大老爺的血，看著她這模樣，不由得想起原先齊眉在莊子裡，那麼小的年紀，孤苦伶仃的。
不自覺地，陶蕊的模樣就和齊眉重疊。一句想姨娘，縮著瘦瘦小小的身子，彷彿能看到齊眉過年的時候，捧著她做的大紅燈籠，小聲地說著想母親。

大太太不自覺地把陶蕊抱到懷裡，好像安撫著當年的齊眉。真是太瘦了。

母親也很想妳……大太太心裡念著，眼睛都微微濕潤起來。

陶蕊卻很快地跳開。「不擾太太歇息了。」

正感傷著，陶蕊卻就這樣福身離開，眼角紅紅的，轉身消失在夜裡。

大太太一整晚都翻來覆去地沒有睡好。

今日朝裡多了兩份軍報，一份是再次打了勝仗，另一份是陶大將軍在去年重病，前不久終是敵不住地去了。

不知內情的人還未在喜悅中多久，一下被陶大將軍也去了的消息嚇了一大跳。

只聽說陶大將軍生了重病，不便長途跋涉回到京城，所以才只能留在軍營治療。

皇上特召身在西河的西王和西王妃回京，讓西王妃盡最後的孝道。

齊眉聽著這些消息，面上算是平靜，心中依舊悲愴，祖父窮極一生都在為國盡力，最後一刻都在廝殺護國，卻連亡故的時日和真實情形都無法讓世人得知。

聽陶府過來稟報的人說，老太爺的屍首保存完好。

齊眉一想起祖父整日暴露在外不得入土為安就覺得難受，越想越難受。

而即使如此，祖父若是泉下有知也會覺得欣慰，只因這樣的舉動依然是在為國效力。

吃不下飯，只能讓廚房熬了清粥過來，勉強喝了幾口。

「大少爺。」子秋看著阮成淵回來，忙福身行禮。

「大少奶奶吃下飯了嗎？這幾日都是如此，今日也不知緩過來否。」阮成淵隔著半開的窗，看著呆坐在桌旁的女子。

終是可以換上潔白的衣裳，不再顧忌什麼，一身雪白的齊胸襦裙把女子襯得越發可人。

「大少奶奶胃口不佳，剛剛的清粥也不過吃了幾口。太爺待大少奶奶極好，大少奶奶剛回府就總吹笛給太爺聽的，忽而聽聞這樣大的打擊，如何能受得住。」子秋自是順著大部分人所知曉的來說。

阮成淵嘆口氣，進了屋子，齊眉聽得響動，起身迎了上來。

「怎麼不好好吃飯？逝者已矣。」阮成淵不會安慰人，嘴並不是像別人那樣抹了蜜一般的甜，說起話來有些乾巴巴的。

「不是……」齊眉說了兩個字便打住了，且不說事情的真相不可言明，她所難過痛心的點，說出來對方也不知能不能理解。

許多事都是如此，即使別人與你身臨其境也不一定會感同身受。

阮成淵看齊眉低下頭，幾天沒好好吃飯臉又尖了些，把她抱到懷裡，低聲道：「別擔心，大將軍一亡故就被秘密送到西河，西王爺暗地裡把地庫改造成一個冰窖，大將軍一直是在那裡。每日供奉香火，絲毫沒有戰亂的紛擾，平靜安寧。」

齊眉愣住了，猛地抬頭看向阮成淵，兩人的視線觸到一起。

「如此心中可能減少些難受？」阮成淵清澈如水的眸子看著她，帶著無法掩飾的溫柔和關切。

良久，齊眉伏在他懷裡，輕聲道：「謝謝你。」

待到陶大將軍的屍身被送回京城，城中百姓的各家各戶以及商鋪、酒樓等都自發掛上了白綢，以紀念大將軍忠勇為國。

皇上下旨追封陶大將軍為濟安公，以表他忠君為國一生。

齊眉坐在回陶府的馬車上，看著路上各處白綢高掛，街道上更是比平時要安靜，站在陶府門口，牌匾已經被換上提字濟安公府的朱紅金邊牌匾，眼角有些酸澀起來。

阮成淵把她的柔荑拉到手心，用力地握了握。

陶府各處都掛了白綢，西王爺和西王妃還未趕到京城，大太太在忙著喪事，陶周氏和陶左氏都一起幫忙，倒也沒有忙得原先那般身子都虛浮起來的程度。

齊眉也跟著清點前來拜祭之人送來的禮，尤其是字畫中，都是歌頌濟安公的英勇事蹟。

這就不怕功高蓋主了……也是，人都沒了，再蓋過又如何？

若是今生的絹書被上繳到宮中，陶府因此被滅門，如今只怕弘朝也會動蕩不堪。

看著那些字畫，齊眉心中也被激盪出熱血來，祖父以一生甚至一命換得百姓的幸福安康，齊眉敬佩之餘更覺得自己應更努力。

她重生而來，不只是改變自己的命運，更背負著幾分與祖父相像的重任。

祖父為國安定，她便為陶家的安定。

讓齊眉覺得有些奇怪的是，陶蕊總是跟在母親身邊，態度十分親切，原先母親並沒和陶蕊多親近，叫了嚴媽媽來小聲問了幾句才得知。

她不在府裡的這些日子，陶蕊隔三差五去找大太太，總是一待就待到傍晚才走，前十日甚至在大太太屋裡睡下了。

抽了空閒和母親說上了話，母親笑得一臉和藹。「蕊兒真是個懂事的，也真是讓人心疼。」說著吸口氣。「她總是想起二姨太，說起思念的時候，娘都覺得看到了妳的影子，她身邊也孤苦無依，只能大著膽子來找我，其實妳二姨娘關了這麼久，倒是也該讓她和蕊兒見見……」

後頭的話齊眉都不想聽，陶蕊又在算計了，利用大太太的心軟，甚至利用了她不想提起的過去。

現在是能讓二姨娘和陶蕊見面，接下來是不是就要把二姨娘放出來？笑話。

齊眉握著拳頭，正聽得嚴媽媽進來通報。「大太太，顏家明日會過來悼念老太爺。」

大太太點點頭，沈默了會兒，齊眉出了屋子，顏家正好在這時候過來，實在是好極。叫了子秋來，低聲吩咐了幾句。

轉身進去的時候，正聽得裡頭嬌媚的聲音帶著哭腔，糾纏著。「太太，祖父亡故，姨娘哭得暈了過去，實在是想出來拜祭祖父……」

「好好。」大太太點頭答應。

齊眉直接走了進去，陶蕊聽得她給大太太福禮的聲音，頓了一下，回身望向齊眉，規規矩矩地福身。「五姊姊。」

齊眉坐在位上，把清點出來的禮單遞給大太太查閱，自個兒坐回位上，屋裡安靜了下來，齊眉抬起手指一下下敲著案几，嗒嗒嗒的聲音顯得尤為清晰。

陶蕊抬眼望向齊眉，又很快地別過眼，嘴唇抿得有些緊。

不知陶蕊又在算計些什麼了？齊眉想著。

父親親自給的懲罰，二姨娘不得出門，不得與任何人相見的。

「八妹妹怎麼不說話了？姊姊進來前，聽著妳與娘說挺多話的，姊姊一來怎麼就噤聲？莫不是覺得姊姊礙事？」

陶蕊沒想到齊眉會這樣直白的挑開說，面色微變，擺擺手。「五姊姊這是哪裡的話，五姊一出嫁，妹妹每日都想著姊姊，也怕太太思念過度，這才會陪著，既是姊姊不喜……」說得楚楚可憐，也不說盡了。

「那就別來叨擾娘不就成了？」齊眉靠到軟椅上。

陶蕊愣了會兒，不知該如何接話，轉頭看向大太太，似是求助一般的眼神。

大太太聽著這兩個孩子妳來我往的，把禮單冊子合上。「齊眉也該回府了，成淵一直在書房那兒跟著妳父親，現下臨近傍晚，你倆也該回去了。」

真是好個妖孽般的人物！齊眉瞇起眼，看著陶蕊低頭不停搓著手，看似愧疚的模樣，實則心裡只怕是笑開了花。

不過一段時日過去，陶蕊便能有法子讓母親為她說話。

本以為會繼續下去的唇舌之爭，齊眉卻真的收住了，好似聽大太太話一般地離開，出去後子秋迎了上來。「大少奶奶，是不是要讓人去備馬車？」

「不急，我再去一趟別處。」齊眉按住她的手。

屋裡，陶蕊不安地挪到大太太身邊。「太太，是不是蕊兒讓五姊姊不開心了？」

「沒有，妳五姊出嫁前就與妳走得親近，出嫁的人都是去到另一個完全陌生的地方，妳五姊心裡有些躁火也是自然的，不是衝著妳來。」大太太柔聲安慰著。

陶蕊抿起唇。「那……姨娘明天……」

「我會讓人去安排安排，畢竟顏家還不知曉妳姨娘的事，我晚些時候和老爺去說說，若是明日妳姨娘不出來拜祭，事情也就瞞不住了。這事情若是傳出去，陶家和顏家都沒有面子。」始終和顏家的關係是隔了一層紗才得以維持，若是翻臉只能讓兩邊都不好過。

何況顏家縱使是商賈之家，看上去和和氣氣，實則與權貴來往得多了，心裡都傲得很，如何能信顏宛白會做出那樣的事，再者現下能出來說話的只剩下她一人，老太太神志不清，再是有長輩威儀，說的話也沒人信。可從自己嘴裡說顏宛白做的喪盡天良之事，她又總有些猶豫。

一來二去扯不清理不順，倒不如就讓顏宛白明日出來拜祭，不過還是先去讓人給她捎了消息，記得堵住自己的嘴，明日不要瞎說。

陶蕊順從地點頭。「多謝太太。」

隨後又是幾家過來拜祭，大太太忙得不可開交，丫鬟們領著御史大人一家進來。大太太微微地舒口氣，還好讓齊眉和成淵先回去了。不然那會兒太學品正和齊眉正開始要張羅訂親的事，皇上一道聖旨下來，事情就這麼破了，她倒還好，婦人一個，臉皮厚點兒也沒什麼，可齊眉、成淵和居家長子正都是年紀輕輕的時候，遇上了多少會尷尬。

大老爺在前頭和御史大人說話，御史大人悲痛的道：「如今真是好人無好報，大將軍征戰一生，算是太平的時候好不容易得了清閒，鄰國來犯本不是朝中無將，卻偏要上陣殺敵，受了重傷病得起不來身。唉，真是讓人惋惜。」

大老爺眉頭微蹙，御史大人這一番話，前頭給巴掌，後頭給糖，實在是聽得人好生不快。

好似老太爺之死全然是因得逞能的緣故，從去年與居家的親事黃了後，他與御史大人之間的交流便有了隔閡，其間雖未起任何衝突，也是因得之後朝中幾家重臣都被留榜選賢的那把火燒著，自顧不暇的緣故。

大太太聽得也是心頭火起，無奈居大夫人和其餘幾位女眷都在屋裡坐著，她只能讓丫鬟張羅著照顧。

無論怎麼說，也是他們陶家推脫在先，才讓居家有了氣頭，若不是老太爺亡故，大老爺也不會與居家商議訂親延後的事。各種原因無法與他們說起，可居家在老太爺的靈前也這般說，實在不是君子所為。

「我倒是覺得大將軍這般忠勇的心，真真是讓人佩服得五體投地，這樣的氣度和作為，世上千百萬人，有幾人能如此？莫不都是畏首畏尾貪生怕死！大將軍經驗豐富，若不是其先阻止了密道的挖掘，現下哪裡還能有這麼多捷報傳來？」

外頭駁斥的人竟是居家長子，大太太聽得有些動容，年輕氣盛的孩子才好，沒有拐彎抹角的話語，滿身都是正氣。若當時的親事能訂下，也斷不會委屈了齊眉。

御史大人一時愕然，沒有想到自家兒子會當眾反駁他的話，霎時臉一陣紅一陣白，礙著這麼多人在場，才忍著沒拂袖而去。

待到離開陶府，御史大人板著面孔，十分的生氣。

馬車緩緩地被馬夫駕過來，陶家的丫鬟福身離開，剛上馬車，御史大人就開始數落。「養了你這樣的白眼狼，為父原先真是沒想到，你眼皮子這般淺薄。沒有娶進門的人，還已經成了他人婦，是陶家先毀口頭約在先，你當真以為是聖旨攔了你與那他人婦的姻親？」

居大夫人坐在屋裡聽得清楚，知曉老爺在氣什麼，自是與老爺站在一邊，也沒有再幫居玄奕說話。「老爺說得對，奕哥兒都是在朝中為官的人了，做人處事怎麼一點都沒學到？連該向著誰都分不清楚，胳膊肘往外拐，要是你這秉性落到朝堂上，誰還敢跟你靠攏？」

「妳個婦人扯什麼朝中事。」御史大人卻是說了一句。

這時候馬車忽然停下來，御史大人掀開簾子問，馬夫道車輪子磕了大石塊，壞了輪子得換一個。

御史大人越發的生氣。「都是到了這糟心的地方才遇上了破事。」說著轉頭斥責居大夫人。「都是妳，這車輪子都被磕了。」

怎麼把氣又撒到她身上？敢情她是那大石塊似的。居大夫人索性也閉上嘴，由著他這個做老子的去白生氣。

居玄奕始終都望著不遠處，父親母親的訓斥和爭執都沒能入到他耳中。

齊眉和阮成淵正站在府門口要上馬車，齊眉正要被丫鬟扶上去，阮成淵見得她髮間沾了葉子，伸手幫她取下，齊眉回頭衝他微微一笑，那溫婉動人的笑容看得居玄奕想別開眼又不捨得。

扔掉葉子的時候，齊眉目光也自然地望向前方。

阮成淵見齊眉不動了，疑惑地轉頭，正看著錦緞衣裳的男子立於一輛停下的馬車旁，馬夫和小廝都在哼哧哼哧地換車輪。

炙熱的目光被撞破，居玄奕只覺得周身不適。

齊眉立時要上馬車，阮成淵卻拉住了她，齊眉不解地問：「怎麼了？」

「他……我去和御史大人請個禮。」阮成淵嘆口氣，邁步走了過去。

御史大人正是心頭火，見著阮成淵越發的不快，嘴上卻什麼都不說，反而端起長輩的模樣，笑著問他恢復了後，如今可習慣了。

阮成淵有禮地拱手，寒暄了幾句，回頭一看卻發現齊眉已經上了馬車。

這時候子秋急急地過去，在阮成淵耳旁低語。「大少奶奶讓大少爺快些上馬車，眼見著天都要黑了。」

阮成淵在馬車裡，始終摸不透齊眉心中在想什麼。

從發現居玄奕在不遠處到他過去給御史大人請禮，齊眉都沒有露面，反而是躲在馬車裡，還催他快些回去。

也罷，不見了都好。

安安靜靜的氣氛一直持續到回屋都沒有被打破，齊眉頭一次沒有等他，直接上床睡下了。

阮成淵心裡忐忑，女子的心意他始終不知要怎麼揣摩，何況還是心上人的心思。

撥了撥油燈，讓丫鬟們下去了。

坐在床榻邊，試探地摸了摸齊眉的髮絲。

沒有任何反應，阮成淵想她大概是累了所以才這般早的睡下，也不出聲。

窸窸窣窣地換下衣裳，把被子掀開剛要進去的時候，他卻冷不防地被推了一把。

一會兒才回過神來是齊眉在推他，看著她怒轉過來的身子，眼眶竟是有些泛紅。

這是生氣了，而且氣極了。

「媳婦？」阮成淵一下子亂了章法，不知該如何是好。

「別叫我媳婦！」齊眉把他往外推。她總算明白了，阮成淵是在在意什麼、誤會什麼。

誰說他神智恢復了，她看著還不如從前呢！

阮成淵啊了一聲。「不叫媳婦叫什麼？齊眉？」他木然站在床邊。

齊眉見他蠢蠢的模樣，索性把他往外頭推。推到了門口，又抱著他的被褥往他懷中一塞。「不許叫媳婦！哪有你這樣把媳婦送給外人看的，你這個……」她氣得說不出話來，也不好罵。

門哐啷一聲關上，阮成淵愣愣地站在原地，心臟撲通撲通地跳得厲害，是從未有過的強烈程度，齊眉剛剛的每個模樣，都在他心裡泛起了很大的漣漪，委屈、傷心、眼眶泛紅，到最後甚至氣到把他趕出門，竟然都是因為一個原因——他想製造齊眉和居玄奕相處的機會。

阮成淵想起齊眉關門前最後那句話，心裡的甜意蔓延全身，真的是這樣嗎？是他誤會了？而且最讓他在意的是，齊眉說她是自己的媳婦！阮成淵唇角的弧度上揚得越發的大。

守夜的子秋只是出去打個水回來就嚇了一大跳，大少爺抱著被褥，看上去可憐兮兮的站在門口，子秋上前福禮，俊秀清逸的臉轉過來，正在癡癡的笑。

子秋想著，難不成大少爺又傻了？

第五十四章

陶府內忙忙碌碌的，卻十分安寧平靜。所有前來弔唁的官家，都是輕手輕腳，無論心中是如何想，至少面上都是或者尊敬或者惋惜的神情。

都說武將家的人粗神經，如今一看倒也是真的。兩日內來拜祭的人家回去都說，陶家的人是一滴淚都沒有流過，倒是濟安公夫人病倒了。

如老太爺的亡故一樣，連老太太的瘋瘋癲癲也是瞞住了的，為的就是不走漏一點風聲。爭權奪利分兩種，一種是被君臨天下的誘惑吞噬心智的人，而另一種……

齊眉抿著唇，便是為了能在世間立於一席之地的人。

她從來就不信，若是能過著安穩的生活，還會有誰樂意獻出性命，只為了一呼百應，甚至是出門跪滿地的虛榮，如二叔曾經說過的，那都是披著人命的東西，最好不沾不碰不念。

偏生世上有這麼多人前仆後繼，趨之若鶩。

比如正假模假樣在悼念的平甯侯與其夫人。

平甯侯夫人拿起帕子擦著眼角，拉著大太太的手萬分親暱，一開口就充滿了感傷的語調，好似亡故的濟安公是她生身父親一般。

大太太禁不住這樣的傷感話，一下子眼眶也濕了。

齊眉起身福了禮，去到外頭看看。

二姨娘的院子比平時要熱鬧太多，平素出入的四個聾丫鬟，換上了四個俏麗的丫鬟，著一身素衣，前前後後的忙活。

站在園子門口，依稀可以見到拉起簾子的屋內，二姨娘在對鏡梳妝。

依舊是那樣美豔不可方物的容貌，襯上一身孝衣，絲毫不顯得違和，反而是美到骨子裡。

子秋瞥一眼齊眉的神情，了然的把屋裡的婆子丫鬟一眾都帶出了園子，只道前邊有事要幫忙。

齊眉直接走了進去，園子裡只有她和二姨娘兩人，二姨娘看到齊眉的身影，整個人一頓。

被軟禁的這兩年，四周安靜得她以為入了無人之地，也虧得如此，心中才漸漸安靜下來。她原以為自己落得這樣的下場，都是因得用人不淑，都是因得被大太太翻了出來。後來細細一想，打探後得來的消息，巧雪和常青帶著家眷離開了京城，永遠不會再踏入，而當時命人看守巧雪家眷的下人已經不知所蹤。

順著查下去，巧雪一家人最後出現的地方，鄰里說只住了一、兩日，有個沈穩又眉目算是清秀的女子出入過。對比容貌，那是子秋，是齊眉的貼身丫鬟。

二姨娘恨得牙癢癢，她竟是被這樣毛才剛長齊的丫頭玩弄於股掌之間，過了兩年不見天日的日子，人不人鬼不鬼，要見陶蕊還得偷偷摸摸。

算她栽在這丫頭片子手上一次，只恨那時候在莊子裡，沒讓人去殺了她，只念著名節是女子最為重要的事，可現下一想，殺了和擄走，還不如殺了。

老太太原先那般厭惡這個丫頭片子，齊眉要是被賊子擄走殺了，她再把餘下的人滅口偽造成劫銀不成憤而滅口的假象，縱使會有漏洞，又有誰會去查？如此省了多少事？若是那樣過下來，她如今便坐上了大太太的位置。

「姨娘在想什麼？」齊眉笑著問道：「是不是在想當初為何不殺了齊眉？」

二姨娘手裡的紅木梳啪嗒掉到地上。

齊眉蹲下來幫二姨娘撿起來。「姨娘怎麼了？我是忽然想起來，當年那幾個擄走齊眉的賊子，不知為何不殺了我，那樣兜兜轉轉的，真是費力氣。」

二姨娘的口舌有些乾燥，吞了一口口水。齊眉的一對月牙眼，大老爺和蕊兒都曾經跟她說，看著像月亮，笑起來像星星，她怎麼看著就像吃人的妖怪呢！

她接過紅木梳，沈聲道：「當年的事就不要提了，如今妳過得這樣好，嫁了阮家的長子，一起福福氣氣地過下去。」

「姨娘在這兒是不是很寂寞？許多東西都沒有，家徒四壁的。」齊眉環視了屋裡一圈，雖是安排了新的下人過來裝飾和打掃，卻也掩不住那種幾乎空置了兩年的清冷氣息。

一提起這個，二姨娘不自覺地牙癢癢，若不是眼前的人，她怎麼會落得這樣的下場。

齊眉完全無視身後那強烈的怨恨眼神，拿起窗臺上花瓶內插著的月季花。「二姨娘比當年我在莊子裡還要淒慘，況且這裡還是陶府，光鮮亮麗的外表下，內裡竟有這樣一塊毒瘤似的地方。」

什麼意思？二姨娘抬起眼。

齊眉拿著月季花在她面前晃了晃。「姨娘也喜歡月季花？趁著還有命，多看看吧，說不定以後就沒得機會看了。」

二姨娘平靜了心緒，問道：「妳到底要幹什麼？」

啪地一聲，臉被打得偏到一邊去。

「什麼妳啊我的？」齊眉目光狠戾。「從妳進門起到現在都沒學會規矩，妳是誰？走了大禮嫁進來的又如何？從外到裡，妳都是姨娘，只是個妾。妾就是泥，二姨娘還是團濘泥巴，泥巴被人好玩的捏幾下，還真把自己當天上的雲了？」

「妳！」二姨娘氣極，她從沒被人打過，無論是在顏家還是進了陶府，那時候陶府落難，她嫁進來後陶府就有了緩和，誰不把她當寶？而事情被拆穿後，大太太當著陶府的眾人，把她打得灰頭土臉，就是老爺不把她軟禁，她短時間內都不會有臉出來，現在又被個小輩打……

又是一個巴掌打過去，二姨娘疼得話都說不出來，上好了的妝容，好不容易掩去暗黃的膚色變成了白淨細膩的皮膚，這下又變得紅腫不堪。

外頭傳來咳嗽的聲音，齊眉笑了笑，捏著二姨娘的下巴，小聲地在她耳邊說道：「我們的帳有很多，母親的命、我的命，今日一次給妳算清楚，可好？」

二姨娘眼眸瑟縮了一下，這時候外頭和二姨娘幾分相似的魅惑女音嚷嚷地進來。「這是怎麼了？一個人都沒有！清濁，怎麼是妳在這裡？這下人可總是不長記性，該伺候不伺候，該服侍不服侍。」

「瞧，蕊兒說得真對，下人總是不長記性。」齊眉鬆了手。

陶蕊提著裙襬進來，看到齊眉愣了一下。「五姊姊。」福了禮後忙把二姨娘護在身後。

齊眉笑了笑，轉身出去了。

若是之前，面對陶蕊她定會有不忍，如今看著只覺得這兩人果真是母女。

齊眉走出了門，門外站著的清濁眉目間透著平和，齊眉看她一眼，清濁立馬跟著她走。

「讓妳做的事可做好了？」齊眉只動著唇，一點兒聲音都沒有出。

清濁睜大著眼看著，而後點點頭。

齊眉讓在園外的子秋給了她一些銀子，昨日母親作了那樣的決定，讓二姨娘出來拜祭，她知曉憑自己說，母親也不會改變心意，不如順水推舟，做些該做的事。

很快記起了二姨娘園裡的這號人物，清濁雖是不能聽，但腦子絕對聰明靈光，知曉利弊，知曉該站在哪邊。

子秋扶著齊眉往前走，邊走邊道：「大少奶奶，西王妃和西王爺的馬車昨日深夜進京了，奴婢聽前頭在說，西王爺和西王妃午後便會來。」

「嗯。」齊眉微微點頭。

如今正值春暖花開的時候，縱使陶府裡四周都掛著白布和紙花，也掩不住自然的生長，蔥鬱的樹木和粉嫩的花朵在一片白茫茫中若隱若現。

顏家人正被婆子領著從府外進來，一路看著這樣的景色，顏老太爺和老太太已逝，來的便是掌家的大房，顏宛白的長兄顏儒青和大嫂鄭氏。

顏鄭氏道：「也是沒想到濟安公會有這樣的下場。」

顏儒青擺擺手。「婦道人家懂什麼，這是一種榮耀，若不是那樣拚命忠義，如何來的濟安公頭銜？從濟安公亡故的消息傳出來，外頭那些百姓自發悼念的舉動，那可是真心的敬佩。還有陶府為何能一步步往上走，還不是憑著赤膽忠心。」

「還不是虧得咱們顏家！」顏鄭氏不屑地撇撇嘴。「濟安公府又如何，當時還不是憑著權貴們最不屑的商賈之家才得以苟延殘喘。」

顏儒青正要數落顏鄭氏，忽而看得一個身影急匆匆地往他倆面前跑，走得近了人還沒瞧清，就看得妻子懷裡抱了個軟軟的身子。

「大舅、大舅母，您們可來了！」嬌滴滴又帶著哭腔的聲音太過惹人憐愛，顏儒青和顏鄭氏的心都揪了起來。

怎麼蕊兒會哭得這樣難過？

這可不是祖父亡故的哭法，這是受了極大的委屈才會如此。

顏鄭氏一把把陶蕊抱得緊些。「哎喲，這是怎麼了？哭得這樣委屈，莫不是有人欺負妳？說出來給大舅母聽聽，看不剝了那人一層皮！」

「不是……不對，是！」話說得語無倫次，捧起的鵝蛋臉更是梨花帶雨。

顏鄭氏一下子心疼起來。「別怕，妳大舅在這裡！」

「姨娘、姨娘被關起來，關了兩年！就是被誣衊了，也沒人查清楚，就這樣被軟禁起來，只給四個聾丫鬟照顧，連蕊兒都不得見一面！」

一盞茶的工夫過去，隨著陶蕊的哭訴，顏儒青的面色鐵青起來。

不是沒有聽聞二妹犯錯的事，他以為是高門大戶裡的規矩，二妹本就不是大家閨秀，沒那些人的心計，但到底陶家還是待二妹好的，他以為二妹只是被稍稍罰一下罷了，卻不想竟是出了這樣的大事。

還有沒有王法了！顏儒青一甩寬袖，憤憤地往前趕去，領著顏家進來的新梅和鶯柳見勢頭不對，一個追上去，一個立馬快一步的趕去內室稟報大太太。

顏鄭氏也忙帶著陶蕊追上去，誰都沒發現後頭的兩人。

「大少奶奶，是不是好戲要開場了？」子秋問道。

「去把柒郎中請過來。」齊眉只是抿抿唇，吩咐著別的。

「對了，大少奶奶。」子秋又折了回來，跟齊眉說了幾句。

齊眉已經進入屋裡，正覺得口渴端起茶盞來抿一口，被子秋後頭的話整得差點全噴了出來。

「大少爺是不是又傻了？」子秋擔心地問道。

拿著絹帕擦了擦嘴，齊眉平靜著聲音問道：「怎麼這麼說？」

今天起身的時候確實沒見人，也沒像往常那樣賴著她換衣裳，反倒是自己親自換好了，在書房裡看書，她一進去，阮成淵就合上了書，兩人一起出門。

不過她是回來陶府打理喪事，而阮成淵是去別的地方，她沒問，他也沒說。

若不是因得老太爺的事，她一個新婦也不能這樣頻繁地回娘家，阮大夫人特別的理解，清晨她先去了阮大夫人那兒，只抱歉地提一句，阮大夫人就拉著她的手。「出了這樣的事，妳就不用在乎這些有的沒的了，再是新婦，也是家裡出了事，府裡有誰敢胡說亂傳的，我定不會饒他們，至於府外那些嘴碎的，由著他們去瞎折騰就是。」

阮、陶兩家的關係，再加上聖旨下了後訂親沒多久，阮成淵因禍得福，阮大夫人對她真真是好得沒話說。

「昨晚抱著被褥站在門外笑，今兒迎夏端了洗漱的用具過去，也說大少爺樂呵呵的，看到她就猛然把表情繃住，奇怪得很。」

「樂？」

「對啊，笑得很……」子秋琢磨著詞兒該怎麼形容才得體。

「笨。」齊眉重新端起茶盞，喝了一口清香的茶，怎麼被她趕出去了還那麼高興？

莫不是神智恢復也不穩定，時好時壞的那種？

罷了罷了，現下這些不是重點。「快去請柒郎中吧。」齊眉衝子秋擺了擺手，去了趟清雅園。

迎夏跟著齊眉剛走出東間，就聽得外頭丫鬟在議論。「這二姨太的娘家可真不是吃素的，那麼大的火氣！」

「小家小戶沒唸過書，一點兒規矩都不懂。」另一個丫鬟撇撇嘴。「這樣大不敬的在陶府撒潑，也不看看時候！」

看來已經開始了，齊眉加快了腳步。

果然很是熱鬧。

大太太把顏家人領到了正廳，顏儒青面色鐵青得更是厲害，顏鄭氏一手叉著腰，一手護著陶蕊，一副得理不饒人的模樣。「我們家二妹呢?!你們陶家也太不是東西了！怎麼能這樣對待她?當時覥著臉吃咱們顏家白飯的日子還記得不?不記得我給你們數！」

大太太皺著眉，坐在正廳裡頭疼得十分厲害。

這樣潑婦罵街般的爭吵，她即使看過也不曾遇過，張口要說些什麼的時候，卻又被顏鄭氏堵了回去——

「陶大太太，看您這身子差勁的，臉白得跟紙似的。說什麼我們家二妹下藥?笑話！您這身板不下藥也沒長命……哎喲！」

話還沒說完，忽而一陣風，她被一下推得摔倒在地，腦袋磕了凳子，還好不是什麼尖角的地方，不然命可能都沒了。可這一推真是狠，她摔得整個人都不清醒了，半會兒集中了神智，看清楚面前站著的女子。

年紀不過十三、四歲罷了，也是一身孝衣，月白色的齊胸襦裙上是竹墨相交的花式，顯得尤為清淡素雅，一張臉長得清秀又柔美，不過比陶蕊還是差了那分媚骨。

穿得這樣得體，肯定不是丫鬟。

「齊眉。」大太太把那女子拉到身邊。

「娘。」齊眉衝她福身。
「我說！」顏鄭氏氣惱起來，竟然是原先那個體弱多病的陶五姑娘，她也是聽過名字的，不知交了什麼好運，身子好了不說，連夫君都從傻子變成了翩翩玉公子，成親那日她湊著熱鬧去瞧了，壯觀得她下巴都掉下來。
竟然是這麼個沒規矩的！顏鄭氏一聲怒吼。
齊眉看過去，好似這才發現躺在地上的人是誰。
「本來是想從外頭進來看看娘有何要幫忙的，卻不想還未進屋就聽著裡頭潑婦罵街般，還尋思府裡什麼時候進了這樣嘴毒心低的婆子，這種時候還缺心眼似地言語低俗的吵鬧，沒想到竟然是……」齊眉面上十分抱歉，衝顏鄭氏福了福禮。「是夫人啊，真是不好意思。」
顏鄭氏一下子氣得臉紅脖子粗，又想不出有力的話來反駁，熟悉她的顏儒青急忙把她拉到一邊。「這個女子不是好惹的。」
「有什麼不好惹的？我們不是理虧的！」顏鄭氏才不服氣，剛剛陶蕊那梨花帶雨的哭訴讓她的心都掰成了幾瓣兒，這樣欺人太甚的白眼府，有何要顧忌的？
顏儒青實則是被自家夫人的舉動鬧得有些站不住腳才出言阻止，他們再是有理的一方，也不能全憑陶蕊一個人說，總得要問清楚了，若真是陶家虧欠了二妹，他自當不會善罷甘休。但這樣上來就劈頭蓋臉的罵，真的是太丟人了。
「先請太太讓我家二妹出來吧。」顏儒青衝大太太拱了拱手。
大太太沈聲道：「大老爺下的懲罰，我作不得主。」

陶蕊沒想到大太太會拒絕，一下子愣住了。昨日不是還答應得好好的，她軟磨硬泡了這麼久，化開了大太太的心，怎麼就前功盡棄？不對，還沒有前功盡棄，顏家人素來不是好欺負的，認識那麼多權貴，若是陶家和顏家鬧崩，對陶家絕對百害而無一利。按著大太太的性子，啞巴虧一定是會心甘情願地吞下去。

「怎麼就不能出來？跟個活死人似的被你們關了兩年，是個人都得瘋！若不是宛白性子好，為人平和，早就被你們折磨死了！」

齊眉和大太太都看了一眼顏鄭氏，她確定她說的是顏宛白而不是別人？

新梅跟在一旁，到張羅著讓大家都坐下，又命丫鬟上了新茶。「春日容易生躁火，主子們試試新泡的茶，清心養肺的。」

顏鄭氏抿了一口，把茶往旁邊一放。「這什麼茶？還不如前些日子平甯侯爺從我們這兒買的那些，那都是送到皇宮的，生意做大了可真是惱人，事情又多又忙不過來。」

「成淵呢？」大太太問著。

「好似有事兒去了，齊眉也沒問他。」

顏鄭氏說了好一會兒，卻發現大太太和陶齊眉壓根兒沒有理會，也覺得無趣。正坐著，外頭通報，二姨太到了。

二姨太一路低著頭躬身進來，到了大太太面前就撲通一聲跪下。「太太！妾知錯了，兩年時間妾已經心如止水。求太太不要再折磨妾了，放妾一條活路吧！」

「我何時折磨過妳？」大太太覺得莫名其妙，等到二姨太抬起頭，屋裡的人都嘶了一口冷氣。

本來美得不可方物的美人兒臉紅腫紅腫的，肩處也是紅痕一片。

「太太，您這樣太過分了吧？」顏儒青好久未見到妹妹，一見她竟是這副模樣，心一下子疼起來，急急的上前一步。

「大哥。」二姨太一下子撲到顏儒青懷裡，小聲地抽泣。

「我顏某敬陶家，更敬大將軍的風骨，本是懷著悼念的心意過來，卻不想看了這樣可怕的事情。無法想像平時宛白在貴府是如何生活的，還請太太給一個交代。宛白再是錯，被折磨被打成這副模樣，太太給不了交代，以後顏某在外頭，保不准會做些什麼。」

顏儒青手都在微微地發抖。能在京城裡打出這樣一番天地的，自是有靠山、有本事，而且傳消息最是厲害，隻手遮天的本事是沒有，但是掀起大浪的能力總是有的。

大太太頓了一下，齊眉平著聲音說：「想來顏老闆還不知究竟是什麼事吧？」

顏儒青嘴抿成一條平線，敬他一聲老闆，他脾氣也下來些，道：「已經知曉得一清二楚，宛白被冤枉下藥，平白關了兩年，連老太爺的喪事都不許她出來，這和休了她有何分別？與下人的待遇又有何分別？若不是親眼所見宛白身上的傷，顏某不敢相信堂堂濟安公府也是這樣見不得光的。」

「見不得光的正是顏老闆懷裡的人。」齊眉站起身，外頭進來了兩個丫鬟，捧上了大盒子，打開放到面前。「這是二姨娘的罪證。」

「隨隨便便拿些藥就說是罪證？」顏鄭氏冷哼一聲。

緊接著柒郎中也入了府，福禮過後，顏儒青立馬上前。「您怎麼來了？」

柒郎中撫了撫鬍鬚，慢悠悠地道出當日的事情。

顏儒青一下子糊塗了，柒郎中的名聲他是知曉的，斷不會騙人，低頭看一眼還在抽泣的二妹，身上的傷又是實實在在的，況且蕊兒哭得那樣厲害，也不是假的樣子。

這時候外頭傳，西王爺、西王妃和姑爺到了。

齊眉有些愕然地側身，怎麼西王爺和西王妃提前這麼早回府？

眾人都紛紛向西王爺、西王妃福身。

簡單地問安福禮後，西王妃按捺著見到親人的激動心情，先坐到了一旁。

一年多不見，西王爺依舊是美得不像人間的男子，舉手投足之間就把屋裡的人迷了個遍。

「這次本王爺從西河來到京城，路上竟遇到了幾個不長眼的小賊，逼問罪證的時候，卻意外得了收穫。」西王爺笑了笑，看向齊眉。「竟是當年惡意要擄走五妹妹未遂的那三個跑路的賊子。」一說完打了個響指，幾名穿得威風凜凜的侍衛押進來幾個壯漢。

「妳可認得？」西王爺看著二姨太，笑著問道。

二姨太看都不看一眼那三個被押進來的人，不斷地搖頭。「妾怎麼會認得！當年出了那樣可怕的事，妾的心裡也是萬分焦急的，怎麼會有膽子做那樣的事！」

西王爺冷哼一聲，撫了撫衣裳。

二姨太見西王爺不吭氣了，立馬連著磕了十來個頭，而後挺直背，臉不紅心不跳，手直指著天發誓從未做過，否則天打雷劈。

齊眉看著她淚眼婆娑的模樣，好似回到了前世，母親病逝後，二姨娘跪在靈堂前，也是這般信誓旦旦道出絕無半點窺視正室位置的心思，好似天下人都把髒水潑到她身上一般。

怎麼前世今生這雷都沒有劈下來呢？

齊眉看著二姨娘哭哭鬧鬧，心裡湧上一陣淡淡的情緒。

西王爺這麼大剌剌地把她當年的事情說出來，如若顏家這回吃了悶虧，會不會拿出去亂說？

她自己清清白白，府裡人清楚，可別人不清楚，真有了茶餘飯後的談資，誰都不會拒絕。若一傳十、十傳百，傳開了的話……她當年見了血，幾乎都要暈過去才撐下來的……

齊眉手指甲扣得緊緊的，唇也抿了進去，眉心皺得十分厲害，只盯著眼前的二姨娘。

阮成淵一直站在她身後看著她的背影，無論她再怎樣強身健體，也是瘦小的肩骨，襯著一件孝衣只顯得越發的弱不禁風，他只需要伸出手臂就能把她環到懷裡。

「姨太太，您這樣可不行啊，若您不承認了咱們哥幾個，這西王爺是要治咱們幾個罪的！」忽地，那幾個壯漢裡長得最為粗獷的那位出了聲。

「真說自己沒做過，就對上一對，若不是妳，誰也不會胡說。若是妳，剛好當著這麼多人的面，看清了妳的心腸究竟是什麼顏色。」西王爺不愧是弘朝第一的美男，即使說話這樣冷冰冰的，也是冰雪那樣靜美的感覺。

忽地，一直在正廳裡的齊眉捂著臉，隱隱地傳來啜泣聲，眾人都疑惑著看過去的時候，她轉身跑了出去。

「這是怎麼了？」顏儒青本是被眼前的事越弄越糊塗，忽而見得齊眉哭著跑出去，有些茫然地問道。

大太太嘆了口氣。「本就是面皮子薄，西王爺這樣說出來當年的事，到底也……」

「是本王爺考慮不周。」西王爺略一沈吟，側頭看一眼登時就跟著追了出去的阮成淵。

英雄難過美人關，若不是這位「英雄」的鴿子飛到皇宮內他所住的寢宮，再加上他的「美人」看了紙條後在一旁極力點頭。他也不會難得帶齊英回一次陶府，就做這樣鬧騰的事。

二姨太又開始哭喊起來，句句都是血淚的控訴，聽得大太太只覺得腦袋裡都突突地跳起來。

第五十五章

阮成淵一路追著齊眉跑，迎夏也跟在後頭，跑得呼哧呼哧的。她這服侍的兩個主子不是一個原來癡傻、一個原來身子弱得得坐著睡嘛，這會兒怎麼就跟兩隻兔子似的，跑得風一樣的快。

阮成淵也是越追越迷糊。

不遠處那個瘦小的身影，奔跑的速度好像並不是覺得受了極大的屈辱才羞得跑出來的模樣，壓根兒犯不著跑這麼快啊，好似要去做什麼事一樣。

看得齊眉一拐彎跑進了花園，而後阮成淵也跟著跑進去，迎夏在後頭大叫一聲。「不好了！大少奶奶這不是要去尋死吧！」

花園裡可是有著清澈的池水，不深，但存心要死就是一盆水也能溺死人。

忽地一個身影騰地起來，直接從池水上使著輕功越過去，幾下就趕到了齊眉面前。

齊眉正跑得急，只覺得一陣風吹過來，一個人就憑空出現在面前，簡直嚇了一大跳。

「你……」齊眉只來得及說一個字，就被抱到懷裡。

「對不起，我只是想讓惡人得到懲治罷了，是我不對，沒想到會傷到妳，千萬不要尋死。」阮成淵的聲音帶著無盡的歉意和著急。

懷裡的女子很快把他推開，眼眸黑亮的看著他。「你會武功？」

阮成淵頓了一下，沒有任何要撒謊的意思，只輕輕點頭。

來不及深究這些，齊眉踮起腳，唇湊到阮成淵耳邊，明明已經是夫妻，阮成淵卻一下子被湧入鼻息的月季花香整得臉騰地紅到了脖子根。

齊眉細細地說了幾句。

阮成淵頓了一下，點頭說道：「在這兒等我。」

「園裡守著的現下只有清濁，你只需說你是姑爺，她會知曉你是我夫君。」齊眉囑咐著。

她說他是姑爺，是她的夫君……阮成淵點點頭，笑了。

齊眉看他一眼，嘴不由得抽搐了下，她也看到之前在東間裡，子秋提過的大少爺的傻笑了。

有什麼好這麼開心的，齊眉坐到亭內，這時候迎夏才追了上來，站在她面前福了個禮差點就跪下了。

齊眉嚴肅地看著迎夏。「剛剛過來的時候邊上可有別人？」

「沒，奴婢一路跑進來，下人們都在前頭忙活，這裡的人在打瞌睡呢，壓根兒就沒醒。」迎夏肯定地道。

「大少奶奶和大少爺可真是一對，兩人都跑得比什麼都快。」見齊眉沒有跳池的意思，迎夏放下了心。「剛剛奴婢還以為大少奶奶想不開，就在後頭喊了一句，忽然就瞅著大少爺一下子使了輕功，真不知大少爺這一摔，還摔得會武功了！」

迎夏的心思單純，但說者無心聽者有意。

「以後這話不許到外頭說，爛在肚子裡，知不知道？」

難得聽到大少奶奶這樣嚴肅狠戾的聲音，迎夏雖是不怕，但也知曉事情一定很嚴重，立馬就跪下道：「打死奴婢也不會說給誰聽。」

齊眉嗯了一聲，很快地阮成淵就回到亭子裡。

正廳的鬧劇在齊眉跑出去後消停了一陣子，二姨娘打死不認，這樣理直氣壯也是因得娘家人在的緣故，顏家可是得罪不得的。再說從父親母親過世後，顏儒青更是把她這個妹妹當寶貝，西王爺再是本事大把那幾個賊子真揪回來，她不承認就好了。

難不成還能逼著她認？

二姨娘抬眼瞄了大太太一眼，卻被邊上射來的一道目光整得一哆嗦，西王妃嫁給西王爺後，沒想到氣勢也上來了，原先只是冷冷清清，西王爺舉手投足都帶著王者的氣勢，而西王妃現下竟是有幾分冷眼看天下的意味。

懦弱的大太太生的兩個女兒竟是都嫁得這般好。上天真是非要和她作對，一個嫁了西王爺，一個是皇上親自下旨御賜的親事，還來了個反轉，傻子都恢復了神智。

二姨娘心裡放鬆下來，腦子又開始不停歇的運轉這些有的沒的，絲毫不覺得大禍臨頭。

齊眉被阮成淵扶了進來，睫毛垂下掩住一對美目，面上的淚痕還未乾，我見猶憐的模樣讓屋裡的人越發安靜下來。

齊眉咬著唇，看了眼大太太，大太太心下立即就疼得厲害，連忙招手讓她坐到身邊，齊眉走過西王爺身邊的時候差點兒滑了一跤，還好西王爺手腳快，虛扶了一把。

手中的硬物讓西王爺微微頓了一下，眸色一閃，掩在袖袍裡細細地摩挲了一會兒，唇角牽了起來。

齊眉剛在大太太身邊坐穩，二姨娘立時開始叫冤，話才喊到一半，被一個東西砸中了臉，當下就破了相。

顏儒青立馬站起來。「西王爺不要欺人太甚！」

西王爺笑了笑。「讓你的二妹看看打中她的東西是什麼。」

二姨娘臉正疼得厲害。看一眼地上。「是妾的紅木梳。」

西王爺瞟一眼那三個壯漢。「這就是當年的證物，這三個混帳東西從妳那兒拿的。妳把他們三人放走後，他們為防不妥，做了這樣的後招。」

這怎麼可能！二姨娘眼睛都瞪大了。「這紅木梳妾出屋子之前還用過的，新來的那些丫鬟婆子是不知曉，可原先給妾送飯的那四個聾丫鬟都可以作證，怎麼就變成證物了！」空口說白話也太過分！

大太太叫來了那四個聾丫鬟，問了幾句，清濁為首的四個丫鬟都是搖頭，雖不能聽，但口能言。

清濁福了身。「奴婢從未見過這個紅木梳。」

「妳！妳編什麼瞎話！」二姨娘氣急。

齊眉道：「姨娘若是覺得冤枉，大可拿這梳子和他們對質，若是他們說不出紅木梳的特徵，那這就是假的。」

從始至終，二姨娘就是不看那三人一眼，明顯是怕了什麼。

眾人都是愕然，西王爺也微微一愣，莫不是他會錯了意？

「但若他們說出來了，姨娘的所作所為縱使我能忍，法也不能容，濟安公府更是不會允這樣的人存在於世上。」齊眉冷冰冰地說道。

西王爺把侍從叫到身邊。「備好白綾和毒酒。」

二姨娘本是氣得哆嗦，卻又想萬一那幾個壯漢說出來了她豈不是死路一條。

正這麼想著，齊眉嘴唇微動，一旁的清濁撿起了紅木梳，領頭的壯漢看她一陣子，立馬道：「紅木梳上斷了一個齒，還刻了小字。」

紅木梳呈上去給西王爺看，果不其然。

白綾和毒酒擺到了二姨娘面前，她臉都白了，這是陷害，是不知道什麼時候就串通好了的，西王爺讓侍從把毒酒端到她唇邊，顏儒青立馬跪下來求情。

二姨娘掙扎著轉身，心裡惶恐至極，在看到三個壯漢後立時大叫。「我不喝！西王爺明察！他們根本不是當年那幾個人！這是陷害！是陷害！」

當年賊子被抓回來，是陶齊勇親手抓的，除了齊眉和齊英以外，連大老爺都不曾見過。

二姨娘說完話要再捂住嘴的時候已經來不及了。

啪地一個清脆的耳光聲，二姨娘被徹底打得倒在地上，捂著雪上加霜的紅腫臉頰，二姨娘眸子裡都是不敢置信，下了這樣大狠手打她的人竟然是顏儒青，從父親母親去世後，就一直帶著她，長兄如父般把她養大的大哥。

顏儒青的臉色比先前還要難看，原先只是被氣得臉發青，現下細長的眼裡都暴出血絲。

二姨娘那樣美豔妖嬈，顏儒青也毫不例外的生了一副好皮囊，雖是比不上西王爺半分，但畢竟在官場和商場間遊走數十年，再加上一身恰到好處的體面裝扮，不張揚也不質樸，把他襯得比文人墨士還要帶著書香氣。

「老爺您怎麼能動手?!」顏鄭氏嚇了一大跳，見顏儒青還要再打，忙上前想要攔住他，但一個婦人又怎麼攔得住暴怒的成年男子。

顏儒青把袖子一下子捲起來，又提起褲腳，猛地踹了二姨娘一腳。

二姨娘哀叫一聲，伏在地上淚都流不出來了。

毒打還在繼續，顏鄭氏跪到西王爺和大太太面前，盼著他們二人無論誰，只要開口說個話阻了顏儒青這瘋狂的舉動。

打二姨娘的是顏儒青而不是別人，但若是大太太或者西王爺出聲，顏儒青自然要停下。

大太太動了動身子，齊眉把手鑽到大太太手心，輕輕地按住她。

西王爺絲毫不為所動，眼角微微地翹起，靠在椅上似是看戲一般的悠閒。

一直在旁悶不吭聲的陶蕊也跪到顏鄭氏身邊，一抬起頭滿臉都是淚水。

齊眉眉頭微微動了動，原先陶蕊滿面淚痕哭訴時，眼神裡的驚慌和困苦都看得出虛意，眼下卻是真真切切的。她大概是沒有想到，明明算了這麼久的事情，想把自己的娘救出來，想讓她回到原來幾欲壓過大太太的位置上，卻沒想到弄巧成拙。

沒算到西王爺和西王妃來了這樣一齣，更沒想到之後的事。

顏儒青又狠狠地踹了一腳二姨娘，這動手打人的是她大舅，陶蕊也阻止不了，屋裡官職最高的是西王爺，而眼下陶府掌家的是大太太，所以顏鄭氏才會求這兩人開口。

只有陶蕊，下一刻撲到齊眉身邊跪下，聲淚俱下。「五姊姊，看在妹妹的分上，原諒姨娘吧，妹妹知道姨娘做了無可饒恕的事，但人的貪念總是一時的不是嗎？姨娘在園裡靜思己過兩年，大舅也把姨娘打成這樣，五姊姊、五姊姊妳說句話吧。」

事情的關鍵是在齊眉身上，眼前的一幕幕都是因她而起，只有陶蕊知曉該求什麼人才是最有用的。

齊眉抬起手，把陶蕊垂落的一縷青絲挽到耳後，她已經生得這樣嬌媚美豔，出落得比二姨娘要愈加傾國傾城，就像是一朵已經開到極致豔麗的花，只等著俘獲賞花人的心。

陶蕊睜大著眼，不知齊眉接下來會如何，手揪著她的衣裳，帶著滿滿的哀求。

齊眉瞥一眼已經奄奄一息的二姨娘，西王妃用眼神問她，齊眉微微地點頭。

西王爺忽而道：「停手，再打下去，顏老闆就再見不到自個兒的二妹了。」

顏儒青臉上都是通紅的，暴怒得好像什麼都聽不見，但西王爺一開口，他就立即停了手下的動作，轉身跪到齊眉幾人面前。

「宛白十歲後就是顏某帶著長大，無父所以無勇，無母所以無心，一切都是顏某的錯，沒能教導好這個妹妹。」說著顏儒青看一眼二姨娘，她雙眼布滿了紅紅的血絲，驚恐的看著他，內裡還帶著不解和憤怒。

顏儒青頓了下，聲音十分的平靜。「顏家人做了這樣的醜事，顏某愧疚萬分，可宛白嫁入陶家，便是陶家人，顏某恨不能打死她這個有辱顏家家風的，卻不能這般做。」

齊眉聽著顏儒青平靜的話語，接下來便如她所想的一般，說把二姨娘交給她來處置。

「都是過去的事了。」齊眉語氣也是平淡無奇。

「姨娘。」陶蕊喜極而泣的過去抱住二姨娘。

「但是，」齊眉聲音揚高了一分。「到了這一步，晚些父親就回來了，待父親來定奪吧。」

二姨娘輕輕地喘了口氣，原先大老爺那般喜愛她，縱使她做了什麼無法原諒的事，他怎麼也會看著原先兩人琴瑟和鳴的情分吧。

二姨娘想錯了，待到大老爺回來，得知了事情的前因後果，震怒得幾欲要當場就殺了她。「妳這個蛇蠍心腸的毒婦！妒婦！齊眉當年才多大，妳就處心積慮地要害！」

二姨娘渾身都是顏儒青打出來的傷口，面上全是紅腫不堪的瘀青，唇角還有已經乾涸的血跡，只能趴在地上，努力地往大老爺腳邊挪。「妾知錯了，求老爺不要殺了妾。」

外頭的人聽到響動，顏儒青一個箭步就要衝進去，被西王爺的侍從攔住了。

「殺了妳？髒了我的手！」大老爺嫌惡的把她一腳踹得老遠。「當時是抬了大禮把妳娶進門，權當我瞎了眼！妾就是妾，一點規矩都沒有，還心如蛇蠍。休書我已經寫好，帶著休書滾回顏家去！再踏入陶府一步，我定親手殺了妳！」

什麼一日夫妻百日恩……二姨娘耳邊響起了齊眉白日對她說過的話——

「妾就是泥，還是團濘泥巴，泥巴被人好玩的捏幾下，還真把自己當天上的雲了？」

「老爺不要休了妾，妾以後都在園子裡待著，再不出來礙老爺的眼！求求老爺了！」二姨娘拚盡了力氣地呼喊著。

休了她比殺了她還要悲慘，在這樣的當口被休棄，她還有什麼臉在外頭存活。

大老爺的腳被二姨娘抱住，十分虛弱的力氣，他蹙起眉頭瞥了眼原先曾短暫迷戀過的皮囊，聲音冷冰冰地說：「滾。」

顏儒青帶著渾身上下沒一塊好肉的二姨娘坐上了回顏家的馬車，馬車上沈寂得如墳墓一般。

顏鄭氏不知該說什麼，顏宛白已經半死不活，馬車離陶府遠了後，顏儒青才抱起顏宛白。「二妹……二妹還能說話嗎？」

半會兒後，顏宛白虛弱地動著唇。

顏儒青頓了下，眼眶一濕。「我若當時不打妳，妳現在就沒命了，西王爺和西王妃都在場，若是我下手不狠，打妳的就會是陶家的人，現在妳就不是躺在大哥的懷裡了。

「妳為何就這麼蠢，陶家人都因得當年我們顏家帶去的用度一類而心存感激，妳本可以過得極好，怎麼就這麼不安生？」顏儒青嘆了口氣。「也罷，就這麼留在顏家吧，大哥會養妳一輩子的。」

顏宛白再沒了反應，最大的打擊並不是別的，而是大老爺的嫌惡和唾棄，原先的誓言還聲聲在耳，如今已經不是過眼雲煙可以形容。

從來沒有想過她是會這樣被趕出陶府，大哥一直都很疼她寵她，大哥選的人就不會有錯，陶家果然一次次地闖過了難關，卻在如此平穩安定的時候把她一腳踹開，臨走前，陶蕊一直在後頭追著馬車，顏宛白示意讓馬車走得更快，陶蕊是陶家人，而她已經不是了，再和蕊兒接觸，只會給蕊兒帶來負擔。

休書捏在手裡，顏宛白閉上眼，心中沒有任何別的情緒，只是覺得心如死灰。

到了顏府，顏宛白被安頓回了自己的閨房，郎中來看過，上藥後，顏宛白怎麼都睡不著，一身的傷也動彈不得，只抬抬手，立時就有丫鬟過來。「誰？是清濁啊。」

本是要帶走這四個聾丫鬟，結果只有清濁願意留下來，其餘的都逃得遠遠的，生怕要陪她這個棄婦顏面盡失地回顏家。

清濁笑了笑，幫顏宛白掖好被褥。

大老爺靠在臥榻上，從顏宛白被趕出府後就再沒說過話，眉頭一直緊鎖著。

大太太進屋，端著剛親手做的糕點。「老爺吃一些吧，您晚膳也沒動過筷子。」

「吃不下。」大老爺手一揮。「來給我換衣裳，我想先歇息了。」

大太太把糕點放到一邊，很快地幫大老爺換好了柔軟舒適的寢衣。

躺在床榻上，大老爺悶悶地道：「妳也早些歇息，齊眉明日還過不過來？」

「我與齊眉說了，明日就不要過來了，今日剛出了這事，心裡最不好受的還是齊眉。」

「若不是礙著顏家的勢力，我真想一刀殺了那個蛇蠍心腸的女人！」大老爺狠狠地道。

本是要岔開話題，卻又一下被繞了回來。

大太太坐到床沿。「蕊兒還在府門口跪著。」

「讓她去跪，就要讓蕊兒看看清楚自作孽的下場，免得以後和那女人一樣腦子裡都是膿水，也不知她被那女人教壞沒有。」大老爺拉過大太太的手。「以後她就跟在妳身邊帶著，妳性子溫婉賢淑，蕊兒縱使是歪了的樹苗，有妳這樣好的長輩來引導，也能有重新長好的機會。」

這頭齊眉和阮成淵回到阮府，齊眉很快地就躺下了，阮成淵撫了撫齊眉的青絲，她睡得並不安穩的模樣。

次日一清早，阮成淵這回沒耍賴的讓齊眉來換衣裳，而是自個兒換了套樸素的衣裳，很快便出了門。

大殿上，皇上緊皺著眉頭。

大臣們上奏，當初新的兵將去邊關增援染上瘧疾，軍醫並沒有查出來導致延誤軍情，雖然所有軍醫都已經按照軍法處置，但現在又加了一條罪責，延誤了大將軍的病情，定是那些軍醫原先診治不妥當，才導致之後大將軍的病情反覆，最後落得病重而亡的下場。

這等赤膽忠心的三朝元老就這樣亡故，縱使追封為濟安公，以慰其畢生忠勇之功勞，背後的主使也必定要揪出來。

帶頭上奏的人是輔安伯，二十多歲的年紀，拱手在殿下，聲音洪亮，絲毫不為皇上皺眉而有所退卻。

鎮國將軍於國有功，受了重傷到如今也要拄著枴杖才能勉強挪動幾步，同是在邊關征戰的人，一個重傷，一個診錯病症而亡，輔安伯說出這樣一番話，抑揚頓挫的語調十分的憤慨。

只有皇上心知肚明，陶大將軍的死究竟是怎麼回事。

戲早在去年就開始演，如今再拆穿的話，比當時就要坦白大將軍亡故的消息還要難辦。君無戲言，若是被翻出來舊事而失民心，讓朝中眾臣私底下議論還是小事，最怕就是消息若是添油加醋的傳入邊關，將士們難免會軍心不穩。

看如今陶大將軍的遺體被運回京城，幾乎全城都在為他悼念，若是有什麼忠勇死士思想偏激，甚至有人蓄意在民間造成動亂，後果將不堪設想。

輔安伯沒有給皇上太多時間去猶疑，繼續拱手道：「微臣斗膽言明，此次大將軍之事，都深感悲痛，然而先有家父重傷在前，後又出了診錯病症導致痛失三朝元老。若軍醫真是庸醫也就罷了，但這次次都斬弘朝的大將，是否有所預謀？」

預謀，什麼預謀。

殿上越發的安靜下來。「最大的得益者，就是西王爺和陶家長子。」

殿上有人倒抽了一口冷氣。

輔安伯繼續道：「其一，家父重傷，大將軍立即請命掛帥出征，但陶家長子為何也要去？他不過是個武狀元，入了樞密院，還出了案子被關押幾日，無非就是急功近利，為何去到邊關，不是上前線衝鋒陷陣的陶家長子出事，反而是指揮眾人的陶大將軍出事？其二，西河與邊關不說相鄰，但快馬加鞭也不過幾日的路程，西王爺前去西河那樣蕭索的地方，滿腔抱負總會被磨光。」說著深深地躬身。「微臣斗膽猜測，西王爺和陶家長子合謀演了一場喪心病狂的戲！為的就是他們看得比命還要貴重的名利！請皇上明察！」

殿內霎時一陣喧譁。

陶伯全正要上前爭辯，被阮秦風的眼神示意地頓住了腳步。

輔安伯這樣做，無非是受之於人，若他在這樣敏感的時刻上前主動跳入他們設計的圈套，委實太過愚蠢和衝動。

第五十六章

「輔安伯今日就會上奏彈劾我。」西王爺抿了口酒，動作幾近優雅，瞟一眼窗外，坐在這京城最大的酒樓花滿樓裡，正好把街下的風光盡收眼底，而且這裡可以遠遠看到皇城。

「不必焦急。」對面的男子幫他倒了一杯酒。

「你倒是沈得住氣，被彈劾的是本王和陶齊勇，又不是你。」

「若說沈得住氣，那還當屬西王爺。被彈劾的是你，而你卻在這裡悠然自得地飲酒，說起彈劾的事來好似被小貓輕輕地撓了一下似的。」男子也端起酒盞。

西王爺哈哈大笑了一聲，舉杯示意與他一同乾了。「賢弟真是一針見血。」擦了擦唇邊的酒漬，西王爺眉毛一挑，細長的眼眸瞇起來。「做事也是果決得很，不與人商量，心中早就打好了算盤。

「不與本王商量，推說結親的事情先回來，你可知本王爺收到你腦子好了的消息，心裡震驚，表面還得和人演戲作假的心情嗎？」西王爺把酒盞往几上一放。「不僅如此，王妃還埋怨我半天，說我不把這件事告訴她。」

「西王妃本就與內人是親姊妹，她自是希望內人好。」阮成淵也放下酒盞。

「一口一個內人，你這樣直接壞了原來的計劃，把自己暴露在人前，之後的路若是走得有偏差，我一定殺了阻擋我前進的人。」西王爺眼神忽而狠戾幾分。

「若西王爺真心想殺，又如何會去大牢裡提了三個死囚到陶府演一齣戲。」阮成淵抿嘴一笑。「多謝西王爺相助，有了西王爺，再加上顏家理虧，顏老闆那人性子頗為正直，斷不會來陶府再鬧事。」

西王爺冷哼一聲。若不是齊英知曉了阮成淵這個死囚冒充的提議，難得主動柔情的模樣，他也不會頭腦一熱地答應。

罷了，他哪裡有資格說阮成淵，誰都是英雄難過美人關。

「輔安伯那樣大剌剌地在殿上說，西王爺在朝中並不是無人，況且還事關陶兄，陶尚書和我父親定是會出聲相助，輔安伯丟出的這個炸雷，不過是投石問路，看皇上對西王爺的態度罷了。」阮成淵說回了正事。

「你覺得皇上會如何平息？」

這樣大的一顆石子丟到湖裡，就算是會直接沈底也能掀起一陣不小的波瀾，阮成淵說得這樣輕巧，好似壓根兒就不是事一般。

「西王爺今日回宮，即可命下人收拾細軟了。」阮成淵道。

西王爺回了宮，寢宮內西王妃正讓一名宮女把手爐放下來。

「這是怎麼了？」西王爺幾步走過去，寢宮內的宮女和西王妃都福身行禮。「王爺。」

西王爺微微點頭，把西王妃攬到身邊來。

「剛剛皇上派人來傳話，說讓王爺您明日啟程回西河。」西王妃微微蹙眉，眼裡有些傷感。

好不容易回來一趟，連祖父的喪事都未過完就要走。她本以為至少能待上一個月，卻不想不過幾天就下了聖旨要回西河，她帶了不少東西回來，還好都送到家裡了，給德妃娘娘帶的補身子的藥材，也已經囑咐清楚她身邊服侍的大宮女。

「阮成淵真是料事如神。」西王爺道。

「什麼？」齊英不明白的看他一眼。

「沒事，讓宮女們收拾吧，妳去陪陪母妃。」西王爺手背於身後，緩緩地在殿外踱步。

抬起頭看著正是傍晚的天空，雲朵掛在暖橙的天幕之間。花草蟲魚，宮內的風景確實宜人。

那時他處理西河一帶的災情，得心應手，也收了無數民心，正急急地趕回來時，卻被阮家傻長子擋了道，他乘機把那平甯侯遠親的馬夫處理完就要上馬車，卻意外地把阮家傻長子帶上了馬車。

時間都過了兩、三年，他還記得當時車簾子拉下來，本以為是癡傻孩童一般的男子卻跪在他面前，向他投誠。

西王爺很快明白了，所謂的癡傻只不過是裝聾作啞。

「本皇子如何能信你？你如此工於心計，我又怎麼能知曉你會不會來害本皇子？」

西王爺的懷疑和不信任理所應當，阮成淵年紀不大，卻這樣隱藏著自己，阮府並不是什麼吃人的地方，而且阮家一直規行矩步，阮成淵為何需要裝傻。

跪在面前的人也早就料到他不會信任，拱手抱拳道：「二皇子聽草民一言，此次回宮，皇上定必要嘉獎二皇子，而二皇子本是打算坐上宮位否？」

話剛出來，阮成淵的脖子上就架了一把寶劍，卻並沒能傷到他。

「你不僅知曉我心中所想，而且還武功這樣高？」西王爺越發的訝異。

他再是不受寵的皇子，隨著德妃娘娘久居深宮，偷學武功近二十年才有現在的成就，阮成淵卻是輕易地就避開了他，連髮鬢都沒有亂一分。

「你到底是誰派來的？」

「草民只不過是想助二皇子一臂之力。」

那時阮成淵的聲音十分平靜安寧，不知道為什麼竟讓當時的他想起陶府內的五小姐，那時候他出了題，只有齊英和五小姐讓她眼神一亮，那個五小姐拿起筆，竟是要他來題字，語氣也是這般平和和篤定。

「此次二皇子回宮，定要懇求皇上派二皇子回到西河。」

「為何？」西王爺自是不願，立下了大功不要，反倒去那不毛之地？笑話！

「樹大招風。」阮成淵微微地抿起唇。「二皇子此次的作為已經讓平甯侯一方有所警醒，若是再待在京城，必定會有危險。如若二皇子反其道而行之，不僅能獲民心，皇上讚賞，還能保得性命安全。最重要的是，西河路途遙遠，更將會是二皇子的地盤。」

這時候馬車已經到了阮家，下馬車前，阮成淵回頭看他一眼。「若是二皇子肯信草民，那草民以後誓死追隨。若是草民失策，那草民甘願二皇子拿去這性命。」

「你為何要投奔本皇子？」西王爺不解的問。

「為自己，為阮家，更是為了保護一個人。」阮成淵淡淡地道，這時車簾子掀開，易媽媽把他抱下去，西王爺臨走前撩起車簾，剛剛還睿智的俊秀男子，又變成了個十足的傻子。

西王爺還記得自己走入殿內，平甯侯的眼神深沈又帶著點兒壓不住的狡詐。

從阮府到皇宮的路程並不長，他的心情漸漸平復下來。

當他平靜地說出想要再去西河的想法，皇上眼中透出一絲詫異，而平甯侯的拳頭也微微鬆開。

阮成淵說得沒錯，隱忍了這麼長時間，不在於這一時。

若他真的如原來所計劃的那樣接受了皇上的賞賜，肯定沒有今日這番作為。

待到他回到寢宮，探子來報，平甯侯那一方在他要回宮的消息傳來的時刻，就立馬有了動作，只等他無知無覺的落網。

再過幾日，他並沒有想到母妃會背著他提出要留在皇宮而不遠去西河的要求，他瞭解母妃，母妃本就不是官家小姐，一直在宮中這麼幾十年，母妃比誰都要渴望去外頭的世界看看，甚至是過尋常百姓家的日子，這一直是母妃心中的奢望。

之所以放棄出宮，並不是宮內那些人盛傳的，德妃娘娘吃不得苦，捨不得宮中的富貴榮華。而是為了他這個唯一的兒子。

有了母妃在宮內，平甯侯那樣狡猾的人定是會鬆懈一些。

不僅如此，知子莫若母，在他開口之前，母妃竟是搶先一步請求皇上把齊英賜婚給他。

從回憶中回神，西王爺舒了口氣，正要坐到石凳上的時候，兩旁的宮女福身。「德妃娘娘。」

西王爺抬起頭。「母妃。」

母妃一直以來就是溫婉嫻靜的模樣，不爭不搶，甚至在外總是顯得怯懦。

母妃是在有了他後，就沒了爭搶之心，否則區區一名宮女，再是認了魏侍郎為義父，也爬不到妃子之位，何況魏侍郎十五年前就去世了，無依無靠的她，只不過掛著個虛無的身分。而若不是母妃當機立斷帶著他去仁孝皇后那裡示弱，現在哪裡還有什麼西王爺？

「你身邊的謀士究竟是何人。」德妃娘娘微微地笑著，語氣一如既往的平淡。

「沒有什麼謀士。」西王爺自是不會說出來，阮成淵這樣突然的恢復神智，平甯侯一黨已經有所懷疑。所幸阮成淵只在阮府內張羅著修建新房，還婉拒了皇上讓他做官的好意。

「憑你這樣一頭熱的性子，沒個謀士如何能走到現在？」德妃娘娘不信，但看西王爺的眼神，並沒有再問下去。「也罷，只是你要仔細些，勿要再衝動行事。

「齊英性子雖是清冷，冰與火看似不相容，卻正正是能輔佐你的。」德妃娘娘笑著道。

西王爺微微動了動唇，母妃把他的謀士當成了齊英。

這樣也好。

沒幾日西王爺和西王妃便啟程回了西河。

因為皇上下旨太過突然，阮成淵與陶齊眉剛剛新婚不久，而濟安公的喪期也未過，西王爺便讓阮成淵暫且不必跟著他前去西河。

當初阮成淵就是被皇命下旨讓他跟二皇子去西河的，他之前能回來是因為要成親，加上他藉傷不出仕，沒有皇命他應該要繼續跟著西王爺的。

齊眉和阮成淵送別了西王爺、西王妃，兩人坐在馬車上，都是一語不發。

「我知道妳不想去西河。」阮成淵語氣輕柔地說出她心中所想，微微頓了下。

齊眉看過去，俊秀的臉偏著，正看著被風吹起一點的車簾子。

「有一個辦法可以讓妳一、兩年內都不用去西河。」阮成淵說著話，臉竟然微微地紅起來。

「什麼辦法？」齊眉聽到有辦法，自是身子靠近些，拉住他的胳膊。

「若是妳有……有孩子了，怎麼都要在這裡養著……」平素說起話來都溫文儒雅，或者帶點兒「狡詐」，一說起這方面的事，竟然結巴起來。

齊眉把「孩子也不是自己蹦出來」的話忍了下去。

阮成淵究竟如今是怎樣的人，又懷著怎樣的心思，她委實摸不透也不清楚。

「你怎麼會武功？」齊眉索性岔開了話題。

「自己從小偷偷練的。」說起這個，阮成淵倒是沒結巴了。

都以為他是癡傻兒，整日四處玩，每次上街，他都會去武學堂外偷偷地看，易媽媽雖是跟著他，也以為他只是頑皮。

每天的苦練並不是鬧著玩的，他心中有很大的擔子，還有一個很大的秘密。

「你……」齊眉頓了下。「你一直是裝的。」

「對。」既然他已經說開了，也就沒必要隱瞞什麼。

「為何？」

「現在不能告訴妳。」阮成淵頓了一下，認真地道：「以後若是有機會了，我一定會告訴妳。」

「那次花燈會，你還裝作不會放。」齊眉臉燒紅起來，今生他腦子恢復之前，自己都是理所當然地把他當成與前世一樣的人。「還有……」想她之前那些哄小孩兒的舉動，面皮本就薄的她有些掛不住。

「對不起。」阮成淵把她的手握到手心裡。「我之所以裝瘋賣傻都是有緣由的，我不想讓妳捲入危險中。」

馬車已經駛到阮府，兩人並肩回到屋裡。

阮成淵讓丫鬟放了熱水，打算沐浴。

齊眉退到內室，屏風上掛著阮成淵的衣裳，看著衣裳，她忽而想起了之前那個再沒見過的香囊。

阮成淵今生是裝瘋賣傻，那前世會不會也是如此？

齊眉心中生出了無可避免的疑惑，但這個問題是不可能直接去問阮成淵的。

她直覺地想去找阮成淵的那個香囊，齊眉仔細回憶兩人同住的這段時間，對！阮成淵最常待在書房裡。

匆匆地去到書房，書房內一張軟木梨書桌、一張太師椅，左側是臥榻以供看書看累了歇息，窗臺上的晉翠花瓶裡插著的依舊是月季花。

軟木梨書桌收拾得整整齊齊，一直有丫鬟來收拾，所以她從未親自動手過。

齊眉屏退了所有丫鬟，只讓子秋留在外頭守著。

四處翻找的時候她的心也怦怦跳起來，她還不熟悉現在性子的阮成淵，她這樣私自翻東西，再是他的妻室也終是不妥的行為。

但心中的謎團實在是越來越大，若阮成淵也是重生……

這樣的想法早就在心中漸漸形成，放在前世的她，想都不敢想重生這種事情會發生。可如今她就是重生而來的人，他人也並不是不無可能。

阮成淵總是坐在書桌旁，齊眉蹲下來，抽屜都收拾得井井有條，抽屜內的物品也是一目了然。

到了最底層的一個抽屜，齊眉看到了一個小小的錦盒，錦盒打開，正是她要找的那個香囊。

她手一碰到香囊，明顯感覺到裡頭是個硬硬的物體。

讓她錯愕的是，打開香囊內，裡頭是半塊玉珮，上頭刻著的字竟是「齊眉」。是她的閨名。

半塊玉珮的紋路十分清晰，和她那塊質地是一樣的，並不特別名貴，但卻看出了歲月的痕跡。

齊眉手有些微微顫抖起來，把自己那半塊玉珮和阮成淵的這半塊拼起來。

形成了一個完整的玉珮。
玉珮上的刻字連起來就是——「居安齊眉」。
外頭傳來咳嗽聲，子秋的聲音清脆的傳入書房內——
「大少爺。」
「妳怎麼在這兒？大少奶奶在裡邊嗎？」阮成淵正要推開門，卻被子秋攔住了，既然大少奶奶屏退了丫鬟，那就定是有什麼事，能拖一會兒便是一會兒。
「做什麼要攔我？」阮成淵見子秋的模樣，心裡起了疑惑。
他不喜歡別人隨意闖入他的書房，但若是齊眉在裡頭，他倒是不會介意，子秋是個心思細膩、做事沈穩的丫頭，也不知何故這樣攔著他。
「大少奶奶、大少奶奶她……」子秋不知該如何回答，阮成淵已經繞過她往前走。
阮成淵直接把門推開，發出輕微的吱呀聲，邁著長腿進去，在看到屋內場景之前，他確實有過一絲絲的疑慮。
子秋看著臉變成大紅蘋果的大少爺，不解地問道：「大少爺怎麼出來了？」
阮成淵手放在唇邊咳嗽了一下。「大少奶奶看書看得睡著了，妳別叫醒她，在外頭等著。」
「是。」子秋福身應下。
待阮成淵離開書房，子秋被喚了進去。
齊眉正坐在書桌旁，面前攤開著一本翻到一半的書。

「大少奶奶看什麼這麼入迷？奴婢還以為您在書房裡有別的事，若是看書的話也不必屏退丫鬟啊。還有您衣襟都散開了，都能看到雪白的肩膀了！」

「覺得有些悶熱，又不想開窗子，大抵是剛剛睡著的時候散開了。」齊眉攏了攏衣裳。

子秋念念叨叨地過來，幫齊眉把對襟外衣穿好，現下正是四月間，大少奶奶平素也不是貪涼的性子，今兒個看書怎麼就這麼不注意。還好是在府裡，能入得屋內的也只有她、迎夏還有阮家分配的幾名大丫鬟。

「剛剛大少爺來過了？」齊眉眨眨眼。

「是的，大少爺的臉成了個大紅蘋果似的。」

「啥？」

「奴婢就鬧不明白了，您和大少爺不是夫妻嗎？」子秋托著下巴，被齊眉推了出去。

「去屋裡等我，這兒沒妳的事了。」

待書房安靜下來後，齊眉動作迅速地把玉珮放回了原處。

走出書房，悶熱的氣息籠上周身，手心都覺得黏膩起來。

齊眉一個人走到花園去散心，阮家的花園都處處透著書香世家的氣息，翠竹環繞著花園。再過不多久就到了賞花的絕佳時節，花園內的花也開始爭妍鬥豔。

坐到石凳上，徐徐的微風拂面，夾雜著濕熱的氣息。

靠近了翠竹看，葉尖上已經不是嫩黃色的新葉，而是黃尖。

剛剛若不是子秋攔住阮成淵，現下已經是另一番景象。

齊眉抿起唇，情急之中，她隨意翻了一本書鋪開，而後自個兒斜斜地靠在軟榻上閉著眼，衣襟也拉開一些，果然阮成淵紅著臉出去了。若是走近的話，他就能看到被她緊緊握在手心的一塊完整的玉珮。她是重生時，才有這半塊玉珮的，前世並沒有，而阮成淵手上有玉珮的另外半塊……

果然，阮成淵也是重生的。

之所以不跟他攤開來說，只是因得完整的玉珮讓她心中的謎團越發加深。

齊眉固然是她，那居安又是誰？

這枚玉珮她搜遍了前世的記憶也絲毫想不起來，為何會落在她手上？又為何另一半在阮成淵這裡？

看阮成淵的種種表現，也不能完全肯定他究竟知不知曉她也是重生。

之前在邊關他發現瘧疾，又早就準備好了救命的青蒿，再之前莫名其妙地跟著西王爺前去西河。

阮成淵是有計劃地在動作，如若他那時是個癡傻兒，一切都可算作是巧合或者運氣，可阮成淵親口向她承認，他一直是在裝瘋賣傻。

前世或許不是在裝瘋，畢竟實在是太……傻了。

齊眉不自覺地憶起前世與他的過往，成親七年，縱使有了熙兒，她也從未靜下來想過自己對他的感覺，最初始是不甘，之後便認命了。

阮成淵問過自己喜不喜歡他，她毫不猶豫的說喜歡。

確實是喜歡，她一直覺得，對他，自己是像喜歡一個可愛小孩子一樣的喜歡。恢復神智後的他依舊保留了善良純粹的秉性，儒雅又沈穩，當然偶爾莫名臉紅起來另當別論，如今的阮成淵完美得無可挑剔。

拋去喜歡與否，她很想與他說自己也是重生來的，畢竟玉珮上齊眉指的是她，可居安又是誰？一想及此，她不能隨便冒險地向他坦白。

「大少奶奶！」迎夏咋咋呼呼地跑過來，福了禮後就大口大口喘氣。

「怎麼還是這樣毛毛躁躁的？妳隨著我嫁來夫家，陪嫁丫鬟就是我的臉面，妳還不收斂性子，別人會說我管教不嚴。」話是沒錯，但齊眉和迎夏都心裡清楚，擱在阮府不會有這樣的事。

阮家人待齊眉好得不行，哪裡還有什麼人會去嚼舌根？

迎夏笑嘻嘻地賠了罪，而後扶著齊眉起身。「大少爺找不到大少奶奶，便讓奴婢們都出來找。」

「還是子秋姊姊細心，說大少奶奶大抵是覺得悶熱悶熱的，定是去了花園納涼。」

「妳們兩個鬼精靈。」齊眉點了下迎夏的額頭。

主僕倆往園子的方向走去。

「大少奶奶，奴婢原先聽不少人說過，小姐們嫁到夫家，頭一年都會畏首畏尾的，婆婆也總會刁難，奴婢還擔心過好一陣子，結果擱在大少奶奶身上就是不一樣，瞧阮府的人待大少奶奶極好。」迎夏邊走邊美滋滋地說著。

齊眉瞧一眼她鼓鼓的香囊。「把月錢收好，財不外露。」這丫頭今晨領了月錢，看來是打心底裡的滿足和高興。

「奴婢知道了。」迎夏笑著道。

迎夏哪裡知曉，前世的她陪著自己過了始終看不到前路、也絲毫沒有後路的七年。不知她病發而亡後，回到屋裡的迎夏會是怎樣的神情。

齊眉輕輕地嘆口氣，都是過去的事了，再想也沒有用處。

回到園裡，阮成淵卻是忙忙碌碌的。

丫鬟們進進出出，顯得十分忙亂的樣子。

「怎麼了？」齊眉抓了個路過的小丫鬟。

小丫鬟急忙福身。「回大少奶奶，大少爺說園裡太悶熱了，要奴婢們去要了冰塊過來。」

還不用吧，現在才四月，哪裡就用得著冰塊了？那到了盛夏豈不是要泡到冰池裡。

齊眉走到屋內，阮成淵正從外頭回來。

「子秋說妳覺得熱，所以我讓他們把冰塊先訂好，免得到了夏日我們園裡的不夠用。」

「也太早了些。」齊眉悶悶地道。

看著阮成淵依舊清澈的眼眸，她差點忍不住的要問出來，居安是誰。

「妳剛剛在書房裡看什麼書？」阮成淵問道。

齊眉頓了下，她就隨便翻了一本，沒有來得及看書名。「隨便翻翻的。」

阮成淵察覺出她的不對勁。

「怎麼心事重重的？」問話的同時，大手試探地從她背後環住。十分親暱的姿勢，阮成淵頭低下來一些，呼吸正好在她耳旁。

齊眉就這麼由著他抱著，他的大手又收得緊了些。

「只是剛睡了一小會兒，還覺得有些懵。」齊眉順著之前編造的假象答道。

「是不是還想睡？再睡一會兒吧。」

齊眉點點頭，走到床榻邊，躺下後，說什麼就來什麼，不一會兒工夫眼皮就有些撐不住了，很快她便沈入了夢鄉。

阮成淵回了書房，在太師椅上坐下，鼻間飄來了熟悉的淡淡月季花香。

右側整齊擺放的書有一本位置微微地偏了，阮成淵抽了出來，翻開後正好有一頁是有些捲起來的。

這本書上的月季花香味兒最濃，看來剛剛齊眉看的就是這本書了。

《弘朝圖志》？阮成淵微微鎖起眉，齊眉看這個做什麼，還短短時間就看了一半？這上頭都是晦澀的字句，還有他做的不少標記。

「大少爺。」易媽媽端著茶點進來。

「放到邊上吧。」阮成淵頭也不抬。

「是。」易媽媽把茶點擺到一旁。

阮成淵看了好一陣子也沒想明白，一抬頭卻發現易媽媽還站在一旁。「是有何事要說？」

易媽媽猶疑了一會兒，道：「也不是什麼大事，只是老奴剛剛幫大少爺整理書桌的時候，發現屜子內被人動過了。」

阮成淵把《弘朝圖志》合上。「哪個屜子？」

「就是放著大少爺從小寶貝的那個香囊，最底下那個屜子。」易媽媽說著把屜子打開。

阮成淵把玉珮拿出來，忽而想起了什麼似的，把玉珮放到鼻間，十分清淡的月季花香。

齊眉動過了？為何要翻他的東西？為何獨獨只拿了這個玉珮？

「老奴打聽過了，剛剛只有大少奶奶來過。」

「我知道。」阮成淵把玉珮放回了香囊。

「大少奶奶進來的時候，讓下人都退下了，門外也只有子秋在守著。」易媽媽如實的道。

見阮成淵悶不吭聲，易媽媽以為他生氣了。

大少奶奶能嫁給大少爺，她比誰都要高興。看得出來，大少爺心心念念的人就是大少奶奶，剛剛大少爺直接把玉珮拿出來，易媽媽也總算看到玉珮上還有刻字，正是大少奶奶的閨名。

那這個給大少奶奶看到也沒有什麼大不了的，有真心喜歡的人並不是丟臉的事，何況那人還是自己的妻室。

「許是大少奶奶覺得好奇罷了，花樣年紀的女子都是如此。」易媽媽幫齊眉說著話。

阮成淵擰緊了眉頭，始終一語不發。

入夜後阮成淵才回到內室，油燈還是亮著的。

守夜的丫鬟道大少奶奶已經睡著了，阮成淵走過屏風，百子被裡拱起一個小團，只露出一個腦袋，烏黑順亮的青絲柔順的散落在枕上，人則面朝著牆的那邊。

阮成淵走到床榻邊，齊眉似是睡得並不安穩，身子動來動去的，眉頭也是微微鎖起，嘴裡呢喃了幾句，什麼也聽不清楚。

才剛碰到她的胳膊，睡夢中的女子不自覺地往牆邊上靠。

脫去棕緞綢面鞋，手腳伸到百子被裡，不經意碰到她的背，竟是又往裡頭靠了些。

阮成淵唇角浮起笑意，試探地再去碰她，碰一下就往牆那邊靠近一分，一來一去的，齊眉都要貼在牆上了。

沒忍得住地笑出聲，貼在牆上的齊眉眼眸微微地轉動一下，緩緩地睜開眼。

眼前極具壓迫感的牆壁嚇了她一大跳。

「妳醒了。」低沈的聲音從身後傳來。

齊眉側身，正好對上一對清澈的眸子，他唇角微微抿著，似是在忍著笑意。

「碰妳一下妳就會往裡靠，我不知道會把妳弄醒。」阮成淵把被子掖了掖，正好把兩個人都能蓋到的程度。

這時候油燈正好燃盡，屋裡陷入漆黑，所幸月色透過窗戶照進來，適應了一會兒，才勉強能看清眼前。

齊眉暗暗地扯了扯嘴角，之所以一碰她她就會往裡頭貼，還不是得虧了面前這個小霸王。前世那個孩童心智的阮成淵，睡覺的時候也和孩子一樣，四仰八叉的躺在床上，動不動就擠到她身上，非要緊緊地挨著。

若真是小孩兒，睡姿再不雅也不是問題，可阮成淵是堂堂七尺男兒，手腳大大地伸著，可憐的她就只能縮在內角。

還不都是你鬧出來的習慣！齊眉心裡狠狠地道，不自覺地瞪了阮成淵一眼。

她心裡嘀嘀咕咕，嘴上卻還是用著柔和的語調說：「習慣了。」她說得也沒錯，但那是睡著時候的事，阮成淵可是絲毫沒有印象。

「習……慣了？」聽得她這話，他怔了半天。

「是啊。」齊眉理所當然地點頭。都是你給整出來的習慣！

阮成淵沈吟了片刻，試探的把齊眉抱到懷裡，見對方沒有要推開或者掙扎的意思，輕輕地舒口氣。

月季花香和檀香很快地混在一起，紗帳落下來，裡頭飄滿了不會太香，而且還有寧神安定的作用的香味。

齊眉是半路被弄醒的，很快地眼皮就一搭一搭的要睡著了。

「妳今天去書房裡，是不是看到了一塊玉珮？」

阮成淵的聲音讓她一下子把眼睛睜開。

她直直地看著他的眼眸，探究他問話的用意。

阮成淵無奈地笑了笑。齊眉的眼裡有掩不住的試探，他憐愛地摸了摸她的頭，道：「那玉珮上的刻字是妳的閨名。」

「抱歉，我不該隨便翻你的東西。」齊眉把頭悶在他懷裡。阮成淵的眼睛太漂亮了，琉璃的光彩，又清澈如泉水，這樣近距離的對視總讓人有一種下一刻就會被吸進去的感覺一樣。

既然已經被他發現了，本來就是她的錯，就算會被罵也沒有關係，不如坦白的好。

「那塊玉珮是我一直戴著的。」阮成淵緩緩地說著。

齊眉心跳得有些快了起來，她重生回來後，手中握著的就是刻著居安的半塊玉珮，另一半她怎麼都沒想到會是自己的閨名，更沒有想到會是在阮成淵手中。

一直以為，手持另一半玉珮的人是把她掩埋的好心人，模模糊糊的記憶裡，她只能看到隱約有一個身影，邊哭邊挖著土堆，聲音十分悲戚和痛苦，好像失去了最重要的東西一樣，而哭聲卻很快地被馬蹄聲和怒罵聲代替。

她始終無法知道之後發生了什麼事，聽得哐噹一聲，她就陷入了混沌之中。

玉珮的主人也不一定是阮成淵，畢竟他不是姓居，字也不是安。

重生而來，她曾想著若有機會要尋找前世掩埋她的好心人，結果竟還是回到這個眼前的夫君身邊。

「齊眉是妳的名字。」阮成淵說得有些含糊。「也是世間上最動聽的兩個字。」

齊眉有些愣然，她的閨名祖母原先嫌棄成那個樣子，連母親也直說不吉利，他卻說是最動聽的兩個字。

她的心重重地一跳，不知道是什麼感覺湧上心頭，眼眶也濕潤了起來。

兩人沈默了片刻，齊眉還是問道：「那玉珮是哪裡來的？」

「是……我找人刻的。」阮成淵笑了笑。「一戴就是近二十年，另一半也不知有沒有，我拿到的時候就只有這一半了。」

他沒有說實話，若是唐突的將前因後果說出來，甚至坦誠他是重生的，懷裡的女子定是會被嚇到的。

「這樣啊……」齊眉的聲音小小的，透出了絲倦意。

阮成淵嗯了一聲，握住她的柔荑，成親後兩人從不曾有這樣靠著說話的時候。「以後妳若是要去書房，去便是，我……我的心都是妳的，何況是個屋子。」

醞釀了好一陣子，他終於鼓足勇氣說出來，卻半晌沒有回應。

低頭看了看伏在肩窩的女子，竟是睡著了，呼吸平穩，連氣息也帶著香甜的感覺。

阮成淵嘆了口氣，有些失望也有些釋然。

第五十七章

翌日清早，梳洗完畢後，齊眉去阮大夫人的園裡請安。

阮大夫人神清氣爽地坐在軟榻上，齊眉福了禮後就被拉著坐到身旁。

「濟安公的事如何了？」阮大夫人關切地道：「若是有什麼不便的，直接與我說便是。」

指的是她總要回陶府的事，畢竟是新婦，日日回去總是不好，前陣子因得顏宛白的事情，大太太讓她就暫時先不要過去了，自個兒平復平復心情，好好歇息。

「多謝母親關心。」齊眉牽起一絲笑意。「今日還是要去一趟，畢竟西王爺和西王妃回了西河，怕府裡事務太多……」

「幫我問候一聲，還有陶老太太，估摸著心情定是難以平復吧。」阮大夫人嘆了口氣。「這武將啊風光是風光，可那些風光都是以命搏來的，無法用值不值得來衡量，畢竟能做到濟安公那樣忠勇的，世間都難得多尋一人出來，只是苦了還在世上的……」

阮大夫人若有所感地嘆息著。「成淵如今也沒什麼事做，跟著妳回娘家，看看有什麼可以幫到的地方，也正好讓他多認認人。」

濟安公的喪事，來悼念的官員不在少數，阮成淵神智恢復過來，原先對許多人的記憶卻都丟得七七八八，阮大夫人便想著，趁著這個機會，讓他多露面，打通一些人脈。

阮秦風是堂堂大學士，阮成淵在邊關又立了大功，多少雙眼睛看著，這個恢復了神智的男子還能做出什麼了不得的大事情來。

齊眉福身應下了。

到了陶府，來悼念的人比之前要少了一點，阮成淵跟著大老爺去了書房，齊眉走到正廳裡，大太太靠在臥榻上，似是睡著的模樣，陶蕊正在幫她捶著腿。

「五姊姊。」陶蕊起身福禮，齊眉餘光瞥見她手都有些腫了起來。

齊眉擺擺手。「妳先回去吧。」

「五姊姊……」陶蕊不解地抬頭，好一對美目，恰如其分的濕潤，像小鹿一樣惹人憐愛。

可惜齊眉不吃這一招。

「妳手都紅腫了，女子的手可是很要緊的。」齊眉笑著道，叫來了陶媽媽。「妳去給八小姐拿些潤手膏，子秋帶著的，我記得有一盒是未動過的。」

「再怎麼說妳也是八小姐，給母親捶腿自是孝心，但不至於做到這個地步，讓別人瞧見了，還以為是母親刻意為難妳。」

陶蕊悶悶地退下，陶媽媽正要去找子秋，陶蕊一把攔住她。「妳去哪兒？」

「老奴找那丫鬟拿潤手膏。」陶媽媽福身道。

「不用了！再是沒有動過的，也是她的東西。」陶蕊憤憤地甩手，心裡的怒意只增不減。

「若是妳愛用的話，妳拿去用！」

陶媽媽哭笑不得地站在原地，她再是賜了家姓的老媽媽也終歸是個下人，哪裡能隨便用主子送的東西。

「陶媽媽！」子秋笑著走過來。「大少奶奶說讓我送潤手膏給八小姐，這會兒怎的不見八小姐的影兒？」

「八小姐身子有些不舒服，就先回屋子去了。」陶媽媽也笑著答，接過子秋遞來的潤手膏。「自從大老爺讓大太太先帶著八小姐後，八小姐就總跟在大太太身邊。」陶媽媽說著有些傷感起來。「是個可憐的小姐，我看著都不忍心。本是好好的，姨娘被休了，身邊的下人也被杖斃，換誰也受不了這打擊啊。」

用過午膳，齊眉去廚房泡了茶端去書房裡，大老爺正和阮成淵說著話。「你父親也來找了我，就看你自己的想法，文弘學堂和武弘學堂以你的身分都是足夠進去的，不用擔心年紀，二十來歲的少爺也有幾個還在學堂裡的。」

阮成淵卻是猶豫半會兒，齊眉把茶盞遞給大老爺和阮成淵，大老爺品了幾口，道：「齊眉的手藝真是好，茶都是跟著季節來的，現下這燥熱又不可貪涼的日子，飲這樣苦中帶著薄荷味兒的茶最是好了。」

「父親覺得好喝就好。」齊眉微微地笑著道。

「倒是不常喝薄荷葉泡的茶。」阮成淵抿了一口，確實滋味很特別。

「齊眉除了月季花以外就最喜愛薄荷葉了。」大老爺笑著道：「不只拿薄荷葉泡茶和做糕點，還縫了個香囊，裡頭裝著的都是薄荷葉呢。」

阮成淵握著茶盞的手微微一頓。

齊眉忙道：「原來在莊子裡的時候，劉媽媽給說的偏方，說是哮喘症的人發作，薄荷葉能緩解一些。」她還沒打算說出自己的秘密，於是謊稱如此。

大老爺面色沈下來。「別提那些個害人的傢伙，縱是死了也覺得心中不痛快，那樣狠毒心腸的人，應當送到刑部去處置，白白的死了真是便宜她們。」

齊眉和阮成淵都噤了聲。

大老爺不常發火，這段時日來兩次發火都是因得顏宛白的事情。

女兒和女婿都不作聲，大老爺自顧自地又說起來。「妳八妹妹倒是越來越懂事，我讓妳母親帶著她，總好過把她送回顏家，畢竟她身上流著的是陶家的血。」

「母親帶著八妹妹嗎？」齊眉問道。

大老爺點了點頭。「若是讓顏宛白那女人帶，保不准再帶出個心腸黑不見底的東西出來，妳八妹妹小時候那般可愛活潑，都是被顏宛白給帶成那副德行，還好來得及。」說著又停下來了，他自個兒要齊眉別提，卻又說了這麼多。

「成淵還是去文弘學堂吧，畢竟本就沒有武功底子，要學成才的話，少說也得十多年。縱使能窺得門道，怎麼都及不上大哥。」阮成淵岔開了話題。

大老爺放下茶盞，聽著他誇陶齊勇，想起如今大兒子還在邊關奮戰，面上多了分擔憂。逝去的人早已不在，在的人替了他的位置，以命護國之安泰。

快到傍晚時分，齊眉和阮成淵回到了阮家，丫鬟婆子都在忙碌著。阮家的規矩和陶家一樣，除卻早膳、家宴和慶宴一起用以外，午膳晚膳都是各自在屋裡等著府內的廚房送膳過來。

除去子秋和迎夏這兩個一等丫鬟外，阮家的另外兩個丫鬟，與子秋和迎夏的年紀相仿，都不過十八、九歲，一個叫初春，一個叫冬末。前世可沒這兩個丫頭的影兒，本就不大的園子裡，她只有迎夏，阮成淵只有易媽媽。

今生嫁過來，迎夏還打趣地說過，大少奶奶和大少爺這兒，春夏秋冬都齊了。

初春和冬末以前便是服侍阮成淵的，只不過不曾近身罷了，能近身服侍的，始終只有易媽媽。

如今齊眉嫁進阮家，易媽媽卻是輕鬆了一些。

今兒的飯菜是初春和冬末兩個丫頭張羅的，飯菜端上來，三鮮丁、清炒蝦仁、鮮蘑菜心和無字鹽水牛肉，色香味俱全，兩個人吃綽綽有餘。

齊眉微微地皺了一下眉頭，倒是也沒說什麼。

迎夏一看便道：「大少奶奶有哮喘症，吃不得魚蝦蟹，不然又得要發作的！」

冬末急忙拉著初春跪下。「是奴婢們的疏忽，大少爺和大少奶奶莫怪。」

阮成淵面色沈了下來。「把三鮮丁和清炒蝦仁立馬撤了，妳們倆罰扣月錢三個月，若是這三個月內還有什麼錯漏的地方，加一個月。」

冬末和初春的臉唰一下白了，三個月的月錢也太多了，初春張口要說話，冬末的眼眶霎時紅了一圈，但還是立馬拉住她。

齊眉看了眼冬末，挾了一筷子薄薄的牛肉片放到阮成淵碗裡。「別說她們了，我都要不記得自個兒有哮喘症，這清炒蝦仁做得這樣可口，我生下來到現在都沒試過味兒呢，莊子裡就別提了，娘家也從來沒做過，說起來我味兒都沒聞過呢，如今聞一聞也好。」

齊眉果真瞇起眼，吸了吸鼻子。「初春和冬末這是用心良苦啊。」

阮成淵被她逗得笑了出來，也知她實際是為兩個丫鬟說好話，擺了擺手。「罷了，妳們倆下去吧，今兒的碗就歸妳們倆刷了，以後可一定要記得事。」

冬末高興得臉都紅了，和初春一起磕頭謝過兩人。

用完了飯，阮成淵鑽到書房裡，齊眉由迎夏陪著在園裡散步，見得易媽媽在廚房門口背對她們站著，齊眉緩緩地走過去，正要出聲，就被裡頭的聲音打斷。

「大少爺可真是，原先就不理咱們倆，現在娶了大少奶奶回家，嬌貴得要命，居然魚蝦蟹都不吃，多少人一輩子都吃不到呢，她倒是端到面前還不要。」聲音略顯活潑，是初春在抱怨。

迎夏聽得毛都一下子炸開，正要挽起袖子進去打人，被齊眉一把拉住了。

「大少奶奶不是不吃，是吃不得。我老家那邊李大娘的孩子也是有哮喘症，十多歲就死了。」冬末嘆了口氣。「大少奶奶剛剛是為咱們說好話，若是沒得大少奶奶，現在看妳哪裡還有力氣抱怨，三個月的月錢呢！」

「得，這哮喘症還是富人病，咱們窮人得了便是死路一條，大戶人家的主子得了便是裡三層外三層的護著，大少奶奶也不過十三、四歲，身子看上去也不像得了哮喘症似的。」初春撇撇嘴。

冬末狠狠地掐了她一把，正要責罵她的時候，卻愣住了。

易媽媽沈著臉走進來，罵道：「妳們這兩個丫頭，真是不知輕重……」

冬末卻是沒有看她，結結巴巴地看著門口。「大、大少奶奶……」

易媽媽忙回頭，果然大少奶奶站在門口，面色是從未見過的陰沈，記憶中大少奶奶都是個溫婉柔和的人，看這模樣，大抵是聽到了兩個丫頭剛剛的對話。

「迎夏，掌嘴。」齊眉淡淡地說了句。

迎夏就等著齊眉這句話，早就按捺不住要動手了，上去就給了初春兩個巴掌，打得她倒在了地上。

冬末嚇了一跳，急急忙忙把她扶起來，一起跪下。

頭一次看到大少奶奶動怒，初春恨死自己這張嘴了，兩個丫頭都以為自己死定了的時候，面前卻半會兒都沒有聲音。

戰戰兢兢的抬頭，才發現廚房裡又只剩下了易媽媽。

「妳們倆，快把碗洗了，去大少奶奶屋前跪著！」易媽媽生氣地道：「我先去大少奶奶那裡探探口風。」

齊眉正在屋裡坐著，宣紙鋪開，子秋在幫她磨墨，迎夏氣呼呼地嘟囔。「怎麼會有那樣的人，大少奶奶一定要把初春和冬末都趕出去！」

子秋把迎夏拉到身邊，低聲問了幾句。

筆墨染到紙上的同時，齊眉覺得心裡好像也平靜了一些。

她確實是很生氣，氣的不是初春無理的抱怨。如果沒有重來一次，她的命比別人也好不了多少，陶府亦然，這世上無論什麼事都是需要自己爭取的。

屋裡很快安靜下來，門口有了點兒響動，子秋開門出去看，好一會兒才回來，等齊眉寫完了五頁紙，天已經完全黑了下來，油燈跳躍的光映在紙上，特別的晃眼。齊眉讓子秋把紙收了起來，坐到軟榻上。

易媽媽走了進來。「大少奶奶，初春就是那說話不過腦子的性子，您別放在心上，家裡一個有腿疾的娘，如今也是半死不活的樣子，冬末家裡就更難了……」

「那初春的嘴就該撕了才是！」迎夏憤憤地打斷。

齊眉連著仔仔細細地練了五張的字，覺得有些睏倦起來，揮揮手讓易媽媽下去。

易媽媽猶豫了一會兒，咬牙道：「初春和冬末還跪在屋外請罪，不知……」

「跪在外頭做什麼？我也沒讓她們跪。」齊眉愣了下。

子秋把窗子打開，果然外頭跪著兩個身影，春天的夜晚仍有著涼意，兩個丫頭洗碗的時候特意換上了粗布麻衣，跪了兩、三個時辰，人都哆嗦起來。

「讓她們起來，回去歇息去，明兒不做工了？」齊眉說著起身，讓子秋服侍她換寢衣。

易媽媽面上一喜，連聲謝過齊眉。

迎夏疑惑的道：「大少奶奶就這樣放過她們啊？」

之前看著大少奶奶讓她掌嘴，還以為至少要趕出園子裡，結果也就只打了那兩巴掌。

「初春的娘有腿疾，所以才會觸景生情，冬末家裡情況更是不好，況且冬末也沒說什麼。」齊眉笑著道：「我嫁進阮家還沒多久，哪裡能把兩個丫鬟都趕出去，難免被人說恃寵而驕，倒不如留著。」

第二日，初春沒出現，冬末紅著臉給齊眉梳髮髻。「大少奶奶，初春她身子不適，所以……」

昨日易媽媽站在門口，聽到了齊眉說的話，複述給兩個丫頭聽，初春一晚上都沒說話，在床上翻來覆去一夜，清晨起身，冬末去摸她的額頭才發現她起熱了。

「無妨。」齊眉笑著道。

初春是個嘴硬心軟的，雖是脾性不大好，但也不是沒得救。

正要起身，易媽媽進來福身。「大少奶奶，輔安伯夫人來了，大夫人叫您過去。」

阮家的花廳裡正熱鬧著，齊眉還以為滿是人，結果除了服侍的丫鬟以外，客人就只有輔安伯夫人。

輔安伯夫人正笑得花枝亂顫，阮大夫人坐在一旁微微蹙眉，心中甚是不快的模樣。

一上去，齊眉就向輔安伯夫人請罪，雖是突然叫她去的，但怎麼也是讓別人等著，記得上一次見輔安伯夫人的時候還是在平甯侯府。

很不愉快的回憶，平甯侯家算計了陶齊勇，把左元夏嫁入了陶家。

輔安伯夫人掩著嘴笑了起來，手裡捏著絹帕，虛扶了齊眉一把，手很快地抽回來，眉心幾不可見地皺了一下。

濟安公的喪事未過，齊眉自然是素衣素面。

阮大夫人招手讓齊眉坐下，側頭看了她一眼，滿意地點點頭。

上著湖藍色對襟上衣，下穿一條月白潑墨外裙，一支玉白的髮簪把一頭青絲鬆鬆地綰了個髮髻，看上去質樸，但齊眉這樣穿著卻別有一番韻味，素淡中不失柔美。

再看輔安伯夫人，穿金戴銀不說，好似恨不能把輔安伯府的貴重珠寶都戴在身上似的，牡丹薄水煙逶迤袘地長裙已經夠嗆，裙裳上還鑲嵌著不少珠寶，阮大學士乃是朝中重臣，雖與陶伯全都屬清流一派，但到底沒有陶家那樣極端的風骨，偶爾不可避免地收一、兩次貴重的禮，也是有的。

齊眉餘光也打量了輔安伯夫人一番，左家的男女都是生得一副好皮囊，輔安伯夫人是平甯侯的長女，金銀珠寶滿滿一身，卻生生地把她的花容月貌逼得驟減了幾分，隱隱透著說不出來的俗氣。

輔安伯夫人拿起絹帕，撫了撫衣裳，阮大夫人起了身，一旁齊媽媽立即過來扶著她，阮大夫人笑著道：「我這大抵也是上年紀了，坐一會兒就覺得耳朵嗡嗡叫，也頭暈目眩的。」說著看了齊眉一眼，道：「就讓長媳婦與妳閒聊吧。」

待到阮大夫人離去，輔安伯夫人面上閃過一絲不悅的神色，她堂堂輔安伯夫人，又是立了大功的黃家人，再者還是平甯侯的嫡長女，阮大夫人這點兒面子都不給。

不過想起自己過來的事，輔安伯夫人面上很快浮起了笑意，道：「倒是不知妹妹也在這兒。」說著看向齊眉。

一開口就壓著她的身分，輔安伯如今不過是繼承了他爹的爵位，黃家再是有實力，也是攀著平甯侯這一枝才穩步上前。鎮國將軍若不是原先去邊關受了重傷，也不至於這麼早就讓其子繼承爵位。

齊眉微微地笑了笑。「午後還是要回去一趟的，西王爺和西王妃奉了聖旨回去西河，家母思念神傷。」

輔安伯夫人驚訝地道：「西王爺和西王妃這麼早就回了？濟安公不幸逝去，為人孫女和孫女婿，怎麼也要過了頭七才好。」

頭七早就過了，齊眉心裡暗道。這輔安伯夫人來一趟，大概是為了探口風。

阮大夫人是個聰明人，和母親雖然都是疼愛兒女的人，但比之母親，阮大夫人身上可沒有那股柔弱勁。

自然是看不慣輔安伯夫人，也不屑衝著個小輩阿諛奉承，她是阮家的大少奶奶，和輔安伯夫人是一輩的，阮大夫人叫她來接待，一點兒問題都沒有。

只不過看輔安伯夫人的意思，就是衝著她來的，是來幫平甯侯那方探口風。

若不是輔安伯在朝上鬧那麼一齣，西王爺和西王妃又怎麼會匆匆離去。

「西河畢竟不是安康之地。」齊眉道：「再者早回的旨意是皇上下的，若是輔安伯夫人覺得忿忿不平，大可領了宮牌，前去稟奏一二。」

先不說女子不得干政，對皇上下的旨意有異議，就能被有心人捏著參上一本。

輔安伯夫人的面色一下子不好看起來。

本就是輔安伯被授意做出來的事，皇上這樣的決斷已經是最明智的了，如若真的按照輔安伯所說的查下去，不用想都知曉已經被布下天羅地網，而西王爺一走，天高皇帝遠，即使要興師問罪，一來一去的路程就得耽擱上大半個月。

平甯侯這把火沒燒到，也不知會不會氣得跳腳，齊眉端起茶盞抿一口。

西王爺無論才貌都過於出眾，性子急了些，但好在身邊有阮成淵這個沈穩的輔佐。

那日西王爺抓了三個死囚來陶府幫她解決了顏宛白的事，阮成淵焦急的言語裡已經直接透露出是他的意思。知曉了阮成淵是重生的以後，也並不難想到是為何。

既是重生，便是知曉前世的事，她前世的遭遇阮成淵都知曉得七七八八，今生她能想到顏宛白是個心腸壞的，阮成淵亦然。

只不過為何阮成淵要出手幫她，還短短時日就把這麼多破綻暴露在她面前？

苦苦的茶味過後，口中都是苦盡甘來的甜意，對面咳嗽一聲，齊眉把茶盞放下，看著已經得到重要訊息的輔安伯夫人，已經是一副急於離開的模樣。

遲早平甯侯一方能知曉西王爺和西王妃已經離開京城的消息，在這個節骨眼上，本就是輔安伯參奏的東西，平甯侯一方絕對不會在路上對西王爺和西王妃動手，否則就是搬起石頭砸自己的腳，那頭才義憤填膺地懷疑，這頭就遇害，那明眼人一看就能知道是誰做的。

況且輔安伯夫人不時地打量她，無非就是揣測她話裡的真實與否，她若是遮遮掩掩，又或是刻意說了錯誤的消息，等到輔安伯夫人回府裡一對，只會更讓人懷疑西王爺和西王妃，甚至陶家的用心。

輔安伯夫人坐了一會兒便起身離去了，這時候齊媽媽才匆匆忙忙地過來。「午膳備好了，大夫人請您……」

「不了。」假惺惺的模樣，輔安伯夫人看了就煩，從心底生出來的優越感，她才不想與這一家文謅謅的人用膳。

坐上馬車，在車裡不停地撫著袖子，總覺得剛剛碰到了齊眉的袖口，染上了一身的晦氣一般。

齊眉去了阮大夫人屋裡，阮大夫人笑著讓她坐到身旁。「陪我用飯吧。」

齊眉福身應下，很快地菜餚擺上來，並不是特別準備的宴席，阮大夫人就打定了輔安伯夫人不會留下。

普通的家宴，菜的味道卻是極好，阮大夫人和齊眉說起話來帶著笑意，十分和氣。飯後，阮大夫人嘆了口氣。「如今成淵恢復了神智，卻總讓我琢磨不透。」

「母親怎麼會有此一說？」齊眉訝異地道。

阮大夫人擺擺手。「原來還是個小孩兒一般的時候，說起話來是稚聲稚氣，做事也愚笨，沒少氣到家裡人。可是這一恢復了，卻總覺得生出了距離感，每日隨著大老爺出去，跟著大老爺回來。」說著看向齊眉。「我看著他是個聰慧的，可剛大老爺命人傳消息回來，準備文弘學堂的應試，他卻是錯了不少不該錯的試題。」

「許是還未習慣。」齊眉笑著安慰。「原先也沒有刻意上過學堂，再是聰慧也總得有個時間。」

「我倒是無妨，氣的是大老爺啊。」阮大夫人深深地嘆了口氣。「原先就盼著他能有個恢復的時候，他二弟也不是個能成才的，大老爺有時候都愁得吃不下飯，現下總算是盼到了成淵恢復，又在邊關做了那麼大的事，誰承想，恢復了後還不如從前一般。」

齊眉把茶盞遞給阮大夫人，阮大夫人接過抿了口又放下。「不想喝了，喝得一肚子水，煩得肚子都要脹起來。」

一個丫鬟接過了茶盞，端著出去了。

齊眉退出屋子的時候遇上了齊媽媽，齊媽媽正在數落剛端茶出去的丫鬟。「紅彩小祖宗，茶水又被妳給灑了，做事總是這麼不利索！」

紅彩慌忙跪下。「媽媽饒命！」

齊媽媽看著齊眉出來，忙福身行禮，紅彩也脆著聲音。「大少奶奶。」

齊眉被子秋扶著回了園子，園子大門正中的牌匾是齊眉去花廳之後才換過的，嶄新的牌匾上寫著「攏園」。

子秋與婆子們閒聊的時候聽說了，大少爺在大少奶奶嫁進來之前就插手操辦親事，如今連這牌匾也要操心，是他親手寫上去的。

齊眉看著攏園兩個字，字尾勾勒的筆鋒和之前西王妃寄來信箋中的字跡頗像。為何阮成淵那時候要寫信？如若西王妃不知，阮成淵也拿不到信箋。

之前她本想著，阮成淵是為了要拉攏西王妃，順勢對她越發的好起來。可之前西河寄來的信箋，字字句句都讀得出真切的感覺，並不是刻意而為之。

齊眉搖搖頭，怎麼想都想不明白。

人很容易被習慣所俘獲，而一旦被俘獲了，便很難再跳脫出來。

世人總把改掉習慣這話掛在嘴邊，說得好似真的可以改一般，實則比上青天還要難。

習慣是嵌入心底、腦中，在你遇上事情，看到某個場景時，比什麼都要快地出現反應。

從齊眉今生第一眼見到阮成淵，洶湧而來的記憶再豐富，與他相處的日子再長久，於她心底深處根深柢固的，便是和阮成淵那些年的感情。

是感情而不是愛情，這個認知在她心底早就扎根了。

再是成年男子的模樣，說話做事都是個孩童，沒有哪個正常的年輕女子會對一個孩童起愛情的心思。

好的便是起憐惜或者照顧之情，壞的便滿是嫌惡和不滿的感覺。

而齊眉恰恰是處在兩者的中間，不會覺得嫌惡，也不會起憐惜。

若果她真能摒棄習慣所帶來的感覺，她大抵是能發現，前世最後那幾年，她其實已漸漸地依賴起他來，依賴那個孩童一樣的阮成淵。

前世兩人如過家家酒一般的姻親，相似的人生，不算好的緣分，把兩人牽在了一起。

齊眉坐在攜園裡，略帶些燥熱的天氣，子秋在一旁輕輕地打扇，拂來的風也是帶著濕熱的氣息。

齊眉揮揮手，子秋立馬停下來。「大少奶奶心裡有事情。」子秋跟了她這麼長時間，齊眉的一舉一動都逃不過她的眼。

齊眉微微點頭。「是有事情。」

她沒說出來，只是抬眼遠眺，厚重的雲朵層層疊疊，把春末的太陽遮得乾乾淨淨，由裡到外的悶熱預示著一場大雨即將來臨。

子秋扶著齊眉回了屋子裡。想著阮成淵快到回來的時辰了，齊眉讓迎夏和冬末去準備木盆，也不知阮成淵會不會淋濕，無論怎樣先準備好熱水沐浴，再備一套乾爽的衣裳總是好的。

阮成淵回來的時候並沒有淋得很厲害，左肩被淋濕，腳底帶著泥濘，衣裳角也被打濕了。

看著正好蒸騰起水氣的屋裡，阮成淵眸中閃過一絲喜悅。

「大少奶奶怕大少爺會淋濕，說萬一染上風寒就不好了。現在的天氣乍暖還寒，最是容易被寒氣入侵。」冬末笑著道。

阮成淵泡在木盆裡，一下就想像出齊眉說這些話時的神情，一定是皺眉看著外頭的雨，明明嘟嘟囔囔卻又要裝得成熟的模樣。

以前與癡傻時候的自己相處時，齊眉就會不自覺地端在姊姊的位置，如果不是有過十分少的肌膚之親，他們倆倒是更像姊弟。

阮成淵思及此，又嘆了口氣，不知這一、兩個月的時間，齊眉心裡究竟想的是什麼。

屋裡的男子心思凌亂，齊眉卻一直坐在外廳看書和練字。

等到木盆被撤走，她便放下筆走了進去，阮成淵剛換好了寢衣，走近一些就能聞到他身上夾雜著淡淡水氣的檀香味。

很快地冬末和迎夏又把晚膳端上來，齊眉和阮成淵面對面的坐著，十分安靜的一起用了飯。

阮成淵沒有去書房，齊眉把被褥展開，爬上床榻，阮成淵也跟著坐過來。

「你在文弘學堂的應試為何錯那麼多題？」齊眉忽而蹙著眉側頭問道。

阮成淵微微一愣，這語氣、這不經意流露的神情，和前世的她一模一樣。

齊眉前世的願望就不大，只是想像許多平凡人家的妻子一樣，能有個稍微出息點兒的夫君。可惜他前世那榆木腦袋，能把古詩讀順溜已經是奇蹟。

那時齊眉搬著小凳子守在他身邊，如果背錯了字就會拿藤條打手心，而質問他的語氣和剛剛沒有任何區別。

齊眉下手從來都很輕，藤條似是拂過手掌心一樣，一點兒都不疼，還有點兒癢撓撓的。

悶聲不吭地睡在床榻上，油燈也滅掉了。

今生的齊眉，難道還是把他當成原先的小孩子？事情都在改變，而有些卻是不變的，可他不希望齊眉對他的感情像前世那樣。

「其實試題也不會很難吧，你肯定是粗心了。」齊眉又說了起來。「你本來就是個聰明的人，也不要著急，今天母親與我說了幾句，父親很著急你，但越著急就越做不好，如果真的不能習慣現在的生活，放鬆幾天也是好的。」

還在嘮嘮叨叨的齊眉，忽然就噤聲了，她的腰被大手環住，阮成淵從後頭把下巴枕在她肩窩上。

「妳問了我這麼多問題，我想問妳個問題。」

近距離的氣息和聲音噴在她耳畔，癢癢撓撓的，和前世被擁住的感覺不一樣，前世多少有些小孩子和她撒潑或者耍賴的感覺，今生無論是親吻還是擁抱這樣的親密舉動，都在時時刻刻的提醒她，這個阮成淵是實實在在的男子，而不是什麼孩童。

「什麼問題？」齊眉的臉騰地一下紅了。

「妳喜歡……吃栗子糕嗎？」阮成淵恨不得咬掉自己的舌頭才好。

齊眉詫異地啊了一聲，怎麼忽然問這樣的問題。「喜歡啊……」

「喜歡就好。」阮成淵悶悶地道，牛頭不對馬嘴的對話讓他心情壓抑起來。

兩人這麼近距離的擁著，阮成淵不捨得鬆手，齊眉也沒有掙扎，本就是夫妻，這樣的舉動應該算是尋常的吧？

漸漸地，齊眉卻覺得身後有個東西越來越硬，模模糊糊的記憶浮現上來，她很快明白了是什麼，臉即刻炸紅起來，還好是背對著他。

不安的動了動身子，卻反倒被動作帶得蹭了幾下，身後的喘息聲即刻粗重起來。

「別動。」聲音暗啞低沈，帶著掩不去的情慾。

齊眉馬上乖乖地不動了，手暗暗地搓得很緊，心也跳得特別快。

身後的人猛地鬆手起身，齊眉聽著響動，也不好意思回頭去看，直到屋裡安靜下來才悄悄地轉頭，暗暗的屋內只有她一個人。

她躡手躡腳地站起來，聽到阮成淵正在交代守夜的冬末——

「去給我打盆冷水來。」

「大少爺，奴婢去給您燒熱水吧，扇子用力搧幾下，很快就好了。」冬末忙道。

「不用，就要涼水，馬上去。」

聽到阮成淵坐下的聲音，很快冬末端著面盆進來，阮成淵直接把涼水往臉上潑，看得冬末嚇了一大跳。

「大少爺怎麼了？」冬末邊問邊疑惑地望向屋內，卻什麼都看不到。

阮成淵沒有回答她的話，覺得稍微平復了一些後才回到屋裡，齊眉還是他出屋時候的姿勢，面朝牆的側躺。

在他躺下來後，她以帶著些睡意的聲音問道：「出去做什麼？」

「拿涼水洗了把臉。」阮成淵如實回答。

「為什麼？」

他吸了口氣，有些無奈地道：「我熱。」

齊眉嗯了一聲，身後很快地呼吸平穩起來。

她轉過身，看著閉上眼的阮成淵，側臉也好看得不像話，還是一模一樣的容貌，卻變了性子，也會做些奇奇怪怪的舉動。

雖然還無法互相坦白，她也斷不會輕易暴露自己，但有人說過，前世五百次的回眸才換得今生的一次擦肩而過，她和他兩世夫妻，前世無法相守，今生也不知能不能相攜。

第五十八章

阮成淵還是進了文弘學堂，阮秦風實在是太想兒子有出息了，縱使應試不如人意，文弘學堂的人稟奏了皇上，也讓他進去了，只因他是由癡傻變得如常，又為國立過大功，可見是可造之材，理由充分。

皇上本就被國事纏身，想都沒想就點頭，文弘學堂的牌子上，大筆一揮就寫下了阮成淵的名字。

居玄奕是太學品正，在文弘學堂老老實實地跟學和做事，自阮成淵成親之後再沒相見的兩人，無可避免地在學堂中相見。

居玄奕一襲白衣，髮髻上綰著的玉石簪子與玉石腰帶完全相襯，提筆抿唇在寫著什麼，周身都透著無法掩飾的貴氣。

「太學大人。」

聽著聲音，居玄奕抬頭，笑著道：「阮兄來了。」

「他既然來了這裡，就自不是兄，而是學生了。」阮秦風走進來。

「阮大學士。」居玄奕立馬起身行禮。

阮秦風擺擺手，把四處打量的阮成淵拉到他身邊。「原先你倆就是有過交情的，但他來這裡就是為了學問的，若是他有什麼學不好的地方，你可別念著原先的交情手下留情。」

這敢情是帶了小孩兒過來拜學的？好歹也是堂堂七尺男兒，抬眼一看，阮成淵十分好奇地在屋裡四處看，舉手投足雖是大家風範，眼神裡的稚氣卻還是掩不去。

居玄奕了然地笑了笑。「大學士還請放心。」

阮秦風把阮成淵留在了文弘學堂，居玄奕坐回了位上繼續寫字，皇上前兩天下令讓他重新審查《弘朝圖志》，不是大事卻十分磨人。

阮成淵搬了把椅子坐到居玄奕對面，似乎對他做的事情特別感興趣。「太學大人在做什麼呢？」

「別叫大人，聽著太奇怪，還是叫我居兄吧，哪裡那麼多規矩。」

阮成淵笑了笑。「居兄。」又探頭看一眼。「這是《弘朝圖志》吧，前幾天媳婦也在看。」

握著筆的手微微一頓，居玄奕心情瞬間糟糕起來。「賢弟快去學堂吧，要開課了，免得去得晚了被罰站。」

平甯侯正和輔安伯在侯府的書房內，皇上賞賜了兩家特級西湖龍井，一家是輔安伯府一家是濟安公府，一碗水端得四平八穩。

平甯侯一口也不喝，直把茶盞往地上一摔。「糟心的事兒這麼多，哪裡還有心思喝茶。」

「岳父可莫要動怒，畢竟是皇上賞賜的茶，這樣摔了被人知曉，免不得被說錯處。」輔安伯忙道。

丫鬟很快進來收拾地上摔裂的碎瓷。

平甯侯悶聲悶氣地說：「還怕誰說，這侯府是我的，我的地盤上誰敢造次？」

丫鬟收拾好了便腳步輕盈的退到屋外，遞送到廚房外頭專門放置這些碎裂物件的地方，正要轉身的時候瞧到廚房裡站著大少奶奶陶齊清，忙上前福禮。「大少奶奶。」

陶齊清看她一眼，笑著繼續做手下的活兒。

「哎喲大少奶奶，這活兒就讓奴婢來做吧！」掌廚的出去了一趟，剛巧這時候回來，才一會兒工夫不在，這個大少奶奶就又開始自己動手。萬一燙了哪裡、傷了哪裡，她有十個腦袋也賠不起。

陶齊清擺擺手。「妳不會做我要做的菜餚，大少爺只吃得慣我的。」

掌廚閉上了嘴，還是不放心地守在一邊，幫忙做些簡單的切菜一類活兒，直到菜餚出了鍋，大少奶奶身邊的丫鬟端著出了廚房，掌廚這才舒了口氣，總算把「姑奶奶」送走了。

大少奶奶是濟安公府的三小姐，聽說是長得最磕碜的一個，至少掌廚的看著大少奶奶也覺得作為大戶人家的小姐，這容貌過於平淡無奇了些。

可別說，人其貌不揚，手段卻是厲害。

大少奶奶嫁過來這麼長時間了，雖是還未有孩子的消息，但至少是平平安安的，在他們下人面前，大少爺和大少奶奶也算是琴瑟和鳴，大少爺除了家宴，其餘的時候總是要吃大少奶奶親手做的菜。

「大少爺。」陶齊清福身行禮，屋裡充斥著淡淡香味。

左元郎擺擺手。「說了多少次了，叫我元郎就好了，成了這麼久的夫妻，叫少爺多生分。」

陶齊清溫婉地一笑，那張平淡無奇的面上綻出了光芒一般。左元郎瞇起眼，把她拉到了懷裡。

「先吃飯。」陶齊清推了左元郎半天，捶著他的胸膛，面上的嬌媚盡顯。

左元郎滿意地啄了她的唇，打橫抱到屋裡。「對，先吃飯。」

丫鬟們等了老久都沒見屋裡有動靜，心知飯菜又要再熱一趟了。

一陣春宵過後，左元郎心滿意足地去吃飯，陶齊清半會兒才撐起身子坐起來。在床下摸了半會兒，暗格哢噠一聲，一個精美的小盒子就露了出來。

把小盒裡頭的膏藥抹在手上，聞了一聞只覺得臉紅心跳起來。

都道她陶齊清有本事，能把左元郎圈得死死的，本事可不是自個兒走到身邊來的。陶齊清瞇起眼，把衣裳攏了攏，扭著腰走出屋。

阮成淵連著上了半月的文弘學堂，每日都是普普通通地度過，甚至比其餘的那些官家少爺還要差些，也比總是被罰站的吏部尚書家長子都差勁。

阮秦風從期待到失落。

回到府上，阮大夫人讓人端了熱茶過來。「老爺累了吧，這是春茶中的特級西湖龍井，長媳婦今日送過來的時候，我瞧著那芽長於葉、色澤嫩綠的模樣心下都覺得清涼不少。」

是齊眉拿過來的，阮秦風端起茶盞，果然茶色嫩綠明亮，湊近了，鼻息間都是嫩栗香。抿了一口，滋味清爽中竟然還毫不違和的帶著醇厚。

「陶家的孩子倒都意外的心思細膩。」阮秦風瞇起眼，說著把茶盞放到一邊的案几上。

阮大夫人笑著道：「可不是，尤其是長媳婦。今日過來的時候還提起成淵，其實本也沒錯，成淵畢竟才恢復了兩、三個月，哪裡那麼快就能出類拔萃的，縱使長成高大的樹木，也是要從小樹苗開始灌溉，成淵起步就比別人要晚，能勉勉強強地跟上學堂已經是極好的了。」

阮秦風看一眼阮大夫人，昨日他這位夫人還與他一起焦心憂愁阮成淵的課業，今日就轉了心性。

「是長媳婦與妳說的？」阮秦風皺了皺眉頭。

「倒也不是，長媳婦今日回陶家幫忙，正好她大哥的信箋從邊關送來了，陶大太太讓她帶上特級西湖龍井回來，是皇上賞賜下來的。長媳婦送特級西湖龍井過來的時候，很自然地就聊到了她大哥，越聽我就越心慌，還好成淵不那麼出類拔萃，否則如今他要真站在頂峰，我們還不得提心弔膽？相比之下，偶爾失望，偶爾又能有些小期許的生活才是最穩妥的。」

阮秦風卻是不同意。「婦人之見！男兒志在四方，豈能窩在一個小家裡消極怠工。我們阮家的家底是擺在這兒，可成淵若是沒有到滿腹經綸飽讀詩書的地步，將來我如何放心讓他在朝堂上？

「再者讓成淵進文弘學堂，已經有言官上奏直道我們徇私，好在是皇上親允了的，不然又不知要如何善了。」阮秦風手一抬，齊媽媽立馬就添了道茶。

阮大夫人又軟語勸了幾句，便讓齊媽媽去張羅晚膳。

阮成淵一回到屋裡就在床榻上躺平，滿腦子全都是學堂裡大家一起搖頭晃腦唸書的場景，天知道那些書冊，他都已經爛熟於心，看一遍就會了的東西，非要在學堂上一遍遍地背。

文弘學堂如此，想必武弘學堂也不會好到哪裡去。

皇帝執政幾十年，最繁華的時刻早就過去，如今邊關一直戰亂，始終不能一舉倒滅，而宮裡的人和眾臣卻懈怠了起來。

文、武弘學堂是弘朝最高的文、武兩個學府，現下這個隨便應付的模樣，即使有心要學的人也學不到什麼東西，還好文弘學堂只不過是避風港。

阮成淵舒了口氣，父親今日倒是沒責怪他，只是平淡地問了幾句便讓他回屋子去唸書，若是平常，少不得一頓責罵。

許是他前世今生的無憂孩童時期都過得太長久，已經恢復了神智，卻倒退了一般過著日日唸書，被父親責罰、母親嘆憂的日子。

「很累嗎？」

溫軟的聲音入到耳裡，說不出的動聽，阮成淵立馬眼睛耷拉著，聲音幾分沙啞地說：

「太累了，妳給我捏捏。」

瞧他手伸出來，齊眉無奈地搖搖頭，坐到床榻邊，阮成淵的手立刻放到她的腿上。一下一下的捏著他的手臂，習武之人都是如此，大哥的胳膊也是硬硬的，還有鼓起來的一塊兒。

「你為何要裝著什麼都不會？」齊眉見阮成淵心情很好，雖然不知為何，但也抓著這個機會說起來。「你的書房裡擺著的那些書，可不比文弘學堂的書冊要容易，都難了幾個檔次，到了文弘學堂倒是什麼都不會了。如若你有什麼想法，旁敲側擊的和父親母親溝通一下才好，他們雖不至於是老人，但你也不能讓他們瞎操心。」

阮成淵抬起眼，她竟是知曉，再一想，本就直白的承認過自己是裝瘋賣傻，齊眉猜得出也是自然。

「我知道了。」點點頭，翻個身子換了一隻手讓她捏，柔若無骨的手按在他胳膊上力道卻正好，十分的舒適。

捏了兩盞茶的時間了，阮成淵換了幾輪胳膊，就是不肯讓她停下來，齊眉看他耍賴的模樣，不由得抿唇笑起來。

「你還是這個樣子。」說出口後兩人都愣了一下，齊眉笑著道：「小丫頭們都說，大少爺原來就愛耍賴。」

阮成淵鬆了口氣，而後故意板起臉。「哪個小丫頭說的，罰她月錢。」

齊眉笑著起身。「餓不餓？我讓子秋傳膳。」

「好。」阮成淵點點頭。

出了屋子，齊眉吐了吐舌頭，和阮成淵在一起總會放鬆警惕，實在是太熟悉他的一舉一動了，這次能蒙混過關，下次可不一定了，得管住這張嘴才好。

用完飯，阮成淵說想吃點心，齊眉便去了廚房親手做，易媽媽端著做好的糕點進來，阮成淵笑著挾了一個吃下。「易媽媽要管著小丫頭們才好。」

易媽媽頓了下。「哪個小丫頭又惹事了？」

「倒不是惹事，怕那些小丫頭們把我原先耍賴調皮的模樣都說給大少奶奶聽。」

易媽媽笑了起來。「誰會去說，大少爺一直只許老奴我近身服侍，別的那些小丫頭連見大少爺一面都不易，哪裡還見過您調皮的模樣。」

「是嗎？」阮成淵的筷子頓了下。

下月中，入了初夏，日子就開始明顯熱了不少。

邊關傳來大獲全勝的戰報，陶齊勇月底就會帶著勝利的軍隊回來，一時之間京城裡歡慶一片。

悼念濟安公的人已經都來過濟安公府了，而尋常百姓沒有名頭進門，心存感激的人們摘了白花，捧成一圈，一起去到法佛寺，和尚站在大堂內，敲著木魚，咚咚咚的聲音，超渡著為國犧牲的大將軍。

每隔一個時辰，法佛寺的大鐘就會哐地被守鐘僧敲響一次，悠長的聲音使人心境都會祥和起來，鐘聲飄散得很遠。

「唉……」齊眉伴著隱隱約約的鐘聲進了清雅園，老太太幾不可聞地嘆息了一聲。

「祖母是不是哪裡不舒服？」齊眉加快了步子走過去，從祖父的屍骨被送回來，老太太的病越發的時好時壞。

聽嚴媽媽說，上一刻還穩穩當當的，下一刻就能在地上撒潑打滾。

換了前世，打死齊眉也不會相信老太太能有這樣的時候。

祖父的亡故並不是老太太刺激的根源，和她一樣，是因得亡故還不能安息才會氣血上湧，一下子新事舊事全都翻上心頭，老太太這才撐不住了。

既做了大將軍夫人，也曾跟著他上陣殺敵，那種出生入死過的感情，和在戰場上真真感同身受的英雄氣概，才導致老太太落得這樣的結局。

齊眉隱隱地也知曉一些，老太太和老太爺之間的感情不像高門大戶的那般謹慎陌生，也不是小家小戶的柴米油鹽醬醋茶。

季祖母是在老太爺征戰的時候被救下的年輕女子，老太太在陶府持家，沒有想到夫君被一個柔和的女子劫去了心神。縱使季祖母被帶回來，老太太也沒有那般怒目而視，或者大哭大鬧，反而是平靜地看著季祖母奉茶給她，接過去後擺手讓她下去，而後坐在鏡前整整一個白日。

季祖母溫婉柔和，帶著江南女子的細膩，舉手投足都是秀氣有禮的。不像老太太，大大咧咧，不走深閨小姐的路，大膽的舉動能吸引男子的注意，但一時的敬佩或者興趣，只要一遇上了水做的女子，她這樣的便成了塊又醜又老的石頭。

陶府下人沒想到的是，主母那樣火爆的脾氣，竟然對季祖母的到來沒有一點兒不快。更沒有想到的是，老太爺從帶著季祖母回祖宅，便再沒能進去過老太太的屋子。

到了老太爺要搬去京城，所有人都以為季祖母那樣受寵一定是會跟著去的，沒想到卻被留了下來。

初回京城的第一年，季祖母被接回京城的陶府過年，就那一次便有了陶叔全，生下了陶叔全後，季祖母連照顧的機會都沒有，便又急急地回了祖宅。

「五姑奶奶是留下還是……」嚴媽媽端著水盆進來要幫老太太淨面。見齊眉坐了下來，沒有要離開的意思，便也沒再問下去，水盆端到案几上，帕子浸得全濕，而後再擰得半乾。

老太太不喜歡太濕的帕子，也不喜歡太乾的帕子。

帕子剛覆到面上，本來還安安靜靜的老太太忽而大喊大叫起來。「殺人啦！殺人啦！」

嚴媽媽被老太太推得往地上一摔，差點磕到了頭。

外頭的鶯藍、鶯柳幾個丫鬟聽到動靜魚貫而入，齊眉正按著老太太，讓她冷靜下來。

看清了屋裡的情形，四個丫鬟兩個去扶嚴媽媽，兩個開始收拾打翻的水盆和弄髒的帕子。手腳利索動作迅速，很快屋裡連水漬都被清理乾淨，可見四個丫鬟近日來都在做著類似這樣的活兒。

嚴媽媽沒有磕到頭，但年紀大了，比老太太只小一歲，這麼一摔腿都差點摔瘸了。

齊眉讓鶯藍和鶯柳把嚴媽媽扶到外屋坐下，起先嚴媽媽還死活不肯，說這樣沒有規矩，齊眉故意板著臉，揚聲衝著外頭。「妳若是哪裡出了事，老太太誰來照顧？」嚴媽媽心裡嘆息，隔著屏風也能看到老太太不停地動著，怎麼都不肯讓齊眉好好地扶著她，嘴裡依舊嘀嘀咕咕的，不知道在說些什麼。

大老爺在朝中，日日都是早出晚歸，大太太為了喪禮的事已經費盡了心神。

嚴媽媽緩緩地坐下，疼得齜牙咧嘴，讓鶯柳和鶯藍捲起褲管看腳傷。

好不容易把老太太哄住了，齊眉越過屏風走出來，嚴媽媽咬緊牙關，額上都沁出了密密的冷汗。「老奴沒事兒的。」

「傷筋動骨一百天。」齊眉說著讓鶯柳去拿藥膏來。

老太太忽而又哼哼唧唧起來，鶯藍忙入了內室。

一會兒又安靜了，嚴媽媽深深地嘆了口氣。

「祖母實在是……」齊眉心裡有股酸澀的感覺，管你是叱吒風雲的人還是平淡無奇的人，臨到老了都要受或大或小的病痛折磨。

「老太太受的刺激過大了……別說老太太，老奴初初聽到消息，都覺得不敢置信。」嚴媽媽說著望向窗外，層層疊疊的雲朵甚是美麗。「縱使是年輕不再，老太爺也總是挺直背脊站在人前，再沒有那麼可靠的了。再是疾病纏身，也不過是鬧鬧脾氣，縱橫沙場多年，從來沒想過老太爺會出事，臨了還要面對這樣的結局。」嚴媽媽自是指遺體不能及時送回濟安公府的事。

齊眉嘆了口氣。「這些話府裡也不要再說了，不然免不得被哪個丫頭聽了去嚼舌根，一傳十、十傳百的。」

嚴媽媽拍了拍胸脯。「這事兒老奴定是有分寸，從不對誰說起過。」

「只不過聽說老太爺逝去之前，嘴裡最後唸的名是姨奶奶……」嚴媽媽聲音壓得很低，齊眉卻聽得一清二楚。

這時候鶯柳很快地拿來了藥膏，幫嚴媽媽細細地塗著。

齊眉去看了一次老太太，已經睡得十分安詳，齊眉神色複雜地坐在床榻邊，幫老太太掖好被角。

老太太這個人重情重義，性子又剛烈熱情，從認識老太爺起便心知肚明他是在戰場上廝殺的人，無論如何這麼多年了，老太太心裡多少會有準備。

之所以後頭總是好不了，難道是因得老太爺臨終前遺言的緣故。

季祖母長年不得回京城，老太太不能說多善妒，只不過她本就是眼裡揉不得沙子的性子。

若真是個蛇蠍心腸的，季祖母生的三叔哪裡還能平平安安的過到現在，不但娶妻生子，還管理著鋪子？

但疑惑的是，連父親母親都不知曉老太爺臨終前的情形，老太太和嚴媽媽又是從哪裡聽說的？齊眉蹙眉問著嚴媽媽。

嚴媽媽小聲地道：「三小姐回來過一次，陪著老太太說了幾句話。」

三姊姊？齊眉有些愣然。

陶齊清平素的存在感比她還要低，嫁出去或者回娘家都沒有什麼大動靜，悄悄靜靜的模樣，任誰都不會刻意去注意她。

三姊姊又是從哪裡得來的消息？無論真假，這樣說出來刺激老太太，讓老太太一病不好，如今還成了這麼個吊著一口氣的模樣。

齊眉捏了捏拳頭，回去的馬車上面色也帶著微微的怒意。

阮成淵剛好下學堂回來，看齊眉臉色不好，琢磨了會兒問道：「是不是妳大哥要回來，濟安公府太忙了？」

齊眉搖搖頭，兩人用完了飯，阮成淵去了書房，齊眉端著茶點過去，坐到他對面的軟椅上。

阮成淵看書累了，拿起銀筷挾糕點吃。

齊眉似是不經意地問道：「平甯侯的長子是不是也在文弘學堂？」

阮成淵點點頭。「今兒個還被罰站了。」

齊眉訝異地張大嘴。「你們還要被罰站的？」都是王孫貴族的子弟，竟然還和外頭的私塾一般。

「是啊，我昨兒也被罰站了，怎麼都背不好詩詞。」說著想起原先被齊眉拆穿了心思，又尷尬地笑了笑。「左元郎他今兒來遲了，還不是一時半會兒，也沒有派人來事先說，理所當然地被罰站。」

阮成淵見齊眉有興趣，也樂得與她有話題好說，索性放下銀筷子說了起來。

「左元郎那人也不是個不學無術的，肚子裡的墨水還是有那麼一點兒，但聽別人說過，他自成親以後眼眶就總是黑黑的，步子也有些虛浮。」

「莫不是真的有什麼不可言說的病？」齊眉自然地問著。

阮成淵頓了下，搖搖頭。「哪裡是有病，他那模樣就是……就是……」

「就是什麼？」

「就是房事過度了。」阮成淵說出來立刻尷尬地咳嗽了聲。

齊眉一聽也臉紅得厲害，手腳都不知道往哪裡擺。

窗外忽地飛過兩隻鳥兒，嘰嘰喳喳的湊到一塊兒，兩個小腦袋摩來摩去，看上去好不親密。

晚上入睡前，齊眉細細地想著。

三姊姊貌不驚人，性子也不好，怎麼能吸引得左元郎那麼沈迷？總是有些什麼手段……

仔細地想了想，總覺得三姊姊所謂的聽說不一定真實，如若真的能知曉老太爺臨終的話，那消息定是從平甯侯一方得來的，可平甯侯那邊不像是知曉老太爺事情的樣子，所以三姊姊在編瞎話……

到底是怎麼回事？

齊眉翻轉了下身子，一隻大手毫無預兆地突然環上了她的腰，把她嚇得差點跳起來。

轉過頭去看，嚇人的那位卻是睡得香甜無比。

——未完，待續，請看文創風147《舉案齊眉》4

福晉很忙

全套三冊

吾本逍遙一宅女，愛山愛水愛畫畫，
奈何一日入皇家，
吃得苦中苦，方為小福晉……

不按牌理出牌、妙語如珠盟主／涼風有信
宅鬥（誤）／宮鬥（大誤）／原創好文開心就好

站在風口浪尖不好玩、在皇子身邊求生存的日子當真挺難過的，
耿綠琴怨氣頗深，隨時蹺府出走的念頭越來越強。
總之福晉可不當、自由不能棄，這詭異平和的日子不適合她！
可謎啊謎～～幾年過去她竟兒女成群，儼然府裡第一主母?!
這事事不如意不順心外還倒著發展的情況真令她暈！
並且有賴她的平庸平凡平常心，竟在皇阿瑪那兒也得緣，
最愛對她呼來喚去，每每交付特艱鉅又莫名其妙的任務，
讓她不時得離開四爺忙活，夫妻倆鴛鴦兩分飛……
説真的，唯一只有這事兒令她好——開心哪！
看夫君冷面暗怒就偷笑，因為她吃定他了！
大老爺對外人刻薄寡恩氣場驚人，偏就對她這小福晉無可奈何，
她出外放風得償所願，他政事繁忙理應不在乎也管不著，
卻不料，寡言四爺對她實有驚天動地的陰謀安排……

文創風
146

舉案齊眉 3

國家圖書館出版品預行編目資料

舉案齊眉 / 蘇月影著. --
初版. -- 臺北市 : 狗屋, 民102.12-民103.01
冊 ; 公分. --（文創風）
ISBN 978-986-328-211-2（第3冊：平裝）. --

857.7　　102024267

著作者　蘇月影
編輯　王佳薇
校對　黃亭蓁　林若馨
發行所　狗屋出版社有限公司
地址　台北市104中山區龍江路71巷15號1樓
電話　02-2776-5889～0
發行字號　局版台業字845號
法律顧問　蕭雄淋律師
總經銷　知遠文化事業有限公司
電話　02-2664-8800
初版　103年1月
國際書碼　ISBN-13　978-986-328-211-2
原著書名　《举案齐眉》，由起點女生網〈www.qdmm.com〉授權出版

定價250元
狗屋劃撥帳號：19001626
網址：love.doghouse.com.tw　E-mail：love@doghouse.com.tw
版權所有・翻印必究　倘有倒裝、缺頁、污損請寄回調換